青云之上

吴刚　著

作家出版社
全国百佳出版社

目录

第一章　婚礼

金秋十月是北京最美的季节，秋高气爽、花团锦簇、瓜果飘香，到处是欢乐的海洋。数不清的婚礼庆典在各大宾馆、酒店轮番上演，城市中弥漫着爱的味道。

印满“心”形和玫瑰图案的红色迎宾牌上用金色大字写着：新郎萧青山、新娘秦梦云，百年好合。2002年10月2日，香格里拉酒店二层宴会厅。

这是一场盛大的婚礼，新郎是近年来发展蒸蒸日上的科瑞公司创始人郝光明的继子，新娘则是国航空中乘务员。

嘉宾除了双方亲属，还包括科瑞公司的员工、新郎曾经的战友、新娘的空姐同事，婚宴足足摆了五十桌。

神圣的《婚礼进行曲》在宴会厅回荡，一对佳人走上舞台。

新郎二十九岁，一米八五的身高，魁梧健硕、仪表堂堂；新娘二十六岁，身姿曼妙、姣美如花。

“萧青山先生，当你的手牵定她的手，从这一刻起，无论贫穷和富贵、健康和疾病，你都将关心她、呵护她、珍惜她、保护她、理解她、尊重她、照顾她、谦让她、陪伴她，一生一世，直到永远。你愿意吗?”

“我愿意!”新郎的回答掷地有声。

“秦梦云女士，当你的手牵定他的手，从这一刻起，无论贫穷或富贵、健康或疾病，你都将忠于他、支持他、帮助他、安慰他、陪伴他，一生一世，直到永远。你愿意吗?”

“我愿意!”新娘的回答柔情万种。

台上一对新人交换婚戒，深情拥吻。台下掌声雷动，欢呼声、叫好声此起彼伏，双方父母笑逐颜开。六十岁的郝光明儒雅矍铄，他一边与亲家相互道喜，一边接受着来宾的祝贺。五十二岁的夫人周芳风韵不减，她优雅地含笑答谢，眼角的一道疤痕与笑出的鱼尾纹交织在一起。最热闹的要数新郎曾经的战友和新娘漂亮的同事们了，男士将两指含入口中吹起了口哨，女士则双手拢在嘴前兴奋地尖叫，他们用最直接、最热烈的方式向一对新人送去了祝福。

宾主落座，大家谈笑风生，举杯畅饮，只有第二桌上的一位少年不为所动，自顾自地埋头翻看着手中的画册。少年十五六岁，身材单薄细高，长得眉清目秀，高鼻梁大眼睛，肤色白皙，目光中略带忧郁和桀骜。他是新郎的弟弟——萧青云。

身旁的亲友用胳膊肘拱拱他，“干吗呢青云，你哥结婚你不高兴啊?”

青云抬头瞟了一眼台上甜蜜的一对新人，意兴阑珊地回了一句：“结个婚有什么可高兴的。”说完便又低下头沉浸在画册之中。

他对婚礼不感兴趣，对美食也不感兴趣。新人过来敬酒时，他与哥哥进行了热烈的拥抱，看得出来哥儿俩感情很好。对嫂子，他也送上了真挚的祝福。也许他只是不喜欢这种热闹喜庆的场面，婚礼还未结束，他便独自返回了家中。

1970年深冬，一场暴雪将京城冻得瑟瑟发抖，北风呼啸着在街巷中横冲直撞。大片大片的雪花翻着滚儿、打着旋儿从天而降，“扑簌扑簌”坠向地面，仿佛谁在叹息。中科院电子所门前昏黄的路灯下站着两个人，他们已经被漫天的飞雪覆盖成了两具雕像。

“光明，对不起。”女子强忍着眼中的泪水。

“芳，难道我们不应该再争取一下吗？毕竟我们两个已经……”男子的眼睛似乎在滴血。

女子打断了他，“没有用的。我爸妈说了，绝不会把自己的闺女嫁给一个穷教书的，何况咱俩差八岁。”

男子挥舞着双臂，像是在向命运控诉：“我不可能穷一辈子！我们是真心相爱，难道他们不知道吗？”

“光明，希望你能理解我。你是个好人，一定能找到更适合你的。”女子的眼泪滑落，与脸上融化的雪水混合在一起。

“我谁都不要，我只要你！”男子的语调近乎疯狂，他呼出的哈气似乎能将面前的雪花震碎。

“求你别逼我，他们已经为我找了一个对象，如果我们再继续下去，他们就不认我这个女儿了。”女子双手掩面，不敢直视对方的眼睛。

“可是……”男子的声音由激动变为绝望，却再也说不出一个字。

“对不起，光明，希望你幸福。”女子哭着跑开，留下伤心欲绝的男子呆呆怔在原地。

雪越下越大了。

两年后，二十二岁的周芳嫁给了比自己大三岁的萧秋生。他是警察，年轻有为、前途可期。一年后，两人的第一个孩子青山出生。周芳离开了电子所，她无法继续面对自己的老师和初恋情人郝光明。而郝光明则把全部精力投入到教学和科研中，以发泄自己胸中的不甘和愤懑。他并不怨恨周芳，甚至依然深爱着她，他只是对自己的清贫和命运的不公感到气愤。

时间过得飞快。1986年，青山上了初一，周芳生下了第二个孩子青云。萧秋生已经成为区交通大队的队长，四口之家看上去很平静，只是偶尔房间里会传出玻璃破碎的声音和孩子的哭闹。这一年，四十四岁的郝光明终于熬成了电子所的学科带头人，但他仍旧孑然一身。表面上是因工作繁忙无暇顾及个人问题，其实他内心仍深藏着那份珍贵的初恋。

小青山稳重懂事，学习也很好，他对弟弟疼爱有加。小青云聪明伶俐，他特别爱画画，常常一个人趴在桌子上一画就是大半天。

长大成人后，青云对自己五六岁时那个曾经的家几乎没有什么印象。父亲经常加班，在家的时间很少。像所有的孩子一样，起初他希望父亲能够陪伴在自己身边，但从1991年起，他开始害怕父亲回家。

1990年12月19日，上海证券交易所正式开业，萧秋生成了中国第一批股民。新兴的股市谈不上繁荣，没有专业知识的人初涉其中难免要付出代价，萧秋生没能幸免。也就是从那时起，他的性情大变。如果说之前夫妻间只是小打小闹，现在则是地动山摇，暴躁易怒的他动不动便对妻子拳脚相加。柔弱的周芳根本没有还手之力，一次次被无缘无故殴打，但为了维系这个家，保全自己的颜面，她始终默默忍受着。每次她只是哀求那个疯狂的男人别打自己的脸，她说我还要见人；也别吓到青云，他还小。

但是周芳就连这点可怜的要求最终也没有得到满足。又一次从股市铩羽而归，萧秋生在外面喝了闷酒。仅仅因为周芳给他拿拖鞋慢了一点，他再次对这个可怜的女人大打出手。妻子惊恐哀求的眼神反而激起了更大的兽性，他重重一拳挥在她的眼角。警察出身的体格，外加酒后的疯狂，这一拳的力道可想而知。周芳的眼角瞬间爆裂，满脸是血的她被打翻在地。丧失理性的萧秋生并未收手，他骑在周芳的背上，一只手抓扯起对方的头发，另一只手继续劈头盖脸地砸了下去。

青山恰巧去同学家里学习，小青云原本吓得躲在里屋瑟瑟发抖，但妈妈的一声惨叫让他忍不住探出头来，在他惊恐的眼睛里是一张女人满是鲜血的脸以及大张着却没有发出一丝声音的嘴巴和充满绝望的表情。

正在读高三的青山从同学家回来，看到满脸是血的妈妈独自在卫生间哭泣，弟弟站在边上吓得小脸煞白，父亲则自顾自地在阳台抽烟。他攥紧拳头就要冲上阳台，周芳一把拽住了他，用近乎哀求的语调说：“青山，别，你和弟弟还小。”青山胸中的怒火仿佛要将自己吞噬，他哭着冲妈妈大吼：“一直都是这样，您要忍到什么时候！”周芳擦去儿子脸上的泪水，抽泣着说：“妈求你，妈能忍，都是妈妈不好。”青山不知道母亲到底错在哪里，但他无法拒绝这样的哀求，一把拉起妈妈和弟弟冲出家门向医院跑去。那一晚，周芳的眼角缝了七针。

1992年春节过后，周芳选择了离婚。二十年的婚姻让她心力交瘁、万念俱灰，她终于明白这个家已经不值得挽救。萧秋生似乎是不想让家暴的事情影响自己的仕途，抑或是对自己的所作所为心怀愧疚，他没有吵闹纠缠，同意周芳带着两个孩子回到了娘家。

也许是受到家庭变故的影响，原本有希望考入重点大学的青山毅然选择了入伍，他想要逃离这个伤心的家。

青云也该上小学了。周芳父母家在西城，但为了让孩子能够得到更好的教育，她打算把青云送进海淀的小学。青云上幼儿园时就展现了绘画天赋，曾经获得市级儿童绘画一等奖。周芳费尽周折联系了一所海淀区重点小学，打算以特长生的名义让青云跨区入学。

一天下午，周芳带青云去学校面试。多年来她一直有意无意地避免来中关村，因为这里离电子所太近，她怕勾起自己的伤心事，但眼下为了孩子也就顾不上那么多了。面试过程很顺利，学校同意了青云的入学请求。从学校出来，母子俩都很兴奋，他们一路边说边笑，没有注意路口驶来的车辆。

“吱……”急促的刹车声吓了娘儿俩一跳，周芳一把将青云揽在怀中，低头询问有没有伤到哪里。

司机赶忙下车询问：“没碰到吧？”声音有点熟悉。

周芳抬起头，她立刻感到了一阵眩晕。俯身询问的不是别人，正是自己曾经深爱的郝光明。二十二年过去了，自从周芳调离电子所，两人就再也没有见过一面。如今已年过半百的初恋情人变得儒雅干练、风度翩翩，只是两鬓的头发已经花白。

郝光明也认出了周芳，他一把将对方扶起，满脸惊喜地问：“芳？”

周芳咬着嘴唇点点头，两行热泪夺眶而出。

“芳，真想不到在这儿见到你！你这是怎么了，这么憔悴？”郝光明的声音由于激动而有些颤抖，但柔情的目光一如往昔。

也难怪，不幸的婚姻把周芳折磨得看上去确实比实际年龄要老许多，可她又能对郝光明说什么呢？

“青云，快叫郝叔叔。”她只能尴尬地岔开话题。

“郝叔叔。”青云躲在妈妈身后怯生生地看着这个陌生的男人。

郝光明开车送娘儿俩回家，路上他们大致了解了对方的近况。当然，周芳没有提家暴的事。她得知对方1989年离开电子所下海经商，创办了一家名叫“科瑞”的科技公司，至今未婚。他们互相留了电话，分手时，郝光明的喜悦溢于言表，而周芳心里则怪怪的不是滋味。其实自从两人分手后，郝光明就时时刻刻地关注着对方的情况，周芳结婚、生子的消息对他来说无疑是一种煎熬，他既盼望心上人能够幸福，又幻想着再续前缘，在不知不觉中度过了自己的大好年华。只是由于最近工作实在太忙，他一度失去了周芳的消息，想不到对方竟已经离婚。

接下来的半年，郝光明开始了对周芳的不懈追求，他的热情完全像一个初恋的青年。1992年年底，周芳终于带着青云搬进了郝光明的家。郝光明原打算轰轰烈烈地办一场婚礼，但周芳拒绝了。她说都这么大岁数了，自己又是二婚，不想太张扬。郝光明听从了妻子的意见，他不会拒绝妻子的任何要求。因为他知道这份爱来得多么不易，等得多么漫长。

青云对亲生父亲的印象不深，仅有的一些记忆他也要刻意回避。小青云很懂事，在妈妈的要求下，他很快将对郝光明的称呼从“叔叔”变成了“爸爸”。在他眼中，这个新爸爸年龄虽然有些大，但和蔼可亲，对自己和妈妈都很好。

青云在学校表现乖巧，他的绘画天赋引起了郝光明的注意，于是便给他请了绘画老师。正在北海舰队服役的青山为母亲拥有新生活而感到高兴，他甚至开玩笑地说：“早知如此，我就考大学了。”

郝光明三年前已经搬出了中科院的宿舍，科瑞公司发展得不错，他买了一套宽敞的两居室。他们夫妻一间，青云也有了自己单独的房间。郝光明说等青山复员回来就去科瑞上班，还说到时候要把两居室换成三居室。周芳没有表态，只是抿着嘴幸福地笑。她的确感到了前所未有的幸福，就连容颜都恢复了往昔的风采。

青岛某海军基地，士兵们刚刚结束了为期一周的海上实弹演习。宿舍里，战友们有的躺在床上休息，有的互相唠着家常，只有青山在桌前看书。他刚刚给青云写了信，在信中详细向弟弟询问了新爸爸的情况、对他们娘儿俩好不好。他还问青云的画是不是进步了，嘱咐弟弟一定要好好学习，听大人的话，替自己照顾好妈妈。把信装进信封的那一刻，这个在训练场上异常坚强的男子汉眼睛竟有些发酸。入伍快两年了，想想自己离家时，悲伤的母亲领着年幼的弟弟到火车站送行，面对残缺不全的家庭，望着妈妈眼角的疤痕和弟弟天真的目光，青山的心快要碎了。得知母亲终于有了幸福的归宿，而且从娘儿俩的言谈话语中，他感受到了郝光明的温暖，这让他的嘴角又不由得露出了一丝欣慰的笑容。

“青山，累一天了还不歇着呀？”战友刘保国凑过来问。

“时间还早，我再看会儿。”青山笑呵呵地回答。

“你这看的都是啥呀？”

“你个大老粗知道啥，”战友段坚强一骨碌从床上爬起来，盘腿而坐，“人家青山正学管理呢。”

“学那玩意干啥？”刘保国挠挠脑袋，百思不得其解。

其他战友也停止了闲聊，纷纷凑到桌边。老方一边拍着青山的肩膀，一边说："咱们退伍回家，该种地种地，该打工打工，人家青山可是要当老板的。"

看着战友们羡慕的眼神，青山不好意思地笑着说："别听老方瞎咧咧，我就是觉得没上大学挺遗憾，想给自己充充电。"嘴上虽然这么说，但青山心里自有打算：自己退伍后一定会进入科瑞，在那个人才济济的地方，仅凭高中文化很难有所作为。他不想拖郝光明的后腿，更想通过自己的努力让一家人生活得越来越好。

"乖乖，你们北京人就是想得远。赶明儿你要是发达了，可别忘了兄弟们。"刘保国亲热地捶了青山后背一拳。

"一定一定！"青山的回答异常真诚。面对一起风吹日晒、摸爬滚打的兄弟，他将战友情谊看得格外珍贵。

在专业美术老师的辅导下，青云的绘画水平突飞猛进，他经常搂着画册进入梦乡。一天深夜，从梦中醒来的青云想起爸爸刚给买的画册落在了客厅的茶几上，他蹑手蹑脚地想去取回来。经过父母房间时，他隐约听到了妈妈的喘息声。房门没有关严，妈妈生病了吗？还是新爸爸又在打她？青云轻轻把门缝推得大了一些，悄悄探进脑袋。眼前的一幕让他惊呆了：妈妈穿着薄薄的睡衣骑跨在爸爸身上，紧闭着双眼不停地扭动身躯，喉咙里发出阵阵奇怪的声音。妈妈怪异的表情和举动是自己从未见过的，是快乐还是痛苦？是满足还是疯癫？青云不知道。他只是将眼前这幅画面与两年前妈妈被打翻在地，满是血污的脸和绝望的表情叠加在一起。他吓坏了，顾不上拿画册，慌张地逃回了自己的房间。但这幅叠加的画面却一直深深印刻在青云的脑海中，如梦魇般挥之不去。

作为一个六七岁的孩子，小青云显然不会懂得男女之事，更不会理解婚姻意味着什么。“结婚”二字倒是偶尔听大人们提起过，在他天真的小脑袋里，结婚就是爸爸妈妈住到了一起，然后生下了宝宝。但无论是被打翻在地的妈妈还是举止怪异的妈妈，都很难让他将结婚与美好画上等号。很多年之后，他一直将婚姻视为洪水猛兽。即便随着年龄的增长，他明里暗里知道了一些男女之事，也大致明白了结婚到底是怎么一回事，但儿时挥之不去的阴影却一直困扰着他。他非常排斥婚姻，害怕婚姻。

温馨浪漫的洞房中，秦梦云正在整理收到的红包。酒精的作用和新婚的羞涩让她面带红晕，娇羞妩媚。“咦？山哥，这是你家亲戚?”她举着一个红包问。

青山接过红包愣住了，红包的一角用很小的字写着“萧秋生”三个字。他没有料到生父竟然也会来送贺礼，十年来这个男人为什么音讯全无，此刻却突然现身，然后选择悄悄离开？是因为内心的愧疚？还是……青山不愿再往下想，只是淡淡地告诉妻子：“这人是我和青云的生父，”顿了一下，他好像是在自言自语，“也许我应该去看看他。”说完，他一把将秦梦云揽在怀中，娇媚的妻子嘤咛一声顺势倒在了丈夫宽阔的臂弯里……

婚姻被无数人期盼并寄予厚望，因为那意味着甜蜜和幸福，孕育着新的生命和希望。婚姻同样有理由被人们祝福，因为一旦走入婚姻殿堂，便意味着无限可能。就像两个人出海，有时风和日丽，有时惊涛骇浪，伴侣风雨同舟、命运共系。但归来的时候，也许是满载而归，也许是孤身一人……

第二章　童年

“人说山西好风光，地肥水美五谷香。”郭兰英的一首《人说山西好风光》经典永恒。山西，因居太行山之西而得名。三晋大地是中华民族的发祥地之一，有文字记载的历史长达三千年，被誉为“华夏文明摇篮”。中华历史烟波浩荡，华夏文明绚丽如画，山西正是这幅历史画卷中浓墨重彩的一章！女娲在这里补天，尧、舜、禹在这里建都立业，晋文公在这里成为春秋五霸，李世民起兵太原建立了大唐王朝……山西，一个人杰地灵的好地方。

1992年9月1日，大同市一所小学迎来了一年级的新生，一群天真烂漫的孩子在家长期盼的目光中走进校园。他们有的兴奋地说说笑笑，有的不情愿地拖蹭着脚步，有的忐忑地东张西望，还有的踌躇地一步三回头。

一对双胞胎姐妹手牵手地走过来，她们梳着可爱的娃娃头，身穿淡粉色公主裙，脚穿白色帆布鞋，红发卡上缀着紫色的蝴蝶结。齐刷刷的刘海儿下是一双纯真无邪的大眼睛，高高的鼻梁，嘟嘟的小嘴，简直就像两个一模一样的漂亮洋娃娃。其中一个欢快地蹦蹦跳跳，另一个紧紧拽住对方提醒着慢点，引来送行家长们的一阵笑声和议论。她俩身后，一对夫妻几乎异口同声地喊道："珑珑别跑，珍珍拉住她。你们俩要听话呀！"

双胞胎姐姐叫叶子珍，妹妹叫叶子珑，是大同市体育局大院里的一对姐妹花。姐儿俩的爸爸是山西省围棋队的教练，妈妈则是游泳队的教练。两个孩子也许各自遗传了父母的基因，虽说长得一模一样，可脾气秉性却大不相同。姐姐乖巧淑女、文静踏实，妹妹则古怪精灵、活泼好动。

姐妹俩从小受家庭熏陶学会了下围棋和游泳，但爱好程度和发展趋势却大相径庭。子珍在棋盘面前坐得住，总是能够静下心来背定式、摆死活；子珑却最讨厌枯燥的打谱，更不会绞尽脑汁地凝神思考，因此十盘棋中有九盘成了姐姐的手下败将。但到了游泳池里情况就完全颠倒过来，子珍几乎是从无胜绩，无论她怎么埋头苦练，率先触壁的总是妹妹。在待人接物方面，两个孩子也是迥然不同。子珍说话轻声细语，凡事总能替别人着想；子珑则咋咋呼呼，处处透着男孩子的豪爽。当然，她们也有相同的地方，那就是学习成绩好、懂事听话，而且能歌善舞。

寒假的一天，大同下了一场大雪。子珑不知从哪里弄来了一个竹编笸箩，她把笸箩用一根筷子支在树下，筷子上系了一根长绳，然后从厨房拿来一捧小米撒在笸箩下面，自己则蹑手蹑脚地攥着绳子的另一端蹲在屋门后。

子珍看着妹妹神神秘秘的举动，忍不住问：“你这是要干吗?”

子珑回过头，食指放在嘴边做了个噤声的手势：“嘘，小点声，我要逮麻雀。”

“逮它们干吗呀?”

“养着玩呗。”

“珑珑，这样不好。我听说麻雀气性大，关在笼子里它们会死掉的。”子珍显得心有不忍。

子珑却不屑一顾地说：“我就不信，好吃好喝地伺候着，它们会不愿意?”

子珍没有办法，只好趴在玻璃上盯着大树下的笸箩。

不一会儿，一只饥饿的麻雀从树上飞下来，它警惕地绕着笸箩蹦蹦跳跳，眼睛不时地四下张望，最终犹犹豫豫地向小米走去。

“啪”，子珍一巴掌拍到玻璃上，小麻雀“扑棱”一声飞走了。

子珑腾地站起身，涨红着小脸恼怒地冲姐姐大喊：“你干吗呀，我马上就能逮到它了!”

子珍抱歉地笑笑，装作无辜地说：“对不起，对不起，我是想给你加油呢。”

“我不用!”子珑一边生气地说，一边把姐姐连拉带拽地拖回里屋，“别以为我不知道你想干吗！你就老老实实在屋里待着!”

子珍无奈地摇摇头，她不想和妹妹打架。不大工夫，子珑兴奋地跑进来，手里攥着一只惊恐的小麻雀。

笼子里的小麻雀果真几天不吃不喝，这可急坏了子珑。她蹲在笼子边，一遍遍地讲着大道理。可无论怎么开导，小家伙就是不肯就范，还倔强地冲她“叽叽喳喳”地抗议。这下可惹恼了子珑，她找来一根树枝，指着小麻雀一通咆哮威胁，可依然毫无效果。最后，她懊恼地将树枝扔在地上，哇哇大哭起来。

子珍悄悄来到子珑身后，一只手帮妹妹抹眼泪，一只手指着小麻雀柔声说道：“乖珑珑，你看小麻雀多可怜哪，它一定想爸爸妈妈和兄弟姐妹了。如果是你被关在笼子里，我拼了命也会来救你。”

子珑停止了哭声，眨巴着一双大眼睛盯着姐姐问：“真的?”

“嗯!”子珍重重地点着头说，“那咱们把它放了吧。”

虽然有些不情愿，但子珑还是听从了姐姐的建议。她提起笼子来到屋外，子珍轻轻打开笼门，小麻雀欢快地飞向天空。盘旋了一圈，它落在树梢上，向小姐儿俩“叽叽喳喳”地叫，仿佛是在道谢。子珑开心地靠着姐姐，两个人不约而同地笑了。

很多年之后，学校的老师都还记得这对姐妹。印象最深的有这么几件事：她俩虽然不在一个班，但考试从来都是各自班级的第一名；她俩代表学校参加大同市少年儿童歌咏比赛，凭借欢快优美的双人小合唱《歌声与微笑》获得了比赛的优胜奖；妹妹做事风风火火，闯了祸却不肯认错，姐姐便冒充她去向老师承认错误，很多时候，老师们会笑着将错就错，简单批评两句完事；姐姐受了同学欺负，妹妹会毫不犹豫地替姐姐“报仇雪恨”，结果总是被姐姐连拉带拽地劝了回去……总之，在老师们心中，这是一对漂亮懂事、聪明可爱的姐妹花。

青云在优秀孩子扎堆儿的学校里算不上出众，但也有两件事让大家津津乐道：首先要数他的画。青云的画不仅能为学校带来荣誉，还能给同学们带来快乐。他会把身边发生的事用画笔呈现出来，有的夸张滑稽，有的逼真写实，再配上天真俏皮的文字，总是能吸引无数“铁粉儿”。第二件事则让人有些摸不着头脑。外表瘦弱斯文的他，也有过疯狂凶狠的时刻。四年级的一堂体育课上，两个男生为争抢一个皮球发生了冲突，推推搡搡逐渐演变成了贴身肉搏。这种冲突时有发生，青云总是饶有兴致地旁观。而那天的情况不同，当一个孩子将另一个孩子推倒在地并骑在身上准备继续施暴时，青云像一头发疯的狮子冲了过去，一脚将上面的孩子踹开，然后扑将过去拳脚并用，把对方打得鼻青脸肿。老师问他为什么会下此狠手，青云咬着牙狠狠地说：“打架可以，但绝不能骑在身上，谁也不行！”这个回答让办公室里的老师面面相觑、不明所以。

1994年国庆节假期，周芳和郝光明带着青云去青岛探望青山。两年未见，青山已经长成名副其实的男子汉。二十一岁的他身高超过一米八，肩膀宽阔结实，海魂衫下隐隐显露出强健的胸大肌。大海之上无遮无拦，烈日将他的肤色晒成了健康的古铜色，笑起来两排洁白的牙齿格外显眼。

“妈，叔叔好。”青山敬了一个标准的军礼。

“什么叔叔呀？傻儿子，叫爸！”周芳笑着责怪。

青山赶忙更正："爸。"然后憨厚地笑了。

"哎，好儿子！"郝光明笑得合不拢嘴，声音竟有些发颤。这也难怪，从妻子口中，他知道青山参军是为了逃避家中变故，这让他对妻子和孩子的遭遇有了更多的愧疚。

"都长这么高啦。"青山摸着弟弟的头，兄长的关爱溢于言表。

"我都三年级啦。哥，你真帅！"青云仰起头，一脸崇拜。

"瞧你晒得这么黑，苦不苦哇？"周芳抬手抚摸着儿子的面庞，眼泪在眼圈里直打转。

"不苦。妈，您胖了，也比以前漂亮了。"青山伸手捋了捋妈妈被海风吹乱的头发，当看到妈妈眼角的疤痕时，他的手不由自主地抖了一下。

"可别说你妈胖，她老埋怨我给她养肥了，以前的衣服都穿不下啦。"郝光明笑得既灿烂又自豪。

"本来就是你搋的。"周芳一拳打在爱人身上，眼中的泪水还是没忍住。

"妈，您别哭哇。"青山轻轻替母亲擦去泪水，看到父母如此恩爱，他的心融化了。

"妈这是高兴的。"的确，这是幸福的泪水、幸福的时刻、幸福的一家人。

"哥，你打枪了吗？"

"傻小子，哥不仅打枪了，还开炮了呢。"

"哇，你太厉害了！"青云一本正经地冲哥哥行了个军礼。

一家四口被夕阳的余晖包围，手拉手地笑作一团。

三天的假期很短暂，为了不影响青云上学，探亲不得不暂告段落。分别虽然难舍，但每个人都为新生活感到开心。周芳嘱咐儿子照顾好自己，在部队好好锻炼；青山叮嘱父母保重身体。郝光明拍着胸脯说一定照顾好娘儿俩；青山则向父亲保证，退伍后就去科瑞公司报到。哥哥嘱咐弟弟好好学习；弟弟告诉哥哥要把他穿军装的样子画下来……

几只海鸥从头顶掠过，嘹亮的汽笛在天空回荡，一家人依依不舍地挥手告别。

返京前，郝光明带青云母子游览了栈桥。

青岛栈桥始建于清光绪十八年（公元1892年），是青岛最早的军事码头，如今已成为青岛的标志性建筑。栈桥全长四百四十米，宽八米，钢混结构。桥南端伸入青岛湾，筑有半圆形防波堤，堤上建有两层八角楼，上悬中国书协首任主席舒同题写的“回澜阁”匾额。阁顶覆以黄色琉璃瓦，周围是二十四根圆形亭柱。阁内为两层环形亭堂，中央三十四级螺旋式阶梯通向二楼。二楼四壁开玻璃窗，素有“一窗一景，一景一画”之说，青岛十景之一“飞阁回澜”便是此处。凭窗远眺，海天美景尽收眼底。对面一座小岛叫“小青岛”，常年林木葱郁、美景天成，青岛市的得名便由此而来。

郝光明摸摸青云的头问：“长大了想不想像你哥一样当兵？”虽非亲生，但他对两个孩子视如己出，甚至拒绝了周芳再次生育的建议。这既是出于对妻子的爱，也是内心的愧疚使然。他隐隐觉得，当初周芳之所以婚姻不幸，多少与其婚前与自己偷尝禁果有关。

“我要当画家!”青云的回答脱口而出。

“画家可不是那么好当的。”周芳笑着说。

“反正比数学、英语容易些。”郝光明冲儿子挤挤眼睛，青云对父亲的理解很感激，他拉起了爸爸的手。

大同市围棋集训队正在备战1996年全国围棋个人赛。1984年，第一届中日围棋擂台赛开幕，随着“棋圣”聂卫平在前三届比赛中豪取十一连胜，华夏大地掀起了一股围棋热，各省市体育局对围棋项目格外重视，大赛前都会安排选手集中备战。

对局室的角落，子珍和子珑也摆开了阵势。下午放学后，她俩偶尔会到这里切磋一下，顺便等爸爸下班一起回家。起初子珑还能全神贯注，但不久便被姐姐的长考拖垮了。她一会儿东张西望，一会儿又跑到别的桌上观战，后来索性趴在窗台上看足球队训练。行至中盘，子珑的两块孤棋落入陷阱。这下她着急了，开始慌不择路地突围。子珍却是围而不攻，攻而不杀，始终让对方跑也跑不掉、活也活不了，顾此失彼、狼狈不堪。眼看局面无法挽回，子珑索性把棋盘一推，嘟囔了一句：“要杀就杀，干吗半死不活地折磨人。不下了，我踢球去了。”说完也不顾姐姐的反应，拔腿就往外跑。子珍赶紧把棋盘棋子收好，拎着两个人的书包追了出去。球队的教练认识子珑，她很容易就搞到了一个足球，自顾自地在场边颠起球来，动作还真是像模像样。子珍则找了个树荫，坐在下面专注地看着妹妹玩耍。

1996年年底，青山从海军退役。半年前，郝光明在同一个单元又买了一套二手两居室。他跟周芳商量，青山已经二十三岁了，谈婚论嫁的年龄，一家人挤在一起不方便。周芳还是抿着嘴笑，她说："都听你的。"青云吵着要去和哥哥住，他对四年前父母卧室中发生的一幕始终无法释怀。在他心里，父母无疑是世上最好的人，但他无法理解他们之间发生的事情，甚至有些害怕。起初周芳反对，但郝光明说青云身上总是有些忧郁的影子，不像别的男孩那么阳光，也许和哥哥住在一起会有所改变。何况楼上楼下的，也没有什么不方便，周芳想想有道理便同意了。青云开开心心地和哥哥住到了一起，他把自己画的青山身穿海魂衫敬礼的油画挂在了房中最显眼的位置。画中的大海烟波浩渺，高大的哥哥英俊威武。

1997年春节，郝光明在山釜餐厅安排了家宴，他把周芳的父母也请了过来。结婚四年来，岳父岳母几乎没有来过他们家，每次陪周芳回娘家，老两口都像招待客人一样对待他。郝光明知道，老人可能还对之前拆散他们心怀愧疚。对此他并没有介意，只是用对周芳的好慢慢化解老人的顾虑。

山釜餐厅位于新街口豁口附近的一座小山坡上，是一家经营高档火锅的餐厅。名字虽不起眼，但在当时可是京城餐饮界赫赫有名的"三刀一斧"中的那个"斧"。北京人幽默，不明说这四家馆子价高宰客，而是用刀刀见血、一斧露骨来隐喻吃饭如同在身上割肉。这里的特供雪龙、眼肉都是肥牛中的极品，入味封了油的手切羊仔肉是食客的必点菜品。吃火锅离不开蘸料，普通的麻酱或海鲜调料总是越吃越淡，但山釜特制的“一味到底”麻酱料香而不腻、海鲜料清而不淡，吃到最后滋味依然如故，堪称一绝。在这里吃一顿火锅动辄几千元，放在20世纪90年代，这一“斧”砍得着实不轻。

团圆饭吃得温馨而热闹，一家人团团圆圆、其乐融融。部队的磨炼让青山变得稳重而豪迈，酒量也是突飞猛进。过完春节他就要去科瑞公司上班，郝光明对这个得力助手满怀期待。已经上五年级的青云个子长到了一米六，但体格远没有哥哥健硕，再加上他天生白净、言行乖巧，反倒显出了几分女孩子气。周芳的身材已略显富态，圆润的面颊经过精心保养几乎看不到皱纹，反而让眼角的伤疤显得更加突兀。她始终抿嘴含笑，幸福和满足溢于言表。郝光明容光焕发，丝毫看不出五十多岁的年纪。也难怪，二十多年的苦恋终于等来心爱之人，还凭空多出了两个大有前途的儿子，公司发展也是蒸蒸日上，那可真是人逢喜事精神爽，春风得意笑颜开。

酒至酣处，就连一向少言寡语的老岳父都揽着郝光明的肩膀吐露了心声：“光明啊，你是个好姑爷、好丈夫、好父亲，我们老两口当初对不住你呀。”

“爸，您快别这么说。都过去那么多年了，咱们一家现在好才是真的好！”

“对对，现在好才是真的好。”一家人举杯应和。

1989年成立的科瑞公司是一家民营高科技企业，主要从事监控系统的开发和设备制造。成立七年来，伴随着中关村科技的腾飞，以郝光明扎实的技术功底为支撑，外加城市治理工作的大量需求，公司已经发展成同行业中的佼佼者。

郝光明原打算直接安排青山进入管理层，但青山说自己没上过大学，知识底子薄，公司的情况也不熟悉，想扎扎实实地从基层干起。郝光明对此表示支持，他让青山先以密云生产基地为起点，然后再逐步轮换到研发、销售等各个部门。青云对哥哥去密云有点失望，因为他只能在周末才能和回城的哥哥住到一起，其他时间则不得不回到父母的身边。青山安慰弟弟，答应带他去密云看水库，青云这才开心地笑了。

周末的一个下午，青山带青云来到水库边，面对宽广的水面，兄弟俩天南海北地聊了起来。聊着聊着，青云突然问："哥，你以后会结婚吗？"

"小小年纪怎么问这个？是不是有喜欢的女同学啦？"

"我才没有，我讨厌结婚！"

青山不由得眉头一皱，心想：也许是家庭变故让弟弟产生了这样古怪的念头。他笑着摸摸青云的头说："你还小呢，等长大了你就不这么想啦。"

青云要升初中了。1998年是北京市"小升初"改革的第一年，升学不再通过考试而是采取就近入学的方式。青云的学习成绩一般，但他还是凭借着厚厚的绘画比赛获奖证书，以特长生的身份进入了海淀区某重点中学。

和其他许多省市一样，山西的教育改革还未启动，"小升初”依旧要通过统一考试择优录取。但这对子珍和子珑姐妹俩来说根本不是问题，她们凭借优异的成绩顺利考进了大同市一所重点中学。

童年对于大多数孩子来说是天真快乐和无忧无虑的。即便偶有阴霾也终将云开雾散，起码人们是这么期望的，就像歌中唱到的：

……

一寸光阴一寸金

老师说过寸金难买寸光阴

一天又一天，一年又一年

迷迷糊糊的童年

……

一天又一天，一年又一年

盼望长大的童年

第三章　花季

人们总是喜欢成双成对的东西。大门口的狮子要雕成一对，案桌上的花瓶要摆成一对，屋檐下的灯笼要挂成一对，甚至连手里揉的核桃都要配成一对。很多资深玩家相中一只品相好的核桃，往往会先出手买下，然后再遍寻四方去给它配对，也不管这种寻觅需要多长时间，能否会有结果。当然，他们并没有考虑核桃是不是也是这么想的。

起码子珑不是这么想的。从出生直到小学毕业，父母总是将姐妹花打扮得一模一样：一样的发型、一样的衣服、一样的鞋子、一样的发卡、一样的书包……小的时候姐儿俩对此毫无异议，甚至还为此沾沾自喜。但随着年龄的增长，子珑开始有了自己的想法，她想把自己打扮成男孩。起初只是不满和抱怨，后来就发展成了抗议和抵触。她还振振有词地说："你们给我取名叫子珑，难道不是想让我像赵子龙一样吗？"终于，成为初中生的子珑实现了自己的愿望。她剪短了长发，装扮也与姐姐的淑女范儿划清界限，变成了假小子。而子珍还是一如既往地温柔恬静，长发飘飘。但无论如何，走到哪里她们仍然是一对让人羡慕的姐妹花。

街坊邻居常常拿她俩作为谈资，有时还会略带嫉妒地调侃两句。沉稳的爸爸对此往往一笑了之，但妈妈却显示出了运动员的强悍。

“嫂子，你们两口子是不是生错啦，应该是龙凤胎吧?”

“少跟这里跌凉话，你是生不出娃急的吧?”

“姐，你家这俩喜人的闺女到时候可得给我家小子留一个。”

“想得轻巧，先让你家老疙瘩把鼻涕擦干净些。”

“大妹子，闺女这眉眼可是没随了你呀。”

“胡嚼，你倒是想随了你吗!”

……

1997年10月，青山结束了在密云生产基地大半年的锻炼，他对公司产品的制造、安装和调试已经了然于胸。基地从上到下对老板大公子的评价是：没有纨绔傲慢之气，踏实稳重、虚心好学、吃苦耐劳。郝光明对此非常满意，他把青山调回总部，安排到研发中心去锻炼。总部出差的机会多，为了让青山尽快熟悉全国的市场和研发动态，郝光明经常有意派他随研发人员外出学习交流。青山经常乘坐国航的同一架航班，一来二去认识了该航班的空姐秦梦云。秦梦云比青山小三岁，模特的身材、明星的容貌，加之性格温婉、体贴周到，渐渐地获得了青山的好感。秦梦云也对这个经常见面、英俊魁梧、气宇轩昂的青年很有感觉。所以当青山礼貌地向她索要电话时，她毫不犹豫地给了对方。由此，两人开始了甜蜜的恋爱。

1998年11月中下旬，狮子座流星雨光临地球。被称为流星雨之王的狮子座流星雨，其流星数目大约每小时十至十五颗，平均每三十三年会出现一次高峰期，每小时可超过数千颗。但它并非来自狮子座，而是由一颗叫作“坦普尔·塔特尔”的彗星所抛撒的颗粒划过大气层所形成的。因为出现的方位与狮子座重合，在地球上看好像流星雨是从狮子座喷发出来的。青山与梦云正处于热恋中，他曾描述自己在大海上目睹流星的情景，这让一直生活在都市里的梦云非常向往。于是青山便带她来到了密云水库，这里污染少，夜空清朗，是观看流星雨的好地方。

他们将车停在水库边的一座小山坡上，一边聊天一边静候流星雨的到来。弯弯的月牙高悬天际，水面上寒光跳动，四周万籁俱寂，只有星星在顽皮地眨着眼睛。

仰望星空，青山给梦云讲了一个流星雨的传说：“在墨尼亚大森林里住着一只巨大的雄狮，这只雄狮极其凶狠残暴，它不光吃那些弱小的动物，还吃人，到处为非作歹，成了人们的心腹大患。雄狮天生一副钢筋铁骨，无人能敌，好多猎人都想除掉它，但是用了很多办法都无功而返。上帝派一个名叫赫拉克勒斯的青年去为民除害，他是一个英俊健壮、多才多艺而且力大无穷的勇士，是天神宙斯和人间美女阿尔克墨涅的儿子。赫拉克勒斯幻化成最美的女人去诱惑狮子，当狮子爱上‘她’的那一刻，他用一把利剑插穿了狮子的心脏。雄狮临死前流下伤心的眼泪变成了漫天的流星雨。”

梦云为这个凄美的故事而伤心，她说：“我也知道一个传说，但比你讲的这个要浪漫许多。”

“哦？那快讲给我听听。”

梦云甜美而温柔的话语让青山听得入了神：“很久很久以前的一天夜里，人们看到了难得一见的绮丽景观，整个天空都是流星，美丽的天使安娜从天国降临到人间。一路上，她听到了很多人们许下的美好愿望，便决定用自己的力量帮助大家实现这些愿望。安娜在人间停留的时间只有三十三年，她日夜不停地扇动着洁白的翅膀四处奔波，一共为人们实现了一千一百一十一个愿望。她放弃了跟随金色狮子返回天国的机会，继续留在人间帮助满怀希望的人们。于是，每过三十三年，那些实现了的愿望便化作了漫天的流星雨。”

“嗯，你这个传说好，我喜欢。”青山温柔地抚摸着恋人的秀发。

梦云顺势将头靠在对方结实的肩膀上，“你出海时会晕船吗？”

“开始晕。风平浪静时还好，如果赶上台风，那真是能把胆汁都吐出来，到后来也就慢慢适应了。”

“到了晚上海面一团漆黑，是不是很恐怖？”

“那倒不会，大半夜的我们又不会在甲板上溜达。不过确实枯燥想家，还好身边有战友。”

“和他们还有联系吗？”

“那当然，我们都是好哥们儿。”

“你为什么要去当兵？是不是因为学习不好？”梦云顽皮地笑了。

青山沉默了好一会儿，然后握住恋人的手说：“云，我要告诉你件事，”他深吸了一口气接着说，“其实我学习一直很好，应该能考上不错的大学。但那时我父母感情不好，我爸炒股，赔了钱就把火撒到我妈身上。每次妈妈被打，我的心都要碎了。除了逃离这个家，我想不到有什么办法能让自己摆脱痛苦。虽然上大学也能逃避，但不如参军逃得彻底。后来父母还是离婚了，母亲和我现在的父亲倒是很幸福。”他苦笑了一下问，“我是不是很傻、很懦弱？”

“不！虽然没有经历过这些，但我能理解。你那时毕竟还小，能有什么办法？”梦云仰起头深情款款地说，“谢谢你告诉我这些。”

青山轻轻亲吻恋人的额头，“所以从那时起我就发誓，将来一定要好好对我的妻子，永远不会让她受一点伤害。”

“我信！”梦云探起身深情地吻了青山的面颊，她感觉舌尖湿漉漉的有些发咸，也许这就是铁汉柔情的味道吧。

“快看流星！”青山指向东方偏北的天空。

一颗流星拖着长长的尾巴划过夜空，将漆黑的天幕撕开一道亮缝，接着便是两道、三道……仿佛天空另一边藏着一个光明的世界。

梦云双手捂嘴，但却抑制不住兴奋的尖叫。望着飞快消失的流星，她遗憾地大喊：“哎呀，我都忘了许愿了。”

青山温柔地摸摸她的头说：“没关系，我已经替咱俩许过了。”

进入初中，青云的学习依然不见起色。但他绘画的水平却突飞猛进，原来的辅导老师说自己已经教不了他了。于是郝光明又花重金为青云请了中国画院的一位知名教授，教授看了青云的作品说这孩子我收了。

青云对人物肖像画情有独钟，教授说画中的人物神态有种不同寻常的东西，但并没有说明究竟是什么，只是说慢慢来吧。教授还意味深长地告诉郝光明：“如果这孩子能控制住自己的心绪，将来会有大出息。”

除了画画，青云又多了一个爱好——下围棋。自从“聂棋圣”横空出世，经过十几年打拼，中国棋手已经将日本棋手甩在身后。但随着曹薰铉、李昌镐师徒的崛起，韩国围棋已经弯道超车。即便如此，围棋在中国依然热度不减，各种赛事频繁上演，电视中也经常会有对局直播。青云自从接触了围棋，便沉迷其中不可自拔。他觉得棋局构思精巧、气势磅礴，时而闲庭信步、时而大杀四方的感觉既优雅又残酷，很让人着迷。周芳起初反对，她认为一心不可二用。但郝光明却认为下围棋可以培养孩子的城府和大局观，便说服妻子给青云报了个培训班。

青云在围棋上的天赋远不及绘画，但他乐此不疲。他会把自己的对局工整地记录下来，并对棋局中的得失进行分析。更为与众不同的是，他装订成册的棋谱中配有精美的插图来渲染那惊心动魄的氛围。

子珍子珑的学习在班里依旧名列前茅，老师让她们担任各自班级的班长。结果子珍当上了班长，子珑却非要争着去当体育委员。父母不想让孩子将来往体育方面发展，所以下棋和游泳便成了姐儿俩纯粹的业余爱好。

叶家有一个好习惯，每天晚饭时全家人会边吃饭边看《新闻联播》，老叶说女孩子也要关心国家大事。1999年5月8日，《新闻联播》正在播放以美国为首的北约悍然袭击中国驻南斯拉夫大使馆的新闻，袭击造成邵云环、许杏虎、朱颖三人牺牲，二十多人受伤。美国的暴行激起了全体中国人民的愤慨，全国各地纷纷出现了群众自发的抗议和悼念活动。老叶始终眉头紧锁，这种表情只有在他对局陷入被动时才会出现。叶妈妈则气得把筷子摔在桌上说："这帮美国佬就是欠收拾！"十三岁的小姐儿俩也有自己的观点，子珑说弱小就会被人欺负，还是得自己长本事；子珍则伤心地说，她好替烈士的亲人难过。

这一年10月1日，中国迎来了五十周年大庆，北京将举行盛大的阅兵活动。青云所在的学校参加了少年儿童游行方阵，他幸运地成了队列中的一员。当他挺胸抬头、步伐坚定地走过天安门广场时，心中生起了无限的自豪。他将这一刻用画笔记录下来，作品获得了北京市中学生绘画大赛一等奖。这是他纪实类主题的最后一幅重要作品，从此以后，他便专注于人物肖像画的创作了。

还是这一年，中国与美国完成了关于中国加入WTO的谈判，长达十三年的重返“关贸总协定”之路终于快要走到终点。郝光明敏锐地判断中国经济和科技都将面临国际市场前所未有的机遇和挑战，他已经开始为开拓海外市场提前布局。

世纪之交，当许多成年人还在为“千年虫”和世界末日无聊地八卦时，孩子们反而要开心快乐许多。老叶决定带全家去华严寺敲钟祈福，姐妹花兴奋得一蹦老高。

华严寺有一口明朝景泰年间所铸的大钟，号称万斤。此钟音色洪亮，声闻十里。等待敲钟的人排起长长的队伍，虽然天气寒冷，却冻不住人们对新年、新世纪的希望。终于轮到姐儿俩敲钟了，两人个头刚刚高出撞钟的钟锤，她们一左一右抬起胳膊紧紧抓住吊着钟锤的铁链，用力向后拉，再使出全身的劲儿往前冲。“当——当——当”，浑厚悠远的钟声在天际间回响。

青云得到了他梦寐以求的新年礼物——电脑，这是他征得父母同意后让哥哥帮忙组装的一台586台式机。虽然拨号上网速度很慢，但他毕竟可以更多地通过网络了解世界。除此以外，还有一个目的他谁也没有告诉：那就是希望用这台电脑破解长久以来困扰自己的梦魇。毕竟他无法从大人那里得到想要的答案，也不知道哪些书能比生理卫生课讲得更明白，也许互联网上的信息可以帮到自己。

郝光明很早前就动员周芳提前退休，他说家里的经济条件已经不需要妻子继续奔波了。但周芳一直没有答应，她想为这个家多做点什么。直到郝光明说专心打理这个家才是最大的贡献时，她才终于在度过了自己五十岁生日后当起了全职主妇。青山已经进入销售部，他现在已经可以独当一面了。父母对秦梦云非常满意，他们建议儿子尽早考虑婚姻大事。青山说公司刚刚开始拓展海外业务，要做的工作实在太多。何况自己刚二十七岁，等过两年再说。

2001年，三个孩子面临中考。对青云来说，这次需要真刀真枪地上“战场”了。虽然自己手中已经有了厚厚的获奖证书，学习也很努力，但也许是绘画和围棋占据了他太多的精力，最终只考上了一所相对一般的高中。子珍子珑依旧不负众望，她们以优异的成绩升入了本校高中。

青云的人物画愈发传神，而且不知不觉中作品的主题变成了女人。教授对此没有提出异议，他说与其面面俱到不如专注所长。他还说青云笔下的女人不同凡响，尤其是表情神态有一种摄人心魄的韵味。这里面融合了太多的元素，似酒后之迷离，如洞房之娇羞；欲望之火、绝望之冰、怜惜之伤、思春之媚交融并蓄；陶醉、惶恐、优雅、桀骜纠缠不清。也许这表情本非世间之物，但也正因此才愈发地勾人魂魄、引人遐想。教授明确告诉郝光明，是青云无法驾驭的内心造就了如此另类的画风。很遗憾，自己无法走进孩子的内心世界。照此发展下去，青云很难进入专业院校继续深造，但也许会独树一帜，养活自己应该绰绰有余。郝光明对此倒没有什么意见，他原本希望青云能够考入大学，然后和青山兄弟携手共掌科瑞。但他还是征询了青云的意见，毕竟孩子曾经说过将来想要当画家。青云的态度不置可否，他的画家梦已经没有孩童时那么强烈。

2001年9月11日，美国东部时间上午八点至九点，两架被恐怖分子劫持的民航客机撞向纽约世界贸易中心“双子大厦”，另一组劫机者迫使第三架民航客机撞入华盛顿五角大楼。该次袭击共造成二千九百七十七名平民遇难、十九名劫机者死亡。美国本土遭受如此惨烈的袭击震惊世界，美国专栏作家罗伯特·萨默森说：“恐怖活动炸毁的不仅仅是世贸中心和五角大楼的一部分，而是美国的平静和安全感。”

“9·11”彻底改变了世界，远在万里之外的中国人同样关注这次袭击事件。老叶一家照例在收看《新闻联播》，眼看着高耸入云的世贸双子星先后在烈焰和浓烟中灰飞烟灭，老叶夫妇沉默不语。子珑指着电视说：“这算不算报应？两年前是谁炸咱们大使馆来着？”

子珍瞪了一眼妹妹：“这种事能用报应解释吗？美国人的命就不是命啦？”

“那不一样，咱们又没欺负人！”子珑不服气地争辩。

“那些从楼上跳下来的美国人欺负人了吗？”子珍罕见地严词回应。看着画面中绝望的人们纵身从世贸中心跳下的惨烈画面，子珑终于不再说话。

郝光明一家也在收看新闻。周芳捂住脸不忍再看，她哆哆嗦嗦地说：“吓死人了！青山，你能不能跟梦云说换个工作呀？在天上飞来飞去的太危险了！”

青山笑着安慰母亲：“妈，没事的，咱们国家很安全。”

郝光明也一个劲儿地安慰老伴儿：“哎呀，你能不能不这么邪乎？”

“我就是怕嘛！”周芳还是唠叨，爷儿俩干脆转移了话题。

“爸，您怎么看？”

郝光明紧锁双眉地分析道：“这是两种文明的冲突，美国在中东政策上的明显偏袒和利己主义让自己吃到了苦头。”

青山点头表示赞同：“我也觉得这是他们咎由自取，但这次美国吃了大亏，世界恐怕不会太平了。”

“没准儿这对中国还是好事呢。”一直没说话的青云瞅不冷冒出来一句。

“嗯？你说说看，怎么对咱有利了？”郝光明显然对小儿子的见解很感兴趣。

“他们干起来，就没工夫跟中国较劲了。再说为了防止恐怖袭击，大家都要加强防备，说不定咱家的监控设备还好卖了呢。”青云一边翻着手里的画册，一边漫不经心地说。

郝光明和青山对视了一下，两人同时点点头，露出了会心的笑容。

都说十六岁是花季。的确，孩子们已经含苞待放。

青云以其俊朗的外貌和身上的艺术气息受到了校花林可清的青睐。既然是校花，林可清的长相自然非常漂亮，关键是她的学习也很好。遗传了母亲是舞蹈演员的优秀基因，她的身材和气质十分惹人注目。同样自幼父母离异，但与青云不同的是，她身上没有丝毫忧郁的影子。表面上快人快语、直来直去的她，内心却非常细腻敏感。林可清从小就喜欢足球，虽然球场上众星云集，但她的偶像却只有一个，那就是罗伯特·巴乔。从2000年开始，巴乔已经淡出了意大利国家队阵容，但在林可清心中，“忧郁王子”依然是最棒的，她床头悬挂着1994年美国世界杯决赛中，巴乔罚失点球后落寞背影的巨幅海报。也许在青云身上，林可清看到了忧郁王子的影子，于是便对他情有独钟。

作为土生土长的北京女孩，“北京国安”是林可清心中唯一的主队。2002年，京城最著名的球迷组织“绿色狂飙啦啦队”成立，林可清便是其中一员。在此之前，青云对足球并不感兴趣，但林可清还是生拉硬拽地把他带进了工人体育场。这一年由于辽宁队将主场移师北京，并在联赛揭幕战中对阵国安，因此该场比赛成了北京足坛历史上的首个“德比”战。京城球迷群情振奋，共有四万五千人到现场观战，最终国安以一比零小胜对手。与平淡的比分相比，球员在场上忘我拼搏的场面激起了青云的兴趣，他觉得这才是男人的运动。更让他惊讶的则是球迷的狂热，数万人齐声呐喊，声浪撞击耳鼓，热血澎湃周身。“绿色狂飙”的成员没有一个人坐着，他们整场蹦跳，挥舞着手中绿色的围巾高歌呐喊“国安是冠军”。身边的林可清活力四射，激情飞扬，兴奋让她美丽的面颊泛起红润，尖叫让甜美的嗓音嘶哑，青云被完全感染了。

比赛结束后，两人走进了工体附近的麦当劳快餐店，青云终于体会到助威一点也不比跑上几千米轻松。

“比赛怎么样？”林可清用吸管搅动着可乐中的冰块，发出“哗啦哗啦”的声音。

“踢得一般，但球员挺玩命，气氛也很好。”青云体贴地递上了纸巾，“擦擦你那一脸的汗。”

林可清接过纸巾，嫣然一笑，“以前怎么没见你踢过球？”

“我喜欢打篮球，不过以后我会试着踢踢。”

“知道为什么我偏要叫上你来看球吗？”林可清眨巴着大眼睛狡黠地看着对方。

“不知道。”虽然嘴上这么说，但青云隐隐约约觉得自己知道答案。

“我知道你在装傻，我喜欢你。”林可清打开天窗说亮话，这是她一贯的风格。

青云笑了一下，没有接茬。

“知道我喜欢你什么吗？”林可清双手托腮望着青云。

青云摇摇头，这次他倒真不是装傻。论模样，虽然自己还说得过去，但也没到貌似潘安、风流倜傥的程度；论学习，自己的成绩真是拿不出手；论才华，画画可能还凑合，但怎么也当不了饭吃……

“你的那股子劲儿。”

“我这细胳膊细腿的还有劲儿？”青云一脸坏笑地装傻充愣。

“讨厌！”林可清娇嗔地瞪了他一眼说，“知道吗，你身上那种忧郁、清高、神秘的劲儿特招女孩子喜欢。”

“哦。”青云抿了一口饮料，不知是在品味其中的滋味，还是在琢磨女孩的话语。

“我很小的时候爸妈就离婚了，原以为自己身上多少也会有你那么股子劲儿，可没想到我天生没心没肺，就知道穷欢乐。”林可清说得轻描淡写，但字字撞击着青云的心，相似的经历让他凭空对面前的女孩生出了许多好感。

“我很小的时候爸妈也离婚了。”青云的语气明显要沉重很多。

“那咱俩可算同病相怜了。”

“算是吧，缘分。”青云苦笑，他不由自主地躲避了林可清的目光。

从麦当劳出来，天已经很晚了。初春的北京乍暖还寒，两人手牵着手走进了地铁站。

“姐，给你的。”放学路上，子珑神秘兮兮地从书包里掏出一个信封。

“什么呀？”子珍并没有伸手接。

“我们班张怀亮给你的。”子珑笑得有点不怀好意。

“你们班的班长？写的啥？”子珍迟疑地接过信封。

子珑故作神秘地说：“看嘛，看了就知道了。”

子珍打开信封，里面是一张叠成心形的纸。聪慧敏感的她立刻明白了这是什么，她皱着眉头将纸展开匆匆扫了一遍，就连同信封一起塞回了子珑手里，“告诉他，好好学习，想也别想！”

“干吗呀姐，他人挺好的。”子珑慌里慌张地将信装进信封。

“刚多大呀？就冲写这种信，他人就不咋地！”

姐儿俩已经出落得亭亭玉立，更应了那句“女大十八变，越变越好看”的老话。尤其是子珍，气质高雅、冰清冷艳，引来了不少暗恋者。但大家总是不敢越雷池一步，张怀亮的大胆之举在她看来显然是一种冒犯。

“怪不得男生都说你是冷美人。”子珑随口嘟囔了一句，她显然觉得自己这个信使当得很失败。

“冷怎么啦？你热乎你去回他。”子珍白了妹妹一眼，自顾自地快走起来。

“这里有我啥事啊？好好好，你不同意算了。”看姐姐真有点生气，子珑知趣地将信封放回书包，紧跑几步追了上去。

子珍还不忘提醒妹妹：“你也不许！”

“我？我才没有你那么招人喜欢呢！”子珑扮了个鬼脸，看见姐姐抬手作势要打，她飞快地跑开了。

2002年年中，青山又从销售部进入了刚刚成立不久的市场开发部，这是他轮转的最后一个主要业务部门。经过六年多的锻炼打磨，他已经成了公司的核心骨干。郝光明打算任命他为公司副总经理，但青山坚持等转完市场部再说。但无论如何，婚姻大事该办了。金秋十月，萧青山风风光光地迎娶了秦梦云。

哥哥既然已经成家，读高二的青云不得不再次搬回来与父母同住。经过偷偷地上网“探索”，他已经大致明白了男女之事，但让他烦恼的是自己并没有因此得到解脱，网络上夸张不伦的画面让他对所谓的男欢女爱心存恐惧，对婚姻更是戒心依旧。独特的画风再也没有给他带来任何奖项，学习也是一般得不能再一般，上大学应该没有问题，但重点大学肯定就是奢望了。与之形成反差的是，他的围棋水平有了很大提高，球技更是突飞猛进。他明显感到球场边女生的尖叫声越来越多，但叫得最响的无疑还是林可清。

2003年春天，“非典”降临北京。改革开放后，随着生活水平的提高和医疗卫生条件的改善，中国人对传染病似乎已经感到陌生。上一次引起大家关注的还是1988年上海的甲肝疫情，但甲肝毕竟不是什么新鲜病，而且死亡率不高，从1月疫情始发到5月得到控制，上海市共有三十一万人发病，直接导致死亡的仅仅三十一人。但“非典”不同，这是一种新型的且致死率极高的传染病。从2002年11月广东发现首例，截至2003年8月疫情结束，中国累计报告病例5327例，死亡349例，致死率高达6.55%，十九名医务工作者因公殉职。北京作为继广东后的重灾区，加之首都的特殊地位，疫情防控形势十分严峻。全市消毒，学校放假，村庄街道、小区楼宇、机关企业门前纷纷设置了路障。大家减少出行和交往，外地人纷纷逃离北京。那段时间，“非典”让人谈虎色变，京城出现了前所未有的紧张和清净。

青云和林可清利用这段难得的清闲，开始了“游山玩水”。香山、颐和园、八一湖、北海……处处留下了他们的身影。一天下午，两人来到紫竹院公园。登上青莲岛山顶的揽翠亭，眼前碧波荡漾、荷叶田田、花木繁茂、翠竹青青。

脱掉校服的林可清换上了一身牛仔装，长发在脑后绾了个髻，显得更加俏丽脱俗。她主动拉起青云的手说："这里好美，就在家旁边，我以前却很少来。"

"呵呵，人都是这样吧，越是近在眼前、手到擒来的东西就越不懂得珍惜。"青云望着水面，一如既往地忧郁清冷。

"哦？这么说你一定不会珍惜我喽？"林可清假装生气地甩脱了对方的手。

青云一把将她拉回，坏笑着避重就轻地说："你不一样，你不是东西。"

"呸，你才不是东西呢！"林可清一拳打到对方背上，两人哈哈大笑，惊飞了树上的一只乌鸦。

"听我哥说，他去密云工厂的路上都有人拦着，跟防贼似的。"

"可不是嘛，没想到咱城里人这么不招人待见。"

青云对此倒好像颇为享受，"其实这样也挺好，你没觉得现在北京清净多了吗？老这样多好！"

"哼，你喜欢清净，我可喜欢热闹。哎，对了，我现在又多了一个偶像，你猜是谁？"

"又是哪个帅哥呀？"青云狡黠地看着林可清。

"去你的，不是帅哥，是钟南山！"

"哦，原来是个老头子。"

"你可别小瞧人家钟老，他不但医术高超，而且敢讲真话，我现在就信他！你知道吗，我将来都想当医生了。"

“呵呵，那好，赶明儿我看病就找你。”

“你的病我可看不了。你呀，是这儿有病!”林可清用手指戳戳青云的脑袋。

青云一愣，他很纳闷：自己确实总是没来由地心情不佳、郁郁寡欢，但眼前这个看上去大大咧咧、咋咋呼呼的女孩怎么也能看出来？应该不会吧，也许只是个巧合。

接下来，紧张的高三生活并没有将两人拆散，他们的关系已经非同一般。但青云认为也只能到此为止，自己内心对男女交往的恐惧不允许故事进一步发展。也许离分手不远了吧，他时常这样想。

2004年春节期间，大同的一家酒店正在举办婚礼，新娘是子珍子珑的表姐。姐儿俩随父母一起来参加婚礼，两个花季少女，一个秀发披肩、一个短发精致，一个优雅恬静、一个古怪精灵。美丽无瑕的容颜、凹凸有致的身材、与众不同的气质和活力四射的风采让她们成了全场的焦点。姐儿俩被众人的目光盯得有些不自在，只好低下头窃窃私语起来。

“姐，你将来打算啥时候结婚?”

“不知道，看缘分吧。你呢?”

“我？我还不知道自己会不会结婚呢。”子珑一副无所谓的表情。

子珍惊得瞪大了眼睛，“有病吧你？想自己过一辈子?”

“为什么女人就一定要结婚呢？结了婚不合适再离婚多痛苦

哇，有了孩子就更麻烦。我觉得只要俩人开心，在一起过一天是一天。”子珑说得振振有词。

子珍戳着妹妹的脑门儿说：“真不知道你这脑袋瓜子成天想的是什么！我都怀疑咱俩是不是一个妈生的。”

“我比你还怀疑呢。”子珑俏皮地冲姐姐眨眨眼睛。

婚礼进行曲已经奏响，她们起身鼓掌，为新人送上了真诚的祝福。

高三第二学期开始时，教授给青云上了最后一次课。他们没有像往常一样探讨绘画的专业问题，甚至连画笔都没有动，而是聊了很多关于艺术、品位和人生的话题。

老教授临别时说：“青云，你是我所教过的学生中比较另类的一个，无论是你的画，还是你的人。我很欣赏你的与众不同，但我也必须直言相告，将来你的画也许会有很多人喜欢，但你不会成为真正的大师。有人欣赏绝不意味着你是最好的，明白吗？”

青云信服地点点头。

老教授继续语重心长地嘱咐：“你画的女人超出了常规，很不现实。我不知道你的灵感来自哪里，我想就算我问，你也未必肯说。但我想告诉你一句话，无论你的画意味着什么，它都不是你，更不能左右你。你要记住，画就是画，而不是你的人生。”

青云的眼里闪过一丝感激，“您的话我记下了，谢谢您！”他向恩师深深鞠了一躬。

决定数百万考生未来的2004年高考如期而至。从古至今，莘莘学子为了金榜题名的那一刻挑灯熬油、手不释卷、卧薪尝胆、废寝忘食，既令人佩服，也让人心疼。在他们身后，则是数量成倍的父母乃至整个家族的倾力支持和无限期盼。从1999年“扩招”开始，随着录取人数和比例的逐年提高，进入大学不再像之前那样困难，千军万马争过独木桥的局面一去不返。对很多学生来说，高考只是意味着自己将进入哪所大学、哪个专业。但随着就业形势的严峻和岗位竞争的加剧，高考的残酷性却丝毫没有减弱。

三个孩子怀着各自不同的心情踏进了人生最重要的考场。子珍既有自信也有紧张，子珑异常兴奋、跃跃欲试，青云则是抱着顺其自然的心态。

考试的结果最终符合了三个孩子的实际水平和三个家庭的预期。子珍子珑都考取了第一志愿——对外经济贸易大学，专业分别是工商管理和市场营销，她们即将前往北京读书。青云则考取了一所很一般的大学，他和父母对此倒没有什么不满，毕竟他将来有两条不错的出路：继续绘画和进入科瑞。

所谓花季就是这样一个季节：纯真、热血、懵懂、青涩、好奇、躁动。真的就像一朵含苞待放的花朵，从温暖呵护中来，再向未知风雨中去……

第四章　大学

叶家一下出了两个名牌大学的学生，亲朋好友、街坊四邻纷纷前来道贺，宴席摆了一桌又一桌。虽然经济条件谈不上富裕，但老叶夫妇还是展现了气派与豪爽，毕竟这是一件让人脸上有光，甚至是光宗耀祖的大事。

老两口原打算送子珍子珑赴京报到，但被姐儿俩拒绝了。她们说俩人在一起就是伴儿，不用再折腾父母了。虽然只是工薪家庭，但老叶还是咬牙买了两部新手机，并给她们每人办了一张银行卡。他告诉姐儿俩别乱花钱，但也别苦着自己，钱不够就向家里要。老伴儿也没了往日的泼辣劲儿，反复地叮嘱她们常打电话、相互照应、注意身体、注意安全，尤其嘱咐子珑要听姐姐的话，她甚至还背着姐儿俩掉过几次眼泪。儿行千里母担忧，更何况是这样一对从小备受呵护的姐妹花呢？

子珍和子珑忙着与同学和老师告别，她们还结伴去了趟华严寺，祈求菩萨保佑两人学业顺利、父母安康幸福。临行前的晚上，全家人一起动手包了一顿饺子。子珍遗憾地说要好久都吃不上妈妈做的饭菜了；子珑却说经贸大学的伙食很好，还有山西风味的主食和菜品。子珍说那也比不上妈妈的手艺；子珑则说那你把老妈带上好了。老叶假装板着脸说："还没出门就开始打，这可怎么是好。"一家人充满温情，恋恋不舍。睡觉前，子珍又检查了一下要带的物品和行李，顺带着帮妹妹也检查了一遍，子珑则早已蒙着头进入了梦乡。

长长的汽笛声在站台上回响，老叶夫妇朝车厢里的姐妹花拼命挥着手，姐儿俩则隔着玻璃说爸妈放心、注意身体。他们眼中的彼此变得越来越模糊，但都尽量克制着自己不让眼泪掉下来。火车飞快地远去，带着父母的期盼和挂念、带着姐儿俩的希望和梦想驶向北京。

对外经济贸易大学位于北京市朝阳区，是教育部直属的全国重点大学，位列中国财经类大学前茅，被誉为"东方哈佛""外经贸黄埔"。

校门口悬挂着"热烈欢迎2004届新生"的横幅，子珍子珑拖着行李，骄傲地挺胸抬头、手拉手走进校园。远远望见高大气派的"诚信楼"傲然矗立，洁白的外墙与楼前绿草茵茵的广场交相辉映。巨大的喷泉后面是镌刻着"对外经济贸易大学"字样的幕墙，满怀兴奋与自豪的新生纷纷在幕墙前拍照留念。当姐妹花出现在镜头前时，引来了周围师生、家长的一阵窃窃私语。姐儿俩互相为对方佩戴上白底红字的校徽，脸上洋溢着幸福的微笑，全身散发着青春的光芒。激昂的校歌在耳边回荡：

……

博学，诚信，求索，笃行，

代代相传，永远发扬。

……

由于不是一个专业，姐儿俩在报到时向学校申请能否调到同一个宿舍，但亚洲最大的单体学生宿舍“虹远楼”正在施工，房间暂时比较紧张，工作人员说等明年9月新楼竣工了可以再提出申请。

去各自大学报到前，青云和林可清一起看了场国安的比赛。还是在那个麦当劳快餐店，青云平静地提出了分手，但并没有说明原因。心细如发的林可清其实对此早有预感，她伤心地接受了现实。

林可清考上了首都医科大学临床心理专业，她说虽然自己“缺心少肺”，但一直很喜欢揣摩别人的心思。她甚至开玩笑地说：“等我将来学明白了，没准儿就知道你为什么要和我分手了。”她问对方将来有什么打算，青云说自己上大学就是走个过场，他准备建立自己的工作室，边上学边创作。等毕业了也许会继续以画谋生，也许会进入科瑞公司，不过他个人更倾向于前者。他说哥哥青山很能干，自己应该帮不上什么忙。

“以后我们再也不会一起看球了。”林可清多少有些失落。

“嗯。”青云没敢看对方的眼睛，他觉得那双眼睛有着明察秋毫的魔力。

“照顾好自己，你应该让自己开心起来。”林可清的眼中闪过晶莹的泪光，她努力克制着自己的情绪。

“嗯。”青云继续闷着头，他的内心很纠结。自己明明喜欢眼前这个女孩，可对女人和婚姻的恐惧却让他止步不前。

“保重，后会有期。”林可清踮起脚，轻轻地吻了青云的脸颊。

青云呆呆怔在原地，目送着心爱的女孩消失在拥挤的人流中。

“妈，我想自己开个绘画工作室。”

“啊？你不打算上学啦？”

“不，我想边上学边画画。学校的宿舍太挤了，根本没有条件创作。”

“你要自己住在外面？”周芳吃惊地张大了嘴巴。

“嗯。”

“这我可做不了主，我得问问你爸。”周芳显然对青云的要求不太支持，或者说不太放心。

郝光明与青云深谈了一次，他觉得孩子的想法很正常。既然大学不能给他提供未来的希望，不如做些自己喜欢的事。“你准备把工作室开在哪儿？”郝光明决定成全儿子。

“八大处。离咱家和学校都不远。我暑假和同学去那边玩，看见有个小院挺好，价格也不贵。”

“多少钱？”

"一年六万，房主说如果长租还可以再便宜些。我想试着卖卖自己的画，也许能挣些钱，但前期还是需要您……"

郝光明打断青云："钱不是问题，你也不必非要卖画挣钱。我答应你，是想让你干自己喜欢的事，但你也要答应我两件事。"

"您说。"

"第一，你必须保证拿到大学文凭。"

"我保证！"

"第二，自己住在外面要注意安全、注意分寸。"

"好，我保证！"

"还有，周末你必须回家。"

"没问题！"青云一一答应下来。

"如果将来你不想画画了，科瑞随时欢迎你。"郝光明慈爱地拍拍儿子的肩膀。

"我知道了。"青云觉得自己的眼睛有点发酸，他用力点了点头。

"好吧，明天带我去看看院子，怎么也得拾掇得像个工作室呀。"

"好。谢谢爸！"

八大处位于北京著名的西山风景区南麓，是一座历史悠久、山水宜人的佛教寺庙园林。西山余脉翠微山、平坡山、卢师山三山环抱，形似座椅，八座古刹星罗棋布地分布其中。"二处"灵光寺供奉着释迦牟尼佛的灵牙舍利，使这里成了善男信女心中的圣地。

小院坐落在山脚下的村庄，谈不上偏僻，但环境相当清幽。五间北房一溜儿排开，面积一百多平方米，水电齐全，还有一个不大不小的庭院。

按照青云的设计，中间两间打通作为展室，三面墙壁悬挂画作；最西边一间是画室，东边两间分别是茶室和卧室。郝光明让人把房间重新装修，购置了中式家具，布置得舒适雅致，还特意在院中栽了一株柿子树，他说这样预示着事事如意。一家人看过工作室后都非常满意，青云更是对父亲的支持倍加感激。

新年前，青云搬进了小院。他给自己的工作室取名“青云阁”，还特意找人刻了块匾悬挂在院门正上方。他把小学三年级时画的那张哥哥身穿海魂衫的画挂在了展室的正中，他喜欢这幅画，更喜欢画中高大英武的人。新生活开始了，绝不能辜负一家人的期望，青云这样想着。

大学的生活充实而新奇，子珍加入了学校的合唱社团，子珑则进入了舞蹈队。她们青春靓丽的外表、双胞胎的身份、迥然不同的装扮和性格成了大家茶余饭后的谈资。姐儿俩待人和善有礼，学习努力用功，很快便成为各自班级和寝室里最受欢迎的人物。

青云加入了校足球队，虽然他没有受过专业训练，但灵活的身体、惊人的速度、飘逸的球风以及不要命的踢法让他成了队中的主力边锋。他和同学们的关系若即若离、不好不坏。大家知道他不住校，而且有自己的绘画工作室，于是对身边这位颇有艺术范儿的同学多少有些另眼相看。青云每天早晨乘五站公交车去学校上课，放学后去图书馆学习或参加球队训练，在食堂吃过晚饭后便回到工作室进行创作。规律的作息、安静的环境，再加上愉快的心情，让他的创作灵感时时迸发，画中的女人无论年龄、身份、装扮、美丑都格外生动传神。他建立了自己的网站，在上面发布作品和创作心得。时间不长便拥有了为数不少的粉丝，很多人会付费请他画肖像，收费虽然不高，但他完全可以自食其力并开始有了积蓄。周末他会回到家中，与父母和兄嫂共度家庭时光。在周芳的要求下，郝光明陪老伴儿晚上去小院抽查过几次，看到青云都是一个人在专心作画，两人便也安了心。

青山终于成了科瑞的副总，军旅经历让他处事光明磊落、雷厉风行，工作起来更是有股拼命三郎的劲头。郝光明对自己的接班人异常满意，毕竟他已经六十三岁了，也许该是年轻人挑大梁的时候了。他在京西上风上水的地方购置了别墅，打算春节前老两口和小两口入住新家。当然，他们也为青云布置了一个房间。为了锻炼接班人，郝光明有意安排青山出面应酬，各种酒局开始增多。青山豪爽的性格时常让自己大醉而归，但他认为喝酒也是工作的一部分，为了关系、为了生意，他在所不惜。周芳和秦梦云常常告诫他饮酒伤肝，他往往是一笑而过，说自己会注意的。

经过十五年发展，科瑞公司已经成为业内的佼佼者，郝光明开始扩大生产规模，增加产品系列，他甚至开始考虑公司上市的问题了。因为工作需要，公司会在寒暑假去高校招聘实习生，这样既可以降低人工成本，还能尽早发现好苗子。

寒假到来，子珍子珑和父母商量暂时不回家。一来毕竟刚刚离家不到半年，二来可以利用假期勤工俭学以减轻父母的负担。老两口虽说不愿意和孩子们分开过春节，但他们还是尊重了姐儿俩的意见。恰逢科瑞公司来学校招实习生，子珍凭借出色的外貌、优雅的气质和过硬的英文水平获得了自己的第一份实习工作，她进入了科瑞公司的市场开发部，负责整理资料和一般英文文件的翻译。同事们都非常喜欢这个聪明漂亮、踏实勤奋的女孩，青山甚至特意交代人事部门关注这个学生，争取将来把她留在公司。

子珑则找到了一家广告公司实习。魔力广告公司是近年来京城广告界崛起的新锐，公司绝大多数员工都是年轻人，敢想敢干、活力十足。老板是三十四岁的温克俭，他的夫人是某位领导的千金。凭借优秀的创意和精良的制作，再加上老板精明的头脑和老板娘的裙带关系，魔力公司业绩喜人、利润可观。

由于夫人强势如虎，长相也实在一般，春风得意的温克俭便非常喜欢录用年轻漂亮的小姑娘，当然他也很看重工作能力。子珑的出现无疑让他眼前一亮，这个留着清爽的短发、漂亮可爱、说话办事爽快干脆的女孩非常符合自己对审美和工作的要求，他将子珑安排到了总裁办公室。

青云想利用假期学习驾驶，郝光明毫不犹豫地同意了。当他要为儿子缴纳学车费用时，青云拿出了自己卖画的积蓄。这让父母感到十分意外和高兴，他们觉得孩子长大了。

春节是阖家团圆的日子。绝大多数同学都离校返家，子珍子珑终于可以临时住到一起，她们决定年夜饭自己包饺子。子珍切菜拌馅儿，子珑和面擀皮，姐儿俩一边包饺子一边聊天。

“珑珑，广告公司有意思吗？”子珍一边往馅儿里放调料，一边问。

“整天就是接接电话、发发资料，挺没意思的。其实我想去市场部，我本来就是学这个的嘛。”

“刚学了几天呢就想一鸣惊人？先干干行政也不错，我现在不也是干行政嘛。”

“你起码还能翻译翻译资料呢。”子珑噘起了嘴，但很快她就忘掉了不满，“姐，你们公司帅哥多吗？”

“想干吗？让我给你寻摸一个？太早了吧。”

“瞧你，我是说有没有你看上眼的。”

“我？没有。”子珍想了想，接着说，“不过我们的副总还是不错的，英俊高大、事业心强，人很能干，对员工也特别随和。”

“那你还不表现表现？”子珑一脸坏笑。

“去你的，人家结婚了。再说我也不想那么早搞对象。你呢？有对上眼的啦？”子珍转守为攻。

“嘿嘿，我倒没看上谁，但好像是被别人给看上了。”子珑有点得意。

“哟？老实交代吧。”子珍停下手里的活，等着听妹妹的下文。

“就是我们老板。面试的时候我就发现他看我的眼神冒贼光，我觉得他是故意把我安排在总裁办的。”

“让老板看上了，你行啊。”

“他有老婆。”子珑说得轻描淡写。

子珍的表情一下严肃起来，她将手搭在妹妹肩头说：“那可不行！我可告诉你，当‘小三儿’的事绝对不许！”

“哎哟，你什么意思呀？我又没说要当第三者插足，你也太小瞧本小姐了！”子珑生气地把手中的饺子随手一扔，饺子打了个滚儿，狼狈地趴在报纸上。

“好妹妹，不是姐瞎想，你从小就大大咧咧，做事不管不顾，姐是怕你吃亏。”子珍恢复了温和，说得语重心长。

“放心吧姐，我有分寸的。”子珑将手上的面粉按在姐姐的鼻尖上。子珍不甘示弱，一把给妹妹抹了个大白脸，姐儿俩互相指着对方的小丑脸哈哈大笑。

“姐，你说男人是不是都好色呀？”

“也不能叫好色吧。窈窕淑女，君子好逑。怎么让你说得那么猥琐？”子珍一边说，一边用纸巾帮妹妹把脸擦干净。

“我觉得就是，而且他们总是吃着碗里的、盯着锅里的。”

“小屁孩儿，你才遇见几个男人哪？”

“嚯嚯，你不就比我大几分钟吗？好像见过很多男人似的。哦，对了，比如你们那个副总啊。”

“再胡说小心我抽你！”子珍举起了擀面杖。

热气腾腾的饺子出锅了，姐儿俩盛了满满两大盘子，在饭盒里倒上醋准备开吃。子珑剥了几瓣蒜，随手递给姐姐一瓣。子珍摇摇头，她很注意形象，不喜欢大蒜的味道。

“嘁，好像一会儿还要见谁似的。”子珑不以为然地吞下一个饺子，咬了一口蒜大嚼起来。没想到饺子太烫，害得她一个劲儿地在嘴里捣鼓，张开嘴巴大口大口地呼气。

“急猴儿！”子珍笑着打开一罐啤酒递到妹妹手里，子珑接过来“咕咚咕咚”喝了一大半。

“咱给爸妈打电话吧。”子珍提议。

“好哇好哇，我可想他们了。”

电话接通，听筒里传来妈妈急切而颤抖的声音：“珍珍珑珑，你们都好吗？”

“都好都好。妈，您和我爸好吗？”子珍也很激动。

没等妈妈回答，子珑便迫不及待地抢过电话喊：“妈，我们吃饺子呢！自己包的，可惜没您包的好吃。”

“好珑珑，妈赶明儿给你包。老头子，还不赶紧过来和闺女说说话！”母亲的话音有些哽咽。

“珍珍珑珑，我和你妈都好。你们俩头一次在外头过年，多弄点好吃的，别光吃饺子呀。”老叶的声音也有点颤抖，但他很快让自己平静下来，开着玩笑说，“你们这电话要不来呀，咱家的饺子就不能下锅，可把我饿坏了。”

子珍凑到话筒边说：“爸妈放心，我俩都大了，能照顾好自己，你们也快点吃饭吧。”她的眼圈有点发红。

“妈，我想您了！”子珑却早已不管不顾地哭了出来。

“妈也想你们……”电话那头传来了母亲抽泣的声音。

“老伴儿，大过年的，你这是干吗呀?”老叶赶紧在一旁安慰。

子珍掐了一下子珑的胳膊，用眼神示意妹妹控制一下情绪，可她自己的眼泪也没忍住掉了下来。

四个人你一句我一句地聊了很久。饺子放凉了，窗外升起了五颜六色的烟花。

豪华的别墅中，郝光明一家喜气洋洋地围坐在餐桌前，周芳和秦梦云精心料理了一桌丰盛的年夜饭。周芳的父母已经在几年前相继离世，现在既没有老人需要照顾，两个儿子也长大成人，五十五岁的她到了一辈子最舒心安逸的时候，幸福毫无保留地绽放在脸上。郝光明满面红光，花白的头发梳理得一丝不苟，整个人显得异常精神。结婚十几年来，妻子无微不至的照顾让他看起来颇有鹤发童颜的味道。看着其乐融融的一家，他觉得自己这辈子的奋斗没有白费，二十二年对心上人的苦等没有白费。

“今天是咱们在新家过的第一个春节。来来来，大家庆祝一下。”郝光明兴奋地举起酒杯，全家人纷纷举杯相碰，各自说着祝福的话语。

落座后，周芳夹起一只大虾放到青云盘中，“咱家青云现在可是出息啦，念书画画都没耽误，他学车的钱都是自己挣的。”母亲的话语中透着自豪。

“青云，祝贺你。好好学，好好画。”青山微笑着冲弟弟点头。

“老大也好哇！到科瑞八年，现在完全可以挑大梁啦。关键是有领导的气质，公司上下都很服气。看来我是该考虑早点退休，陪你妈去周游世界啦。”郝光明也毫不掩饰自己的骄傲。

“我可不陪你满世界疯跑，我还等着抱孙子呢。”周芳笑得合不拢嘴，她转向青山夫妇说，“你俩岁数也不小了，是不是该考虑要个孩子啦？”

“妈，您别着急呀。我俩现在都是工作要劲儿的时候，过几年再说吧。”青山又喝了一杯。

梦云佯装生气地说：“妈，您先劝劝他把酒戒了吧，就冲他这么喝酒我也不敢要哇。”

“对对，听梦云的，这些年你的酒量眼瞅着见涨。”婆婆很赞成儿媳的观点。

梦云眼见目的达到，便转移了话题：“青云，自己住在外边还习惯吗？可得注意安全，另外也别老吃食堂，多回家来改善改善伙食。衣服被子脏了就拿回来，嫂子帮你洗。”

“谢谢嫂子。”青云眼里的哥嫂幸福美满，他有时甚至想：如果婚姻都能如此倒也没那么可怕。

“对了青云，听说你们学校的学生因为打架出事了？”青山关切地问。

“嗯，好像是为了个女孩，结果一个男生把另一个男生捅死了。”

周芳立刻紧张起来，连忙嘱咐道：“哎呀，你说现在这孩子都是怎么想的，动不动就拿刀子玩命。青云，你可得小心，千万别招惹他们。”

“您放心吧，我下了课就回小院画画，不会惹事的。”

“你妈就这样，听风就是雨，咱家青云可不是那种孩子。”郝光明怕老伴儿继续担心，赶紧岔开了话头，“青山青云，你俩好好干、好好学，今后科瑞就靠你们哥儿俩了。三年后就是北京奥运会，我打算让公司借着这股东风上市。”

“好，我们努力！”青山豪情满怀地又干了一杯，青云则闷着头没有表态。

“快看，放花啦，放花啦！”梦云指着落地窗兴奋地喊道。

窗外，喜庆的烟花此起彼伏，伴着响亮的哨音、拖着长长的尾焰直冲天际。一瞬间，京城的夜空开满了红的、黄的、绿的、蓝的、紫的“花朵”，耳畔鞭炮齐鸣。这是一个吉祥年，这是一家幸福人。

寒假很短暂。子珍子珑结束了实习，青云考取了驾照，他暗下决心好好画画，到毕业时攒够买车的钱。

子珍到财务室领取工资时被告知去一趟萧副总办公室。她一边琢磨着领导找自己的用意，一边礼貌地敲了三下门。

“请进。”

“萧总好，您找我？”

“小叶呀，快坐快坐。”青山热情地将子珍让到沙发上，自己也坐了过来，“实习结束了，感觉怎么样？”

“感觉很好，科瑞是家正规的企业，而且大有前景。一个月下来我收获很大，感谢您和同事们的照顾和帮助。”

“那就好，我今天找你是想聊聊将来。听说你家在山西？”

“嗯，山西大同。”

“家里还有什么人呢?”

“父母都在老家，双胞胎妹妹和我在同一个学校。”

“嚯，一家出了两个高才生，了不起！妹妹也在实习吗?”

“嗯，她找了一家广告公司。”

“哦。你们姐儿俩将来有没有打算留在北京发展?”

“我想会的，这里毕竟机会多些。”

“好，有志气！那我想知道，如果机会合适，你们姐儿俩愿意不愿意毕业后来科瑞工作?”青山的目光中充满期待。

“谢谢萧总，我想我会考虑的，但毕竟刚上大一，时间还早。如果可以，我想今后假期还能来这里实习。”

“好的，欢迎！科瑞需要你们这样年轻有为的人才!”

“可是我做不了妹妹的主，她总是很有主意。”子珍不好意思地笑了。

“没关系，姐妹花能来一个就是科瑞的收获。”青山开心地说道。

“叶子珑，老大让你去趟他的办公室。”刚要走出大楼的子珑被同事喊了回来。

“温总，您找我?”子珑走进了温克俭豪华气派的办公室。

“子珑啊，快进来。怎么着？领完钱就走，也不和老板道个别?”温克俭热情地起身相迎。

“您那么忙，我怕打扰您工作。”子珑警惕地看着对方。

温克俭一语双关地说："再忙我也有时间打声招呼哇，看来还是魔力的吸引力不足，要不就是我的魅力不够。"

"不，不，魔力已经魔力十足了，我很喜欢。"子珑的回答不卑不亢，而且有意回避了后一个问题。

"那暑假还来实习呗。"

"暑假不行，我要回老家的。如果可以，我想明年寒假再来实习。"虽然对温克俭个人有偏见，但子珑还是很喜欢魔力的工作氛围和发展前景。

"随时欢迎，一言为定!"

"可是温总……"子珑欲言又止。

"什么事，尽管说。"

"如果再来实习，我想到市场营销部工作，因为那才是我的专业。"

"这个……"温克俭犹豫了一下说，"也没问题，魔力的部门你随便选，谁让我爱惜人才呢。"他狡黠地笑了。

大一第二学期平静而充实。子珍子珑已经完全适应了大学的生活，她俩不约而同地爱上了北京这座城市。青云的画愈发受到追捧，部分画作已经可以卖到上千元。他的心情格外舒爽，整个人看上去阳光了很多。

暑假到了，子珍子珑要回老家，临行前她们用实习挣来的钱给父母买了稻香村的"京八件"和果脯礼盒，还特意跑到王府井给老爸买了双内联升的步鞋，给老妈裁了块瑞蚨祥的绸缎。

青云想去旅游，他选择了云南。

玉龙雪山位于云南省丽江市玉龙纳西族自治县，是中国最南边的雪山，南北长三十五公里，东西宽十三公里，面积九百六十平方公里，主峰扇子陡海拔五千五百九十六米。在蔚蓝清澈的天幕映衬下，山峰像一条玉龙在天际飞舞，故而得名。又因山体构成主要为玄武岩和石灰岩，两种岩石黑白分明，被称为“黑白雪山”。

青云惬意地倚靠在缆车中欣赏着窗外的景色。时值盛夏，沿途看不到雪的踪迹，视野里除了苍翠广袤的原始森林，就是黑白分明的岩石。走下缆车，天空阴郁不见太阳。大团大团的浓雾迎面扑来，空气凉凉的、湿湿的。脚下的木头栈道蜿蜒着向浓雾中延伸，一眼望不到头。越往上爬，青云心里越犯嘀咕：画册上俊俏挺拔的玉龙不见踪迹，明明知道它就在前方，却始终不能望见，不由得生出了一种怅然若失的感觉。行至四千五百多米高的地方，雾气毫无征兆地消失了，玉龙伟岸的身姿闯进人们的视线！它是那么安详、肃穆，凝望着脚下的人来人往。阳光无遮无拦地暴泻下来，刺得人眼睛发疼，冰甲在强光的照射下显得更加熠熠生辉、晶莹剔透。阶梯到了尽头，青云望着不远处的主峰扇子陡，自嘲地笑了一下，心想：就把这里当作是顶峰吧。神峰岂能被我这样的凡夫俗子踩在脚下？迄今为止，它还从未被人类征服过呢！

近在咫尺的主峰凌驾于沟壑纵横、青筋暴露的山岩之上，蓝天是它的背板，白云是它的披纱，残雪是它的衣襟。玉龙黝黑的身躯披挂着一层晶莹透亮的冰甲，似乎正要昂首冲天。风雪使它的外表冷峻嶙峋，阳光又使它的质地珠圆玉润。眼前的玉龙宛如一尊墨玉从天而降！安详宁静、清澈圣洁、超凡脱俗，神一般地矗立在世人面前。在它脚下，青云不敢欣赏，只有膜拜。也不知哪里来的冲动，他一把脱去上衣，袒胸露背，高举双臂，双拳紧握对着神峰大喊一声“玉龙，我来啦！”让他感到奇怪的是，自己竟然没有感到一丝寒冷，反倒是身边的游客朝他投来异样的目光。

苍洱风光在双廊！双廊本是大理洱海边的一个小渔村，位于洱源县东南、洱海东岸，南有长约七公里的弧形海岸，名“莲花曲”。1959年，电影《五朵金花》曾在此拍摄外景。村落里的老街很狭窄，高低起伏、曲折回转，凹凸的青石路面凝刻着数不尽的岁月沧桑。老式民居基本都是用石头砌成，显得古朴凝重。青云用手抚过墙面，一种岁月流转的感觉传遍全身。斑驳的大门、陈旧的廊檐似乎在讲述着主人一家悠远的故事。偶尔会有背着竹篓、穿着白族服饰的老人家从身边走过，让幽静的村落显得更加古朴安详。七拐八绕，青云走上了著名的莲花曲。一条小路伴海延伸，左边是静静的洱海，右边是被绿树鲜花簇拥的宅院。白族妇女沿街摆开小摊，凉粉、煎鱼、木瓜水、煮菱角、炸乳扇……空气中飘荡着美食的味道和悠闲的气息。

在玉矶岛，青云遇到了一位白族少女。少女倚靠在汉白玉栏杆上，出神地向远方凝望。她的身材娇小玲珑，乌黑的头发高高盘起，微微泛红的脸庞蕴含着一丝迷离和陶醉的神情，与身边的山水仿佛融为一体。青云不由得看呆了，他赶紧举起相机，将这幅唯美的画面收藏起来。快门的“咔嚓”声惊到了少女，青云不好意思地笑笑，少女却捂着脸娇羞地跑开了。

回到租住的民居，青云向店家借来桌椅和烧烤炉，在紧邻洱海的岸边埋锅造饭。暮色昏沉，凉风乍起，眼前是红红的炭火，耳边是拍岸的潮音。“嗞嗞”冒油的烤肉、淡淡幽香的松子酒，青云不知不觉地醉倒了。他蒙蒙眬眬地看见眼前的苍山洱海在夜色笼罩之下，像一对恋人般依偎在一起，耳鬓厮磨，喃喃细语。

夜晚，青云沉沉地睡去，睡得很香。突然，他被巨大的响声惊醒了。铺天盖地的暴雨、震天动地的惊雷、撕心裂肺的狂风在房间四周咆哮。这雨声、雷声与风声是如此歇斯底里、畅快淋漓，尤其是那凄厉耀眼的闪电，瞬间将四面全是玻璃的房间“击穿”。在这样一个狂风暴雨的夜晚，在这样一个背山面水的阁楼，青云彻彻底底地感受到了自然的力量与魅力。那一刻，他陷入了孤悬半空、没着没落、不知所终的感觉。心里空洞洞的，只是躺在那里，静静地观望、静静地倾听、静静地等待、静静地祈祷……

第五章　遇见

人这一生会有数不清的遇见：也许是一座人生地不熟的城市，也许是一条似曾相识的街巷，或是一场如期而至的春雨，抑或是斑驳石墙里盛开的一簇夏花……当然，也可能是在擦肩而过或蓦然回首间遇见的那个人。有些人来了又去，有些人去了又来，有些遇见不过是匆匆一瞥，而有些则成为刻骨铭心的记忆。

2005年9月，世界最大的单体学生宿舍“虹远楼”在对外经济贸易大学校园的东南角拔地而起。学生们的住宿条件得到了极大改善，子珍子珑也如愿住进了同一间宿舍。

大二的生活更加丰富多彩，首都高校一年一度的“艺术体育节”在金秋十月如期登场。该活动由各高校轮流担任东道主，今年恰巧轮到青云所在的大学。子珍要代表学校参加音乐比赛，她选择了俄罗斯男歌手维塔斯的歌曲《圣徒》。

1981年出生的维塔斯凭借一曲《歌剧2》引起了俄罗斯歌坛的轰动，并很快风靡全球，其独特的“海豚音”让无数歌迷如醉如痴，《圣徒》是他为数不多的一首低音作品。歌曲需要一位伴唱，维塔斯的伴唱是位女歌手，艺名叫西瓦拉。没人知道她的国籍、年龄和真名，作为维塔斯刚出道时的搭档，她改编了两人合唱的很多作品，与维塔斯的配合堪称天衣无缝。子珍请妹妹担任西瓦拉的角色，子珑欣然同意。

青云因为参加美术和足球赛事，受邀来到音乐比赛现场，并坐在了比较靠前的位置。轮到姐儿俩上场时，现场灯光突然变暗，一群身穿原始服装的伴舞冲上舞台，他们挥舞着野兽的头骨、牛角做成的号角和长矛盾牌，头上插满羽毛，呼喊着充满野性的号子。音乐骤停，一束强光射在舞台中央。子珍身穿银色紧身连体衣，长发披肩，额头系着黑色发带，当中缀有一颗绿色水晶。紧身衣勾勒出她玲珑的曲线，银色高跟长筒靴更显身姿挺拔曼妙。在聚光灯的照射下，她宛如一位女神正在接受信徒的膜拜。伴唱响起，光柱投向舞台一角。梳着短发的子珑身穿一袭紫色天鹅绒长裙，鸡心领口露出雪白的颈项和性感的锁骨。她的身体随着音乐翩然摇摆，看上去比姐姐更加火辣妩媚。

（伴唱）Блаженный Гуру, куда ты идешь?

Блаженный Гуру, меня ты не ждешь.

（主唱）Тебя я не жду – нет столько сил,

От всей суеты я уйду в тишину.

……

奇幻的舞台、美丽的容颜、精湛的唱功让台下的观众如醉如痴、惊叫连连，青云不由自主地跟随音乐打起了节拍。

“哎哟，这俩妞哪个学校的？太漂亮了！双胞胎吧？”边上的同学用胳膊肘拱拱青云。

“外经贸的，确实不错。”青云的眼睛一刻也没有离开舞台。

“哎哎，大画家，如果要让你选，你选哪个？”另一位同学满脸的垂涎欲滴。

青云仔细盯着姐儿俩看了一会儿说：“长头发的，优雅高贵。”

“我喜欢短头发的，妩媚火辣，更飒！”同学有不同看法。

青云淡淡一笑，“乐和乐和得了，说得跟真事儿似的。”

比赛结束后，东道主给参赛选手安排了工作餐，青云作为主办方代表参加了宴请。很巧，他和姐儿俩坐在了一桌。

青云对身边的子珍说：“唱得真不错。”他的脸略微有点泛红。

“谢谢，喜欢维塔斯？”子珍扭头看着旁边略显羞涩的男生，礼貌地回应。

“喜欢。不过相比海豚音的《奉献》，我更喜欢这首《圣徒》。”

“哦？为什么？”子珍显然对这个话题很感兴趣。

“《奉献》虽然没有歌词，但它表达了维塔斯对母亲的崇拜与爱。但海豚音的演绎似乎过于空灵，让这种人间挚爱显得不够真实。《圣徒》的歌词和曲调虽然很玄奥，表现了一种精神层面的追求，但听起来反而更加有人间气息。”聊起了艺术，青云侃侃而谈。

子珍子珑同时侧耳倾听，她们不约而同地感觉眼前这个英俊清朗、略带忧郁的男生谈吐和气质很不一般。

“可以呀，对音乐这么有研究。”子珑隔着姐姐探过身子问，“怎么没见你上台比赛呀?”

“我唱歌很一般。”青云谦虚地笑笑。

一旁的同学替青云做了介绍：“他是我们学校有名的艺术家，油画画得特棒，还有自己的工作室呢！另外，他还是我们校足球队的边锋，可以说是文武双全，后面画展和足球赛有他露脸的时候。”

音乐绘画本就同源，源自对世间美好的追求。子珍心里盘算：原来如此，搞艺术的就是不一样！

“别听他瞎吹，纯爱好。”青云主动向子珍伸出了手，“萧青云，认识你们很高兴。”

“你好，叶子珍。”子珍礼貌地握手致意，两人仅仅指尖相触，点到为止。

“叶子珑。”子珑也伸出了手，她的出手显然要大方豪爽了许多。

青云笑着说：“不一样的双胞胎。”

“人家都说我和我姐不像。”子珑调皮地眨眨眼睛，子珍则含蓄地低头浅笑。

“你的画在哪儿呀，吃完饭带我俩去欣赏欣赏。还有，你们哪天踢比赛呀，我俩去给你加油！”子珑兴奋地抛出了一串问题。

“参赛的画都挂在图书馆楼道，如果感兴趣，我一会儿带你们去看。加油就算了，因为后天我们的对手是外经贸。”

“那怎么了，没听说过只能给自己学校加油的，对吧姐。”子珑把歪理说得理直气壮。

子珍没答话，只是白了妹妹一眼，心说：你怎么就不能矜持一点呀？

饭后，青云陪姐儿俩来到图书馆。他的画挂在显著位置，画中是一位身穿白族服饰的少女，倚靠在汉白玉栏杆上眺望苍山洱海，这是暑假他去云南旅游回来的新作。少女面色红润，不知是高原日照的关系，还是本来的娇羞。女孩半眯着眼睛，神色中流露出陶醉，眼睛里闪烁着迷离，嘴角却挂着几分委屈。显然，青云又在作品中融入了自己的想象。

“好美！”子珑忍不住竖起大拇指。

子珍则凝神思索。作品的确很棒，但她隐约觉得总有什么地方很奇怪。也许是少女的神色与所处的环境有些不搭吧，但她并没有开口询问。

下了晚自习，子珍想早点休息，子珑却缠着她聊天：“姐，你觉得那个萧青云怎么样？”

“挺精神的。”子珍的回答显得有点敷衍。

子珑从上铺探出头来说：“我没说长相，我觉得他挺有才的，气质也好。”

“干吗？你看上啦？”子珍白了妹妹一眼。

“看上又怎么啦？你就没动心思？”

“这刚见了一面，人到底怎么样需要时间了解，你矜持一点好不好？”

“喊，我可没你那么多心眼儿。我觉得他人挺老实，你没发现吗，他跟咱俩说第一句话时脸都红了。”子珑闭上眼睛，仿佛在回味初次的见面。

子珍回想了一下，确实如此。不过她还是善意地提醒妹妹：“珑珑，你也这么大了，好坏是非会有自己的判断。我只是想提醒你，好感归好感，但还是慢慢来吧。”

“嗯，我知道。我就是想问问你是不是也喜欢他。”子珑睁开眼睛，目光里隐约透着一丝担心。

子珍没有回答而是反问道：“从小到大，我和你争过什么吗?”也许她也弄不清自己是否喜欢萧青云，但她说不会和妹妹争却是发自内心的。

“那我就放心啦，到时候你可别后悔。”子珑如释重负，摆出了一副嬉皮笑脸。

“关灯睡觉!”子珍用被子蒙住了脸。

足球场上的竞争异常激烈。都是血气方刚的年纪，都有为校争光的意愿，更重要的是都有一颗在女同学面前好好表现的心。比赛踢得火星四射，双方啦啦队各占半边，拼命地为自己学校的球队加油。然而事情总有例外，在外经贸的啦啦队中有一对漂亮的双胞胎姐妹，短头发的女孩显然是个“卧底”。只要对方球队进攻，尤其是边路的一个球员带球突破时，她就会发出狂热的尖叫。阵营里出了“叛徒”，难免引来大家异样的眼光。坐在旁边的长头发女孩时不时地扯扯她的衣襟，但短头发女孩不为所动，依旧大呼小叫。

子珍子珑来看青云踢球了。青云发挥得的确不错，他大幅度的假动作非常飘逸，而最激动人心的则是他快如闪电的边路突破。把球向前一蹚，他凭借速度“生吃”防守队员，让人看得过瘾。又是一次快速下底，对手显然有点恼羞成怒，一个凶狠的飞身放铲，青云立即腾空翻转，然后重重摔倒在地。全场瞬间安静下来，子珑猛地站起身，双手捂嘴，她甚至连尖叫都没来得及发出，子珍也被吓得双手掩面。众人将在地上痛苦翻滚的青云围在中间，校医也迅速跑了过去。这个剪刀腿够狠，再加上这么快的速度，青云显然伤得不轻。很快，救护车飞快地将他送往最近的医院。

小腿骨折。一场普通的校间比赛出了这么大的事故，两个学校都非常重视。当天下午，双方校领导便来到医院探望，当得知并不会落下残疾，大家才长嘘一口气。为了表达诚意，对方学校特意安排犯规的队员在老师、同学的陪同下前来道歉。子珑由于在助威中的“突出”表现，也被列入了陪同名单。

慰问团成员提着大兜小兜的营养品，子珑则怀抱着一捧鲜花。病房里，周芳正看着右腿打了石膏的儿子心疼地抹眼泪。

“阿姨对不起，同学对不起。”铲人的同学一个劲儿地鞠躬道歉，他显然也被吓坏了。周芳忍不住生气地责怪：“你们这些孩子，一个比赛玩什么命呀，这要是踢瘸了可怎么办？”

“妈，您别这么说，人家又不是成心的。”

带队的老师赶紧上前赔不是，周芳便恢复了温和，“还好骨头没错位，以后都得小心，伤着谁也不好哇。”

“对对，您说得对！”大家连声附和。

子珑将花束放到桌上，没有丝毫顾忌地走到床边关切地问：“昨天吓死我了，疼吗？”

周芳诧异地望着儿子，弄得青云的脸又红了，连声说：“没事没事，小伤，拄俩月拐就好了。”

“伤筋动骨一百天，你可别大意。”子珑依旧旁若无人。

“真的没……没事。”青云开始结巴了。

大家用眼神互相示意一下，便知趣地告辞了。周芳迟疑了片刻，也退出了病房。

子珑一点也不客气，一屁股坐到床边问：“你喝水吗？”

“刚喝了，不渴。谢谢你来看我。”只剩两个人，青云渐渐恢复了常态。

“那我给你剥个香蕉吧。”子珑也不等对方表态，麻利地剥了个香蕉就往青云嘴里塞。

青云赶紧伸手接过来说：“昨天要不是你，没准儿我还伤不了呢。”漂亮的女孩如此关心自己，他心中也不免有几分得意，忍不住开起了玩笑。

“为什么？”子珑杏眼圆睁，柳眉倒竖。

“你想啊，你在场下连喊带叫地给我加油，我能不玩命吗？再说，自己阵营里出了个叛徒，搁谁不得上去狠铲哪。”

“讨厌！信不信我给你另一条腿也打折？”子珑紧握粉拳作势要打。

“信！信！信！姑娘饶命！”

两个人有说有笑，俨然一对小情侣。子珑是第一次对男生表现出好感，青云也是自林可清后，再次感受到了恋爱的滋味，两个人心里不约而同地产生了一丝甜蜜。

随着交往的深入，二人的关系发展得很快。通过子珑的介绍，子珍对青云也有了大致的了解，她不再像刚开始时那么担心了。周芳也向青云打听了子珑的情况，她对儿子交的这个美丽、洒脱的女朋友也比较满意。女为悦己者容，一向大大咧咧、不修边幅的子珑开始注意起形象来，整个人显得更加出众。青云的变化也很大，他成了一个开朗爱笑的阳光青年。

新年假期，青云的腿伤已经好得差不多了，他邀请姐儿俩来青云阁做客。幽静的小院中，柿子树的叶子已经几乎掉光，数不清的柿子挂在枝头，像橘红色的小灯笼。两只喜鹊在枝头蹦蹦跳跳，好奇地看着来访的客人。走进屋内，欣赏完满墙精美的画作，姐儿俩对青云的技艺赞不绝口。

茶室清幽，青云点燃一盘檀香，沏了一壶上好的“肉桂”，三人围着茶台盘腿坐在蒲团上。冬日的阳光透过玻璃窗洒在身上，温暖而舒适，让人不免慵懒起来。

子珍环顾了一圈，问青云：“你很喜欢看书？”的确，茶室的书柜占据了满满一面墙。

“还算喜欢吧，不过都是些闲书。”

“最近在看什么？”

“《兄弟》和《活着》。”

“两本都是余华老师的，偶像吗？”

“看来你也是爱书之人，你也看过？”

子珍微笑着点点头，静静等待对方回答自己的问题。

“偶像谈不上，我看书真的很随意。我看余华的书是因为他写得真实而感人。”青云将三人的茶杯斟满，接着说，“宋刚和李光头虽然是同母异父，但两个人生生死死几十年，的确是一对好兄弟。用他们自己的话说，就是化成了灰也是兄弟。”青云不由得想起了自己的哥哥。

“可是这本书里最让我感动的是宋凡平。他正直、善良、幽默、勇敢。他娶了李光头的妈妈，对这个女人是真的爱，甚至用生命兑现了自己的承诺。我不知道世上是否真的有这样的好男人，但他确实感动了我。”子珍说得很动情，甚至带着几分伤感。

青云陷入了沉默。好男人？什么样的男人才算好男人？父亲是吗？哥哥是吗？自己是吗？他一时没有答案。

子珑也不甘人后，她见缝插针地说：“我最近看了《亮剑》，我觉得电视剧拍得比小说好看，李云龙才是真男人。”

“你就知道打打杀杀。”子珍对妹妹的偏好不以为然。

子珑不服气地斜了姐姐一眼，“谁说我只喜欢打打杀杀，我也喜欢看《狼图腾》。”

子珍没再和她争辩，转头问青云：“那《活着》呢？富贵可算不上个好男人，起码不是个成功的男人。”

青云笑了一下，说出了自己的体会：“在我看来，富贵是个了不起的男人。他眼睁睁看着七个亲人一个一个死掉却无能为力，人生简直非常失败。但他就是那么倔强地活着，哭着埋葬，笑着生活，这种活着的态度让我佩服。”

子珍很欣赏对方的见解，点点头说：“的确，活着是门技术活。”她轻轻品了一口茶，闭上眼睛回味了片刻问，“好香！是乌龙吗？”

“是肉桂。”子珑为自己的抢答扬扬得意。

子珍一脸的怀疑，“你又知道？”

“当然啦，魔力公司的温总特讲究喝茶，他最喜欢肉桂。我喝过，和这茶一个味儿。”

“子珑说对了。武夷肉桂有股幽幽兰花香，细腻悠远，汤色橙红明亮，的确是好茶。这是人家送给我爸的，我只是拿来喝喝，其实并不太懂。”

“你也会下围棋？”子珍在书柜下面发现了棋盘。

“上中学时迷过一阵，现在很少下了。”

“哈哈，我早就想跟他切磋一下，可他说咱爸是围棋教练，他可不是科班出身的对手。”子珑站起身，居高临下地看着青云。

对手的藐视唤起了青云曾经的执着，他不服气地说：“你以为我真怕你？这段时间咱俩在一起腻还腻不过来呢，哪儿有工夫下棋呀。”

“别斗嘴，今天有时间，你俩下一盘吧。”子珍微笑地看着互不示弱的二人。

“下就下，我赢不了还有你呢！”子珑拍拍姐姐的头，显得底气十足。

棋局摆开。子珑开局下得顺风顺水，青云则有些患得患失。但很快，子珑的老毛病就犯了，她利用青云长考的时间，一会儿去书柜翻翻书，一会儿又隔着窗户逗逗啄柿子的喜鹊。行至中盘，青云终于抓住机会让双方的大龙缠斗在一起，局面进入混战。

子珍在一旁观战，她时而凝神计算，时而为两人下出的漏招摇头惋惜。最终还是子珑的“童子功”技高一筹，她打赢了关键的劫争，快一气杀死了青云的大龙。

“哈哈，服了吧？姐，用不着你出马啦，他不是个儿。”子珑得意地看看子珍，又看看青云。

“臭美什么呀，”子珍指着棋盘说，“如果人家弃掉这条小尾巴，把你从这里断开，你怎么办？”

子珑盯着棋盘看了半天，嘻嘻一笑，“反正他没想到。”

“还有，如果你在这里先接一下，至于后边打劫打得那么辛苦吗？”子珍还像小时候复盘时那样给妹妹讲棋，可子珑的眼睛早就不在棋盘上了。倒是青云听得津津有味，频频点头。

既然有人愿意听，子珍便不妨多说几句：“你的棋很纠结。”

“哦？请小叶老师指教。”青云双手抱拳。

“主要是开局，你的想法很矛盾。就拿这个角来说吧，你本来在拼命护空，估计是怕她外势走得太厚，所以欠了一手棋，抢着去打入，结果两头都陷入被动。”

青云很服气，因为自己当时的想法的确有点“贪”。

“还有，你好像很喜欢战斗，但又很害怕战斗。我不知道是你担心自己没计算清楚，还是什么原因。反正你主动挑起了这两处战斗后，又变得非常犹豫和退缩。”

青云打心底里佩服子珍的洞察力，他自嘲地嘟囔了一句：“我的棋是很纠结，看来前些年的功夫是白费了。”

看到青云灰心，子珍有些不落忍，她想换个话题：“我也只是旁观者清罢了。咱聊聊画吧，我正好有个问题想请教。”

“什么问题？”

“你为什么只画女的？”子珍的问题开门见山。

“这个……”青云思索了片刻答道，“其实小时候我什么都画，可是上高中以后我就只画女人了。我也不知道为什么，好像只有画女人我才会有灵感。”

“你真色。”子珑在一旁坏笑。

青云急忙辩解道：“那真没有，我只是觉得画女人才能让我把想表达的东西表达出来。”

“别狡辩！说，你画没画过女人的裸体？”子珑不依不饶。

青云开始反击，“目前还没有。怎么？你想让我尝试一下？”

“讨厌！”子珑假装恼怒，挥起拳头打在对方的肩膀上。

子珍反而有点不好意思了，她赶紧继续追问：“那你究竟想表达什么？”

“说实话，我也不知道，也许和我的棋一样，”青云顿了一下接着说，“纠结？也许吧。”其实他心里多少模模糊糊地知道答案：每当自己坐到画板前凝神构思一幅作品时，脑海中便不由自主地出现母亲被打后满是鲜血的脸和骑跨在父亲身上时怪异的表情，当然还有自己从网络上捕获的形形色色的女人面孔，他的画笔总是不由自主地跟随这些画面游走。老师曾经说过，他画的女人超出了常规，很不现实。他自己也慢慢开始相信，也许画中的女人只是自己的梦魇吧。但是他不可能把这些告诉别人，当然也包括子珍子珑。

子珍并不想刨根问底。就像下棋，她从不会穷追猛打和钻牛角尖，总是懂得取舍进退的分寸。她转头问子珑："寒假你俩打算怎么过?"

"你们春节不回家吗?"

"不了，我们和家里商量好了，寒假时间短，就不来回折腾了。我想利用假期参加实习，将来找个好工作。"

"你呢?"青云问子珑。

"魔力公司给我打电话让我去实习，可是我想学车。姐，咱俩一起学吧。"

"我不学。"

"为什么?"

"以后有人给开车多好哇。"

"嚯！你还真有架子。赶明儿找个像科瑞公司老板那样的白马王子给你开车才好。"子珑开始奚落姐姐。

"科瑞公司?"青云一脸诧异地脱口问道。和子珑认识以来，他很少谈及自己的家庭，不想用这些赢得女孩的尊重，他只想靠自己。

“你也知道科瑞？”姐儿俩的诧异丝毫不亚于对方。

话已至此，青云也只能和盘托出了：“科瑞公司是我爸创办的，你们说的白马王子不会是我哥吧？”

“萧青山，萧青云。”子珍默念着两个人的名字，心里暗骂自己：该死，我怎么之前就没想到呢！她的脸腾的一下红了。

“哈哈，这也太巧了。”子珑开心得手舞足蹈，“原来我姐是看上你哥啦。”

“瞎说！”子珍的脸已经红到了耳根。

“别瞎闹，你姐才不像你那么不着调。”青云连忙站出来解围。以他对子珍的了解，这一定是个误会。

子珍感激地看了青云一眼，手却狠狠掐在了妹妹的胳膊上。

“哎哟！”子珑并没有向姐姐还手，她将炮口对准了青云，“我不着调？也是，我不着调才会看上你嘛！”

三个年轻人疯笑成一团，惊飞了枝头的喜鹊。

青云的生日是6月8日，子珍子珑是12日，他们决定一起迎接二十岁。遵循少数服从多数的原则，日子定在了12日，地点还在青云阁。

青云不会做饭，制作长寿面的任务自然落到了姐儿俩身上。原本青云打算买面条，子珑说还是手擀的好吃。于是子珑揉面擀面，子珍洗菜打卤。

别看子珑平时大大咧咧，干家务活倒是不在话下。生长在普通人家，从小看着妈妈做饭，帮着打打下手，她做起山西面食来像模像样，但是打卤这种技术含量相对较高的活还是得看子珍的。

小院没有做饭的条件，青云从家里拿来了电磁炉和做打卤面的食材，还去村里的早市买了黄瓜、西红柿和樱桃。周芳担心儿子和朋友吃得太素，特意给他塞上了一只烧鸡，秦梦云则给他们订了个大蛋糕。青山已经知道了弟弟的女朋友的孪生姐姐就是叶子珍，他非常高兴，连连说这就是缘分。

夜幕降临，周围的邻居陆陆续续开伙做饭，空气中飘散着饭菜的香味。你甚至可以知道谁家在烧鱼、谁家在炖肉、谁家在炒辣椒。三个二十岁的年轻人，尤其是漂泊在外的姐妹俩很享受这种家的味道。他们分头各自忙碌，子珑揉面很卖力气，她说这样擀出来的面才筋道。鼻尖冒出了细细的汗珠，她伸手去擦，把自己弄成了小丑。青云抽了张纸巾帮她擦干净，顺手把空调温度调低。子珑冲他嘟起小嘴隔空送吻，男友的体贴让她很享受。子珍将黄花、木耳、香菇用温水泡软，还特意留下一些泡过的水，她说做卤用这个比清水香。然后又把泡好的食材用清水反复冲洗，生怕留下一点沙粒影响口感。接下来用刀将香菇去把、黄花去梗、木耳去蒂，再切成均匀的大小。一旁的子珑说你也太讲究了，弄得跟绣花似的。子珍撩了一下垂散下来的发丝，笑着说你不懂，食材是有感情的，你用心对它，它才会将美味回报。子珑说你虚情假意，最后还不是都被吃进肚子里。子珍不再理她，开始埋头切肉，她说五花肉是打卤面的灵魂。青云把西红柿、黄瓜、樱桃洗干净放在盘中，再把烧鸡拆散，西红柿切块撒上白糖，黄瓜切条当面码儿。到底是早市买的新鲜蔬菜，他笨拙的刀工丝毫不影响满屋弥漫的清香。青云捏起两枚又红又大的樱桃，一枚塞到子珑嘴里，一枚递到子珍面前。子珑毫不客气地一口咬住，子珍却摆摆手，回身自己拿了一枚。子珑让青云再捣点蒜汁儿，子珍白了妹妹一眼，说你就不能戒了这口儿。子珑说你穷讲究活该享受不到美味。青云问干吗非得是蒜汁儿，咬着吃不行吗？子珑说你不懂，热腾腾的卤子浇上蒜汁儿才香。青云说你倒不讲究，吃到嘴里还不是一个味道。三个人有说有笑，十分开心。

面要饧上一个小时，他们便来到茶室喝茶。

“青云，你懂星座吗？”子珑靠在男友怀里问。

“不懂，我对外国的玩意儿不感兴趣。”

“嘁，老土。”子珑一脸鄙视。

“那我也是呗？”子珍斜眼看着妹妹。

“不懂就好好听叶老师给你们讲，”子珑摆开了架势，“咱仨都是双子座。双子座喜欢追求新鲜感，有点小聪明，就是耐心不够，干什么都是三分钟热乎劲儿，但可爱的性格很招人喜欢。准吗？”她得意扬扬地看着姐姐和男友。

“还行，有点像我。下棋和踢球好像都是新鲜劲儿，但画画我应该能坚持。还有，我不觉得自己的性格招人喜欢。”

子珍对此不屑一顾，“一点都不准，倒是挺像你。耍小聪明，三分钟热乎劲儿。”

“嘁，你是另类。”子珑毫不示弱。

“你说的是普遍特点吧，星座分男女吗?”青云多少产生了点兴趣。

“嗯，还是萧同学虚心。快，倒茶。”子珑对男友的配合很满意。

青云依言茶水伺候。

子珑喝了口茶水，摇头晃脑地侃起了星座：“双子座的女生聪明伶俐，爱耍小聪明还有点神经质。她们积极向上，适应能力强，幻想众多，有异国风情。工作、生活和爱情张弛有度，无忧无虑。双子座的女人就像一个万花筒，一会儿变一个花样，你似乎永远弄不清她真正的形状。”

“这个多少靠点谱，但还是更像你——万花筒。”子珍笑了。

“你也太较真儿了，这不像你、那不像你。我要是万花筒，那你就是四不像!”子珑为得不到姐姐的肯定而赌气。

青云迫不及待地问：“男生呢，男生呢?”

“男生嘛……”子珑拉长腔调卖了个关子，“双子座的男生幽默机智，招人喜欢。好奇心旺盛，对一切新鲜刺激的事物都充满探索欲。他们乐于接受瞬息万变的生活节奏，脑子里装满了千奇百怪的想法。”说完便眯起眼睛盯着青云，似乎想看看男友是不是这样。

青云没说话。像吗?他问自己。自己确实探索过“新奇”的东西，但那并不是因为好奇呀，准确地说那只是为了疗伤。也正因此，自己脑子里确实装了不少稀奇古怪的想法，这样到底是好还是不好呢?他陷入沉思。

看到青云心中有事，子珍打破了沉默："既然都是双子座，那男女配对是什么结果呢？"

"魔术！"子珑脱口而出公布了答案，"既聪明又善变的人在一起，就像变戏法，变变变，看谁技高一筹。"

答案出乎子珍的意料。魔术？她想到了妹妹和青云，甚至想到了自己和青云。但是并没有想明白。她默默地在心里问自己：难道我们都是魔术师吗？

青云却嘿嘿一笑说："这倒是个刺激有趣的组合。"

不得不说，子珑擀的面非常筋道，子珍打的卤更是美味，这也许是青云吃过的最香的生日面了。

蛋糕被端上来时，三个人为点几支蜡烛的问题产生了分歧。子珑说二十岁应该点二十支，子珍说三个人你咋不点六十支呢，青云说那就成刺猬过生日了。子珍说点六支，每个人两支代表二十岁，而且六支代表六月和六六大顺，子珑说你这寓意也太复杂啦。青云说就点三支，象征三个人就好。争来争去没个结果，最后只好采用东道主的方案，点燃了三支蜡烛。

欢乐的生日歌响起，三个人用中文和英文各唱了一遍。灯光熄灭，三双手各自交叉举在头前，三双眼睛闭目许愿，摇曳的烛光映照着三张年轻纯真、无忧无虑的面孔，那么安静祥和、幸福满足，时间仿佛定格在这一瞬间。许愿完毕，六只手紧紧相握连成一个圆。"三、二、一！"三人同时吹气，"噗"的一声，蜡烛熄灭，小小的茶室中爆发出一阵欢笑和互道"生日快乐"的祝福。

子珑要和姐姐合唱一首《十九岁的最后一天》，这是伊能静的一首老歌，此时此刻恰如其分，青云鼓掌叫好。

虽然没有伴奏，但姐儿俩清亮纯净的嗓音如同天籁：

那一年我们正迷惑
日子在无知中滑过
爱情只牵牵手
书本变得好重
十九岁的年龄本来就不太懂
……
十字头的年龄没留下什么
二字头的开始，我好想说
如果一切可以从头来过
是否可以选择一次无悔的梦
……

所谓遇见就是这么简单，你说它是缘分所至也好，命中注定也罢，总之，在正确的时间，遇见正确的人，便是人间美好。

第六章　热恋

有爱的日子，咖啡即便不加糖也是甜的。

青云的创作堪称高产，虽然画中的女人还是一副耐人寻味的表情，但明显多了几分笑意，就连背景都变成了明快的暖色调。更让全家人高兴的是，他的学习也比以前努力上心了，各科成绩已经不是勉强及格，而是达到了良好。郝光明奖励给青云一部新手机——诺基亚N73是当时市场上为数不多的智能手机，这款既能拍照也能上网的潮货让同学们十分羡慕。周芳则是反复叮嘱热恋中的儿子，和女朋友交往要注意分寸，千万别做出格的事。子珑也继续着从假小子向淑女的变化，虽然还是齐肩短发，但无论穿衣打扮还是言谈举止都有了几分女孩子的温柔多情。子珍把妹妹恋爱的消息告诉了爸妈，老叶只是嘿嘿地笑，妈妈则叮嘱她看管好妹妹，别让这个不管不顾的丫头做后悔的事。子珍发自内心地替妹妹高兴，妹妹快乐，她就快乐，从小到大她一直这么想，也是这么做的。就连青山两口子都跟着忙活，嫂子利用周末带青云去购买更加得体和讲究的服装，青山则说要留意一下公司里的优秀男士，给子珍也张罗一个好对象。热恋中的人是幸福的，他们得到了太多的关爱和祝福。亲人同样也感受到了幸福，因为他们的生活中又多了一丝甜蜜和希望。

暑假将至，姐儿俩决定继续去各自原来的公司实习。只是子珑决定提前一周结束实习，她要和青云一起回趟山西见见爸妈。

科瑞按照计划继续扩大规模和市场，公司员工已经发展到四百多人，青山的工作更忙了。随着业务的拓展，工作压力越来越大，酒局饭局也是越来越频繁，他渐渐感觉身体有些吃不消，但还是咬牙坚持着。子珍的到来让青山十分高兴，他一贯欣赏有能力、有志向的年轻人，更何况对方现在特殊的身份。他有意培养子珍，安排她像自己当年一样开始各部门轮转锻炼。子珍对此也是心领神会，她十分珍惜这个难得的机会，工作中更加勤奋好学。

温克俭终于又见到了朝思暮想的子珑。一年多不见，他对这个漂亮女孩气质上的变化有些意外，但这丝毫不影响自己曾经的承诺，子珑如愿进入了市场部。他对子珑不是一般地喜欢，在他眼中，这个女孩既漂亮又机灵，而且很有主见，做事泼辣、敢爱敢恨。最让温克俭欣赏的是，子珑不像别的女孩那样有意无意地与自己亲近，她总是分寸得体、不卑不亢。

温克俭在经营管理方面十分老到，虽然有老婆大人做背书，但魔力的成功与他灵活的头脑和果敢的决策密不可分。他每周都会听取各部门负责人的汇报，只是在听取市场部汇报时，他会额外强调让子珑参加，并对手下说这个女孩有培养前途。大家对温总的安排心知肚明，但几次会议下来，子珑的确在市场营销方面有独到的见解，人们便也开始佩服领导的慧眼识珠了。温克俭有时还会带上子珑外出会见客户，弄得两个女秘书都有些嫉妒。这天下午，他又带着子珑外出洽谈业务。过程十分顺利，子珑的表现大方得体，温总的心情不错。

开车回公司的路上，温克俭有意无意地与子珑攀谈起来："小叶，学习紧张不紧张啊？"

"还好，大一刚开始时适应了一段，现在好多了。"

"还有两年就毕业了，有什么打算？考研吗？"

"现在还没决定。不过我倾向于先工作，大致确定方向后再考虑继续深造的事。"

"哦，有道理。你觉得魔力怎么样？适合你吗？"

"公司挺好的。大家都是年轻人，敢想敢干，平台和前景都不错。"

"那到时候欢迎你加盟哦。"

"谢谢温总，我会考虑的。"

"家里都有谁呀？"话题开始转向个人问题。

"父母都在山西。"子珑多了个心眼儿，既然自己对温克俭的为人已有所预判，那就不必让姐姐现身了。

"山西是个好地方，人杰地灵啊。"温克俭停顿了一下，好像是在考虑该不该问，"有男朋友了吗？"

"有。"回答干脆利落。

“哦，也是。这么出色怎么会没人追呢。”温克俭有些意兴阑珊。

“是我追的他，他更出色。”子珑的回答让对方感到更加无趣。既然话题已经被聊死了，也就没有再继续下去的意义了。

车子驶上匝道转弯，一辆送快递的摩托车也许是急着送货并没有减速，擦着汽车的前保险杠驶过。温克俭一个急刹车，脱口骂道：“不要命啦，撞死你得了。”也许是刚才的谈话颇受挫折，他的火气一下蹿了上来。加速，超越，打轮将摩托车逼停。

“你找死呀！”温克俭摔上车门走到快递小哥面前指着鼻子大骂。

“我，我着急，送晚了要被投诉的。”对方显然被吓得不轻。

“着急就不要命啦？交通都是让你们弄乱套的！”

“对不起，对不起。”快递小哥不停地鞠躬作揖。

“对不起就完啦，真蹭上了你赔得起吗？”温克俭指着自己的“大奔”不依不饶。

“这不没碰上嘛，”子珑已经跟了过来，“再说咱拐弯也应该慢点嘛，算了温总，他们也不容易。”

温克俭的火气凭空消失，他冲对方挥挥手说：“赶紧走，赶紧走。”快递小哥感激地看了子珑一眼，骑上车一溜烟地跑了。

“行啊小叶，不向着自己人，胳膊肘朝外拐呀。”埋怨的话语中并没有丝毫恼怒。

“我谁也不向着，我向着理。本来就是都应该慢的地方，再说转弯让直行，凭什么您就跟人家嚷嚷啊。”子珑说得有理有据。

温克俭不急反笑，“嚯，交规学得不错呀，有本儿啦？”

“寒假刚学的。”

闻听此言，已经走到车边的温克俭拐了个弯坐上了副驾驶，抬手指指方向盘：“来来来，给我做个示范。”

子珑站在车下反将一军：“我不行，学完就没开过。您这好车要是给碰喽，我可赔不起。”

“怕什么呀，我又不让你赔。学完不练那不白学了吗？上车！”

子珑犹犹豫豫地发动车子，双手死死握住方向盘，身子挺得笔直，眼睛紧盯着前方。也许天生就是开车的材料，没多大工夫她便不再紧张。快到公司时，甚至已经开得像模像样了。

“行，老司机了。”温克俭一脸欣赏的笑容。

停好车，子珑把钥匙递给对方，“谢谢温总。”

“客气什么？以后想练车了就找我。”温克俭心情大好，他吹着口哨上楼了。

暑假快结束时，子珑和青云踏上了山西之旅。到达大同已是傍晚，叶妈妈准备了一桌好饭，一年没见着宝贝闺女了，虽说只回来了一个，但又补了一个准姑爷，老两口自然十分高兴。

“叔叔阿姨好。”青云递上了父亲特意给准备的茶礼盒。

“好好！”老叶接过见面礼笑着说，“快进屋，外边热吧。”

子珑则一把和老妈抱在一起撒娇，“妈，想死我了。”

“知道想妈寒假不回来？乖珑珑，妈也想你。”她拉着闺女的手一边往屋里走，一边用眼角瞄着沙发上的青云。

青云赶紧起身，略带紧张地又说了一遍“阿姨好”。叶妈妈指着沙发笑着说：“快坐吧，快坐吧。”无论长相气质还是言谈举止，初次见面的青云让老两口十分满意。

“饿坏了吧，赶紧洗手，咱吃饭。”老叶开始张罗。

叶妈妈的厨艺确实出色，料理的山西家常菜味道一绝。老叶特意拿出了珍藏的陈年“汾酒”，给自己和青云都倒了一杯。青云上大学后在家里也喝过白酒，但他还是看了一眼子珑。

“喝吧，我爸没儿子，以前老抱怨没人陪他喝酒。”子珑眯起眼睛笑，她对青云请示自己的态度很满意，老两口更是乐开了花。

四个人边吃边喝，边聊边笑，好像已经成了一家子。出于对闺女的疼爱，老两口在对青云的“面试”中各司其职。老叶问本人情况，老伴儿问家庭情况。青云一一如实作答，两位老人听得频频点头。通过聊天，青云也获取了山西美食的知识。

糖醋鲤鱼选用黄河天桥鲤鱼，嘴大鳞少、肉质爽滑、鲜嫩肥美。先将鱼投入油锅炸透，再用著名的“清徐老陈醋”加糖制成糖醋汁浇在鱼身上，香气扑鼻、外脆里嫩、酸甜可口。

过油肉精选猪里脊或元宝肉，切成铜钱厚的肉片，加蛋黄、淀粉、精盐、料酒拌匀，放入油锅中打散滑熟，再加入木耳、玉兰片、葱白等辅料烹炒而成，色泽金黄、外焦里嫩。

烧卖是山西著名的风味小吃，俗话说“烧卖好吃难和面，皮薄挑馅打花难”。烧卖皮要用特制的擀面杖打成花褶，形同梅花。褶子打得越多，烧卖的花边就越美。

大烩菜是一道汤菜，虽然是最普通的家常菜，却成为山西人心中最隆重的美食，更是阖家团圆时必不可少的菜肴。它既象征着圆圆满满，也蕴含着山西人兼容并蓄、踏实本分的性格。

晚饭后，青云要告辞，他打算在附近找家宾馆。子珑央求老妈，想让男友睡在客厅。青云说："你大大咧咧的不在乎，让街坊邻居知道了不好。"子珑觉得有道理，但嘴上却不肯服软："我都不在乎，管别人怎么说呢！"看到老妈举手要打，赶紧扮个鬼脸见好就收，"好好好，随你吧。"老两口倒是觉得青云这孩子挺懂事、有分寸。

第二天一早，两人在楼下小店吃了地道的羊杂割，然后乘公交车去华严寺。这趟山西之行只有四五天，子珑说夏天最适合看壶口瀑布，所以他们决定拜完华严寺后一路南下，游览悬空寺、雁门关和壶口瀑布，然后再从大同回京。为了安全和节省时间，老叶通过熟人包了一辆车。青云抢着要付车费，但被他坚决拒绝了。虽然家里并不富裕，但山西人讲礼数，尽地主之谊是必须的。

华严寺位于大同古城西南，由上、下华严寺组成，因佛教经典《华严经》而得名。始建于辽代重熙七年（公元1038年），堪称千年古寺。寺院坐西向东，符合游牧民族向往光明、崇尚太阳的习俗。

下华严寺的薄伽教藏殿给青云留下了深刻的印象。"薄伽"是梵语"世尊"的意思，"教藏"则指经典。顾名思义，这里是存放佛经的地方。殿中圣坛上供有三十一尊塑像，展现的是一场根据《佛说灌顶祓除过罪生死得度经》所描述的宏大法会。塑像高低错落、排列有序。佛祖宝相庄严，菩萨慈悲安详，护法刚健威猛，比丘虔诚端庄。他们或坐或立姿态各异，有的侧耳倾听，有的闭目沉思，有的翘首以盼，有的怒目圆睁。静止中难掩活灵活现，真所谓如如以动、如如不动！历经千年，风霜岁月为昔日金身披上斑驳的外衣，时间在这里已悄然凝固，人们仿佛置身古老的过去，又恍惚身处遥远的未来。无尽庄严扑面而来，一丝清净生长于心。

青云在一尊菩萨像前驻足良久。菩萨赤足站立在莲花台上，体态丰盈、衣饰贴体、上身薄袒、肘悬飘带、发束高冠，身姿略倾、颈项微斜、双手合十举至胸前。最奇妙的莫过于菩萨的神态，只见她双目半睁、口唇微启、露齿含笑，简直就是东方的维纳斯。

青云一向对神态很敏感，灵光闪现之下，他掏出纸笔写下了一首诗：

法喜

莲上合十伴佛前，
心有法喜慈眉展。
倒驾慈航度众生，
露齿含笑已千年。

子珑认真地看着他写完，无比崇拜地赞叹道：“哇，真人不露相啊！写得这么有禅意，你信佛呀？”

青云淡淡一笑说：“我还没有这个福报。青云阁离灵光寺近，我经常会去上面转转。去得多了，慢慢对佛教有了一些感觉。谈不上信，只是敬畏。”

子珑是天生不信神魔的性格，但对男友这番言辞也是颇为认可。

中午，俩人回到家里吃了饺子，司机已经在楼下等候了。老两口千叮咛万嘱咐，子珑始终嬉皮笑脸，青云却认真地向二老保证一定保护好子珑。望着孩子离去的背影，老叶对老伴儿说：“放心吧，我看青云这孩子稳重。”

大同到悬空寺有一个小时的车程。悬空寺位于恒山金龙峡西侧翠屏峰的峭壁间，建于北魏后期，已有一千四百多年的历史，是中国仅存的儒释道三教合一的独特寺庙。子珑也是第一次来悬空寺，看到这座被《时代周刊》评为“世界十大不稳定建筑”的庙宇，她显得比青云还要兴奋，摆出不同的姿势让青云用手机给她拍照，还说回北京要好好跟姐姐显摆显摆。

远望悬空寺，绝壁间横空出世，与山崖融为一体，可谓险到极致、妙到毫巅。庙宇共有殿阁四十间，乍看上去整座建筑仅由十几根碗口粗的木柱支撑，其实不然。工匠们巧借悬崖上突出的石头平台建房，平台面积不够时，就在崖壁上凿洞，然后把方木打进洞中，方木露在外面的部分铺上木板，将平台面积扩大，再于上面建房。其实真正承受重量的是石头平台和横架的方木，真可谓是巧夺天工。

三教殿位于北楼第三层，殿内供奉着儒释道三教始祖。释迦牟尼佛慈祥庄严，居中端坐；老子清净豁达，居于佛祖右首；孔子恭谦有礼，居于佛祖左首。青云伫立殿中久久不愿离去，他又掏出了纸笔。

“干吗？又诗兴大发啦？”

“这个有点难，但还是想写两句。其实我之前看过一篇关于三教殿的文章，写得很深刻。”

“那快给我讲讲呗。”

青云整理了一下思路，将那篇文章的大意复述了出来：

大约两千五百年前，孔子创立儒家思想。千百年来，上至统治阶层、下至黎民百姓大多尊崇儒家，被华夏民族视为正统。中国人将“仁义礼智信”视作信条、把“三纲五常”当成准则、奉“四书五经”为经典，奉行“中庸之道”、倡导“忠君爱民”、追求“天下大同”。儒家讲的是入世之道。

几乎与此同时，老子的道教思想兴起，黄老之术一度成为众多朝代统治阶层的工具。道家主张自然和谐、道法自然，强调以无为治国，讲的是出世之道。时至今日，其养生修道、风水之术依然盛行于世。

佛教的历史也有两千五百多年，由世尊释迦牟尼于印度创立，汉代传入中国。作为世界三大宗教之一，佛教深信因果、追求觉悟，以期超越生死轮回，成就无上正等正觉。佛教既讲入世，又讲出世。入世是为普度众生，出世则是为到达“彼岸”。

儒释道兴盛的时间几乎完全相同，惊人的巧合背后是否隐藏着无法被世人知晓的玄机？是什么力量让三种伟大的思想同时降临世间？这一切也许人们无从知晓，但儒家的“敬”、道家的“静”和佛家的“净”都是值得现代人尊崇和思考的。

听完这一大套理论，子珑已是惊得目瞪口呆、无话可说。青云笑着说：“不至于吧，这又不是我琢磨出来的。不过给你这么一讲，我还就真来灵感了。”他赶紧在本子上写写改改，费了老半天工夫，他把本子递给子珑。子珑接过本子，一字一句认真地读了起来：

有容乃大

苦集灭道皆因果，慈悲为怀度众生。
道法自然天人合，清静无为自不争。
四书五经圣德训，仁义礼智行中庸，
何去何从皆由心，万法归一乃大成。

“哇，我简直崇拜死你了。你不光是个画家，还是个诗人！”

青云对自己的作品也很满意，看来平日看“杂书”还是挺有收获。他拉起子珑的手，两人肩并肩走下山去。

青云曾经游览过北京的居庸关，他觉得山西的雁门关应该大同小异，可谁知两者有很大的不同。居庸关被军都山和西山夹峙，悬崖峭壁森森、深谷巨涧幽幽，堪称天下奇险，是典型的军事要塞。但它也很美，两山之间长达十八公里的关沟清流萦绕、草木繁茂，因此便占了燕京八景的头名——居庸叠翠。雁门关显然就多了些烟火气息。

雁门关位于忻州市的雁门山中，是长城上的重要关隘，素有“天下九塞，雁门为首”之说。这里是古代塞北游牧民族入侵中原的通道，自古就是边防战略要地。自公元前4世纪至公元20世纪，发生在这里的大小战事有一百四十多次，实乃兵家必争之地。

关前是明月楼，过了明月楼便是雁门寨。这里便是雁门关与众不同的地方，它更像一个村寨。道路两旁是密密麻麻的民居，如今纷纷做起了旅游生意。寨子尽头还有一条边贸街，据说明清时期边贸往来十分热闹，看来边打仗边做生意自古有之。子珑和青云到达时已是傍晚，家家户户的屋顶都飘起了徐徐炊烟。

只有到了宁边楼，两人才感受到一丝边关的气息。城楼下是青石铺就的甬道，岁月已将它碾轧得凹凸不平，但仍闪耀着森然的光芒。青云似乎听到有战马从身旁嘶鸣而过，眼前则是将士们慷慨赴死的背影。登楼眺望，只见炮口森森、旌旗猎猎，长城宛如一条巨龙盘旋在山间，古老的烽火台虽早已熄火了狼烟，但仍静静地守护着一方水土。

风将子珑的发梢掠起，短发的她美丽中又多了几分英气。“秦时明月汉时关，万里长征人未还。但使龙城飞将在，不教胡马度阴山。”她不由得吟诵起唐代著名边塞诗人王昌龄的《出塞》，然后挑衅地扬起脸对青云说：“大诗人，你也来一首吧。”

青云自幼喜欢传统文化，唐诗宋词背得滚瓜烂熟，再加上平日所读“杂书”的积累，他基本具备了出口成章的能力。也许是和心爱的恋人在一起可以激发灵感，这种能力得到了充分展现，他掏出纸笔很快写下了一首七言诗：

雁门怀古

地利天险锁山川，胡马踏境起狼烟。

心怀家国男儿志，仗剑浴血雁门关。

乡情难舍常入梦，枕戈待旦夜难眠。

舍得一腔英雄血，拒敌千里固河山。

“了不起，了不起！听得我热血沸腾。”子珑开心地搂住青云的腰，遥望漫漫雄关说道，“记得上初中时看新闻，美国人轰炸咱们驻南斯拉夫大使馆，当时给我气得呀！看看古人，再看看现在，中国好像有点太温和了。”

青云揽着子珑的肩膀充满信心地说：“落后就要挨打。但我相信总有那么一天，犯我国威者，虽远必诛！”

子珑情不自禁地仰起头亲吻青云的面颊，她为自己拥有一个才气、志气俱佳的男朋友感到幸福。从相识到热恋，两人牵手和拥抱的举动终于有了突破，青云也很高兴。他低头吻了子珑的额头，笑着说：“没想到咱俩的初吻吻在了雁门关，这情调也是没谁了。”

“去你的，这才不算呢！”子珑假装恼怒地将他一把推开。

晚上他们就住在了雁门寨的民宿。一个套间，青云和司机住一屋，子珑自己住一屋。

第二天他们起了个大早，因为赶到壶口瀑布需要七个小时。司机问去哪个壶口，青云很诧异，“怎么还有两个壶口？”

“这你就不懂了吧，”子珑终于可以沾沾自喜一下了，“壶口是山西和陕西的省界，黄河西岸是陕西宜川壶口瀑布，东岸是山西吉县壶口瀑布，两个景区隔河相望，有一座桥连接两岸。”

“两边有区别吗？”

“当然有，”子珑调皮地耸耸鼻子，假装向导似的娓娓道来，“从陕西这边看壶口瀑布距离更近，看到的是黄河之水天上来的霸气；山西这边要远一些，感受的是奔流到海不复回的气势。你想看哪个？”

“陕西的。”青云脱口而出。

“为什么？”

“不为什么，这样咱俩这趟就算两省游了呀。”

“贪得无厌！”子珑貌似娇嗔地捶了对方一拳，人却开心地笑了。

丰水期的黄河果然气势万钧，还没到景区便听到了震耳欲聋的水声。从青藏高原巴颜喀拉山脉北麓的卡日曲出发，黄河之水一路奔腾数千公里来到了黄土高原。流经此处时，由于两岸高山夹峙，河水犹如进入一个狭窄的瓶颈，宽度由原来的三百多米骤然缩减至四五十米，形成了落差二三十米的壶口瀑布。它是黄河第一大瀑布，也是我国仅次于贵州黄果树瀑布的第二大瀑布。经过黄土高原的浸染，更成为世界最大的黄色瀑布。

“轰……轰……轰”，水声越来越大。走到近前，轰鸣变成了咆哮。浩荡的黄河在壶口处急速收拢，湍急的河水如脱缰野马倾泻而下，震耳欲聋、势破千钧。

“风在吼，马在叫，黄河在咆哮！黄河在咆哮！”此时此刻，两人的耳边仿佛响起了《黄河大合唱》激昂的乐曲，胸中不由得热血沸腾。两岸的支流争相泻入深槽，仿佛是在为主旋律呐喊助威。

“想不想听听我的《壶口抒怀》？”青云这次主动登场。

“当然想！”

青云顿感豪情万丈，他抑扬顿挫地朗诵起来：

穿山裂谷势不休，
奔流万里育神州。
中华自古多热血，
浩荡乾坤一壶收。

“请收下我的膝盖。”子珑作势要拜，青云一把将她揽在怀中，在她耳边悄声说：“其实是我早就写好的。之前看过一个壶口瀑布的视频，当时一激动就写了。乖珑儿，还跪吗？”

子珑将头深埋在男友怀中，双手不停地捶打他的后背，嘴里一个劲儿地说：“你坏！你坏！”两人身后，一道彩虹冲天而起。

晚饭的红烧黄河大鲤鱼让二人赞不绝口。鲜嫩的鱼肉如同蒜瓣，用最家常的酱汁炖煮后味道异常鲜美。一瓶汾酒眼看就要见底，不知是酒精的作用还是少女的羞涩，一抹红晕飞上了子珑的脸颊，看上去格外娇羞迷人。

“一会儿怎么住啊？”一向泼辣洒脱的她，低着头不敢看对方，声音小得几乎连自己都听不见。

“各住各的。”青云的回答倒是干脆。

子珑终于敢抬头了，她虽然盼望着和心爱的男友住在一起，但如果青云真的那么说了，自己该怎么办？同意还是不同意？传统的家庭教育让她格外珍视“第一次”，热恋的冲动又让她十分期待“第一次”。男友的回答虽然让自己有点小失落，但她更感谢对方没有让自己纠结难堪。她揽住青云的胳膊，乖巧地将头倚在了男友的怀中。

青云此刻的心情完全不像他的回答那般云淡风轻，他很纠结。一个如此美丽可爱的女孩将要属于自己，如果说不想，他自己都说服不了自己。可是他真的怕！他曾经无数次幻想过自己和子珑的“第一次”，但每当那个想象中魅力四射的胴体出现在脑海中时，童年的梦魇和网络上的画面便会不由自主地浮现在眼前，让他立刻崩溃。除此之外，他更惧怕婚姻。他执着地认为，一旦拥有了心爱女孩的“第一次”，便要和她共度此生，但是自己对此毫无把握。

再次回到大同的家中已是隔天傍晚，孩子们的平安归来让老叶夫妇很开心。他们准备了西红柿烩莜面鱼鱼、凉粉、蒸烧肉和蒸黄米。子珑兴奋地描述了此行的惊喜，还把青云写在小本子上的诗读给爸妈听。老两口为闺女找了个有才气、懂规矩的男朋友而高兴。老叶喝得红光满面，他拍着青云的肩说：“听丫头说你也会下围棋，明天咱爷儿俩战一场。”子珑在一旁揶揄：“他连我都下不过。”老叶说：“不碍事不碍事，让四子总可以吧。”

吃完饭，青云打算告辞。叶妈妈却说：“天晚了，咱不浪费那钱了，就在客厅凑合一宿吧。”其实比起第一天，今天的时间并不算晚，看来老妈已经认可了闺女的这个男朋友。

下午就要返京了。整个上午，子珑和老妈在里屋嘀嘀咕咕地说个没完。妈妈关切地问：这趟玩得开心吗？衣食住行怎么样？其实她更关心的是“住”。子珑如实作答，老妈非常满意，她又问姐姐有对象了吗，子珑说还没有。反正娘儿俩的悄悄话说个没完。

客厅里，老叶和青云摆开了阵势。虽说是让了四子，但青云毫无机会，他算是真正见识了专业棋手的厉害。老叶倒不介意对方棋力的不堪，反而下得津津有味。

“知道我为啥给俩闺女起名叫子珍子珑吗？”趁青云苦苦思索之际，老叶唠起了家常。

“不知道。”青云专注于棋局，脸已经快贴到棋盘上了。

老叶随手吃掉了对方两子，问：“看过《天龙八部》吗？”

“初中时看过。”

“记得无崖子设下的那局棋吗？”

“珍珑？”青云恍然大悟，“哦，您是说珍珑棋局？”

“对！我喜欢围棋。因为棋如人生，对吗？”

青云终于抬起了头，“看小说时还不会下棋，所以感受不深。叶叔叔，您给我讲讲吧。”

老叶双臂环抱胸前，神情庄重地说：“珍珑是围棋术语，多指巧妙复杂的棋局，里面盘征、死活、手筋、杀气、劫争、共活交织不清。但这仅仅是人为摆出的棋局，真正的对局中出现不了这样复杂的局面。就像街边的象棋残局，纯属考验人的棋力与智慧。”

“哦。”青云听得入了神。

“小说里无崖子故意设下了这局珍珑，意在寻找一位天资聪颖的接班人，然而此局三十多年竟无人能解。不料后来被丑和尚虚竹误打误撞所破，而虚竹并不会下棋，他仅仅是闭着眼睛胡乱落子，杀死了自己的一块棋。但妙就妙在此招让盘面豁然开朗、柳暗花明，从而破解了千古难局。”

“嗯，我对这段有印象。”

“那你知道为什么众多围棋高手都无法解的局就被不会下棋的虚竹给破了吗？”

“您说。”

“段誉之败，败在爱心太重，不肯弃子；慕容复之败，败在权欲太盛，不肯失势；而虚竹看似‘自杀’的一招却蕴含着得失有度、舍得兼顾的妙味。”老叶意味深长地看着对面的年轻人。

“原来如此，当时真的没想这么多。”青云陷入了沉思。

“所以嘛，棋如人生就是这个道理。我给俩闺女取名子珍子珑也是这个意思，希望她们能下好人生这局棋。”老人的目光中流露出慈爱的目光，像看着自己的孩子。

“叔叔，您一说我就明白了。我之前还和珑珑开玩笑，说她的名字是不是取错了，应该是赵子龙的‘龙’，她倒是很像。”青云把手中的黑子扔进了棋盒。

“哈哈哈，这你倒是没说错。怎么了？该你落子了。”

“叔叔，此局已然无望，但我收获了更多。”

吃过老妈做的锅烧羊肉和山西刀削面，子珑和青云踏上了回京的路程。老两口依依不舍，给他们的行李里装满了山西特产，叶妈妈还一个劲儿地嘱咐让子珍多吃，让她寒假回家，老叶则说欢迎青云常来家里玩。

2007年新年过后，郝光明正式退休，他把科瑞和自己的希望交到了青山手中。六十五岁的他与爱妻已经携手走过了十五个春秋，他说，我们该享福了。老两口登上了游轮，开启了环游世界的旅程。周芳幸福满满，她为自己的后半生感到欣慰。牵手登船的那一刻，两位老人的感觉如同热恋。

青山和秦梦云结婚已满五年，他俩恩爱如初。那个流星雨之夜，青山的承诺言犹在耳，梦云始终沉醉其中。

三亚的海滨，海风清清、涛声阵阵，青山与梦云牵手站在酒店客房的露台上。夕阳西下，晚霞笼罩着这对甜蜜的伴侣。

“云，你幸福吗？”

“嗯。”梦云将头靠在爱人宽阔结实的肩膀上说，“有你，我知足。”

女人的妩媚柔情唤起了男人的冲动，青山从背后一把将爱妻揽在怀中，热烈地亲吻着对方的脖颈，发自肺腑地说：“有你，此生足矣！”他不顾一切地褪去梦云的衣衫，梦云没有拒绝，她手抓栏杆面朝大海，肆意享受着爱人的激情。娇喘声中，几只海鸥鸣叫着飞向大海的怀抱。

热恋，不分年龄，只在真情。两个人只要心意相通、互有彼此，天地间便只剩甜蜜。就像不加糖的咖啡，那味道也是甜的……

第七章　梦魇

弗洛伊德认为，梦不是偶然形成的虚幻，而是压抑于心的欲望，是通往潜意识的桥梁。人都会做梦，有的梦甜蜜幸福，让梦中人不由自主地露出微笑；有的梦惊心动魄，醒来后已是汗透衣被；有的梦荒诞怪异，回味起来不禁哑然失笑；有的梦则变成了梦魇，笼罩在心头挥之不去。无论在清醒时还是沉睡中，青云似乎总是被儿时的梦魇撕扯纠缠着，让他如鲠在喉、如锥刺心。

自从1997年7月20日国安九比一大胜申花那场比赛开始，还在上小学的林可清便疯狂地爱上了这支家乡的球队。加入“绿色狂飙”之后，国安的主场比赛她更是几乎场场不落。床头巴乔的海报边上挂着一件国安队的绿色战袍，高峰、谢峰、曹限东这些本土球星和“三杆洋枪”冈波斯、卡西亚诺、安德雷斯的签名赫然在上。这些少女时的偶像如今依然是她心中的英雄。

2008年中国足球超级联赛揭幕战，北京国安主场对阵河南建业。初春的北京春寒料峭，林可清身穿国安队服，手腕上系着

“国安永远争第一”的围巾走进了工人体育场。已经上大四的她剪成了短发，身材更加窈窕火辣，愈发地娇艳迷人，举手投足间处处散发着成熟女人的气息。也许是学习心理学的缘故，她的眼睛里多了一丝沉稳和深邃。唯一没变的是如花的容颜，她是“工体大杂院”里的一道风景。

国安取得比赛胜利，林可清的嗓子也喊得冒了烟，她决定先去麦当劳喝点饮料。自从和青云分手后，每次看完比赛她都会不由自主地独自来到这家快餐店，她依然怀念那里面初恋的味道。

快餐店里已经挤满了人，大多是看完比赛的球迷。林可清端着托盘四处寻找在哪里拼桌，突然之间她看到了一张熟悉的面孔！还是那么清瘦俊朗，但眉宇间已经多了几分成熟。

“萧青云!”她脱口大叫。

青云被吓了一跳，他抬起头立刻认出了对方，“林可清!”语调中透着惊奇和欣喜，但他很快看了一眼身边的女孩，立刻换作平静的语气打招呼，“真巧，又见面了。”女孩也抬起头，同样的清爽短发，同样的迷人长相。她先是仔细端详了一番林可清，然后冲青云俏皮地眨眨眼睛，笑着说：“遇到老熟人啦？看我干吗，还不赶紧请人家坐。”说完自己主动往边上挪了挪。

青云从尴尬中恢复了风度，他一边给林可清让座，一边给两个女孩做了介绍：“林可清，我高中同学。叶子珑，我女朋友。”

“同学？你少介绍了一条吧？”子珑狡黠地看着他俩笑。

“没，没有呀。”青云重陷尴尬。

“我是他前女友。”林可清依然是那么大方爽快，这点倒和子珑如出一辙，末了她还不忘揶揄青云一句，“瞧给他吓得。”

子珑似乎对此没有丝毫芥蒂，她反而和对方一起挤对青云：“看他那窘样我就猜出来了。”然后转头对林可清说，“一看你这身行头就知道是国安铁杆儿，你好漂亮。”她眯起眼睛端详对方，然后冲青云说，“看来你眼光不错，从小就懂得审美。”

林可清也盯着子珑瞧，她向后拢了一下头发，俏皮地回应：“看现在的情形，他审美的水平还见长了呢！”话音刚落，两个女孩便不约而同地笑得前仰后合。

青云挠挠头，他终于放松了下来，“你俩这互相吹捧的技术也是没谁了。要我说，你俩都漂亮，不用懂审美，傻子都能看出来。”

“你们怎么也来看球了？”林可清一如既往地用吸管搅动着可乐里的冰块。

“人家送我哥的票，他工作忙来不了，所以就便宜我俩了。”

子珑冲青云挤挤眼睛说：“看来咱们是来对了，要不你怎么遇到初恋情人哪。”

相同的年纪，相似的性格，甚至相同的短发让两个女孩一见如故，她们把青云晾在一边，自顾自地聊了起来。青云起身又去买了三杯饮料，他觉得这场谈话时间短不了。

“你也喜欢国安？”林可清问。

“我喜欢看他踢球，他喜欢国安。”

“哈哈，他还是被我拉下水的呢。”林可清显得颇为自豪，“青云现在还踢球吗？”

“早不踢了，大二时把腿踢折了，他妈就不让他踢了。”

“啊？伤得厉害吗？”林可清不由自主地提高了声调。

子珑笑着朝端着饮料走过来的青云努努嘴说：“好像没瘸。”

林可清赶忙用微笑掩饰了自己刚才的慌张，她不希望对方有什么误会。

“你在哪儿上学？”子珑并没有注意到林可清神态的变化，她本就不是那种细腻敏感的女孩。

“首医。”

“女医生啊，了不起！我小时候也想当医生，可我胆小，一想到那血呲呼啦的场面就放弃了。”子珑很自然地将头靠在男友的肩膀上。

看着亲昵的二人，林可清淡淡一笑说：“还好，我学的是心理医学。”

“哇，那更酷了！天天跟精神病人打交道。”子珑坐直身子，露出了一脸的崇拜。

“也不是，心理医学其实是医学和心理学结合的产物。《黄帝内经》中就有关于‘治神入手、治神为本、主明则下安’的论述。其实身体上的许多疾病是由心理问题造成的，而身体不适往往也会影响一个人的心理状态。心理医学就是要通过对二者的研究来保护人们的身心健康。”

“哦，原来是这样。不过我听别人说，”子珑探出头，神经兮兮地小声说，“精神病人见多了，大夫自己也会疯掉的。”

林可清将脸凑近了问：“你看我疯了吗？”

“没有没有，你太正常了。”子珑像老朋友一样将双手搭在对方肩上。

“你们俩是同学？”

“不是，我是外经贸的。”

“嚯，好学校！让我猜猜你是学什么专业的。”林可清歪着脑袋假装凝神思考了一番说，“营销？”

子珑惊奇地瞪大了眼睛，“神了！你是怎么猜到的？”

“你的性格呀。”林可清故作神秘地说。

“我什么性格？”

“单纯爽快、开朗外向，嗯……还有点咋咋呼呼。”林可清笑着又补充了一句，“其实咱俩挺像。”

“哈哈，这么说你倒不适合当医生了。”

“为什么？”

“跟我似的上来一通咋呼，找你看病的人真疯了。”

“哈哈哈哈。”两人又是笑作一团。终于，她们想起了一旁的青云。林可清问：“你现在还和父母住一起？”

“不，我自己弄了个绘画工作室，只有周末回家。你呢？还和你妈一起生活？”

“我嘛，平时住校、周末回家，但有时候也会住男朋友那里。”

“哇，你好前卫呀！”子珑瞪大了眼睛。

林可清淡淡一笑，“没那么邪乎吧，反正早晚要住一起的。”

“你打算今年一毕业后就结婚？”子珑显然觉得对方的经验对自己很有参考价值。

“那倒没有，学医要五年，我还有一年多才毕业，其实我俩到底会不会结婚还不一定呢。”

“嗯?”子珑和青云几乎是异口同声。

“我从小就在单亲家庭长大，所以我觉得两个人是不是幸福、能幸福多久，跟结不结婚没太大关系。”

子珑若有所思地点点头，“其实我之前也是这么想的。但是大人，哦，也包括我姐，他们就觉得这种想法简直是大逆不道。哎，青云，你怎么想的?”她突然感到很奇怪，为什么热恋中的两人一直没有探讨过这个问题。即便是自己偶然提起，对方也是马上将话题岔开。

“无所谓。”

“无所谓?”这下轮到两个女孩异口同声了。

“对。我现在的父母也是二婚，我觉得我妈之前肯定不幸福，但现在她又很幸福。所以我觉得婚姻是否幸福，完全取决于两个人，而不是那张纸。”

“看来咱仨都有点‘不婚族’的趋势。”林可清一句话把三个人都逗笑了。

姐儿俩聊得意犹未尽，她们互相留了电话。真的是人以群分、物以类聚。仅仅一面之交，两个人就仿佛成了好姐妹。分手时，青云和林可清礼貌地握了握手，子珑则和新认识的朋友来了个热烈的拥抱。

青云打车把子珑送回学校，两个人在虹远楼下又聊了一会儿。

“你真觉得结不结婚无所谓?”子珑显然对男友刚才的态度不

太满意。

青云的回答很诚恳：“我觉得林可清说得有道理。当然，如果你想结婚，我也一定遵命。”

“我跟我姐以前也聊过这个问题，我那时候就是觉得只要两个人相亲相爱，结不结婚真的不是那么重要。可是现在……”子珑欲言又止。

“现在怎么了?”

“现在有了你，好像想法就有点变了。我担心如果不结婚，你就不算真正属于我。”子珑羞涩地望向别处。

青云一把将心爱的女孩揽入怀中，“傻丫头，你是我的最爱，我只属于你，你也只属于我。”他低下头向子珑吻去，子珑没有拒绝，她闭上了眼睛。初吻从羞涩变成了热烈，两个人都尝到了“蜜糖”的滋味，久久不愿分开。直到有晚归的男生冲他们吹起了口哨，唇舌才不舍地分离。子珑不好意思地向宿舍大门跑去，中途回过头来冲青云扮个鬼脸说：“这个才算嘛!”

2008年5月12日是每个中国人都无法忘记的日子。下午二时二十八分四秒，四川省汶川县发生了里氏8.0级大地震，地震波及大半个中国及亚洲多个国家和地区。远在千里之外的北京都有明显震感，震中心的汶川更是成了人间炼狱。此次地震共造成六万九千二百二十七人死亡，三十七万四千六百四十三人受伤，一万七千九百二十三人失踪，是新中国成立以来破坏力最大的地震，也是自1976年唐山大地震后伤亡最惨重的一次地震。

一时间，全国人民万众一心、举国抗震，救灾人员和志愿者义无反顾地奔赴灾区。电视新闻持续进行报道，让身在北京的学子们热血沸腾。青云、子珍、子珑正在准备毕业论文，但他们还是积极地献出了爱心。青云捐出了五万元，这几乎是他大学期间绘画所得收入的一半。原本买车的计划不得不延后，但他说国家有难，自己理当义不容辞。学校和同学们对青云的做法赞赏有加，郝光明更是为儿子的义举感到骄傲。科瑞公司向灾区捐赠了五百万元及大量的抗震救灾物资，郝光明和青山还以家庭名义捐赠了五十万元。子珍子珑拿不出多余的钱，她们大学四年没有向家里要过一分钱，在京的全部开销都是假期打工辛辛苦苦挣来的，但是她们有一腔热血。姐儿俩参加了义务献血，看着自己鲜红的血液流入采血袋，两人四目相望，会心一笑。魔力公司也向灾区捐献了三百万元，温克俭还以个人名义捐赠了一百万。当得知这个消息时，子珑不由得对这个男人刮目相看。

大灾面前，大爱无边！

子珍子珑献血可心疼坏了青云一家，既然无法反对，他们便让青云把姐儿俩接到家中，周芳和秦梦云又是熬鸡汤又是炖棒骨，像对待家人一样对她俩无微不至地照顾。

眼看毕业在即，三个人的论文答辩都进行得很顺利。子珍凭借连续四年出色的实习表现被科瑞公司提前预订，她的岗位是新设的战略研究室主任助理，总经理青山亲自出任研究室主任。子珑在温克俭的猛烈攻势下也决定加盟魔力，她的职位是市场营销部部长助理。青云没有找工作，他委婉地拒绝了父亲和哥哥的召唤，将全部身心投入到了绘画当中。近期的画作受到越来越多的青睐，女性客户更是络绎不绝，精品价格已直逼万元。细心人也许会发现，画中女人的表情少了一些怪异，反倒多了几分华严寺中“露齿菩萨”的平静安详。

姐儿俩开始寻找住处。科瑞公司为外地未婚员工提供集体宿舍，但子珍说还是想和妹妹住在一起，青山便指示人事部门给她的月薪上调了一千五百元。温克俭也私下询问过子珑的住宿问题，甚至要出钱为她租一套公寓，子珑态度坚决地谢绝了。姐儿俩看上了紫竹院附近的一套两居室，恰逢奥运年，租金上涨了不少，连带简单的家具和电器，每个月需要四千元。子珍有点嫌贵，青云却说不用考虑钱的问题，关键是小区的环境和安全。子珑也说这里离两人的公司和青云的工作室都不远，子珍笑妹妹只想着自己约会方便，子珑不服气地说是又怎样。青云要付第一年的房租，姐儿俩坚决不同意，三个人争来争去最后决定各出三分之一，青云坏笑着说自己既然也是租户，以后就能常来看子珑了。正式搬进去之前，他还是坚持把几件实在看不上眼的家具和卫生间的马桶给换了。

每年6月，大学校园里都会弥漫着毕业的喜悦与离别的伤感。四年同窗友、四年师生情终于到了该说再见的时候。在纪念册上留言、在校园各处留影、在一次次聚餐后道别，每个角落都传来甜蜜的笑语和低声的啜泣。祝福的话语说不够，相约再聚的誓言讲不完。

子珍子珑身穿黑色学士长袍，头戴黑色学士方帽，帽子上的流苏已经从帽檐右前侧移到左前侧中部，这标志着姐儿俩正式获得了学士学位。她们还是在镌刻着“对外经济贸易大学”字样的幕墙前合影留念，但与四年前入学时的青涩稚嫩不同，两人身上多了几分成熟自信的女人味。青云的毕业典礼早些时候已经结束，他特意赶来见证子珍子珑人生中的这个重要时刻，林可清也被子珑邀请过来参加。林可清对双胞胎姐妹相同的外貌、不同的性情很感兴趣。她隐约觉得子珑和自己的表面很像，而子珍和自己的内心相通。因此虽然只是一面之缘，但她与子珍都给对方留下了很好的印象。学士帽被抛向空中，像无数朵盛开的希望之花，四个年轻人抱在一起，为即将开启的崭新人生而欢呼庆祝。

第29届夏季奥林匹克运动会于2008年8月8日至24日在北京举行。这是北京人的荣耀，也是全体国人的骄傲。最终中国代表团不负众望，以五十一枚金牌雄踞金牌榜榜首。

张艺谋的导演功力确实不同凡响，开幕式场景宏大、构思精巧，令人赏心悦目。二千零八名工作人员整齐地击打着手中会发光的缶，构成中国及阿拉伯数字的倒计时。青云和子珍子珑在布置一新的出租屋内手牵手一起跟着大喊：“十九八七六五四三！二！一！”从永定门至主会场鸟巢，北京城中轴线上的夜空中，二十九个脚印造型的烟火依次绽放开来，象征着第29届奥运会一步一步走进北京。

“这个创意了不起。”青云由衷地赞叹，姐儿俩则是爆发出阵阵尖叫。

刘欢和英国著名歌手莎拉·布莱曼演唱的奥运会主题曲《我

和你》响起，三个人随着乐曲一起高唱：

我和你 心连心 共住地球村

为梦想 千里行 相会在北京

……

You and me, from one world

We are family, travel dream

A thousand miles, meeting in Beijing

……

“体操王子”李宁空中漫步，绕场一周后点燃了祥云造型的主火炬。鸟巢上空百花齐放、姹紫嫣红。电视机前的三个年轻人像全体中国人一样兴奋地蹦着、自豪地叫着、开心地笑着。他们有理由高兴，国家强盛，又有哪一个中国人能不高兴呢？

几个假期下来，子珍几乎将科瑞的主要部门轮转了一遍，对公司的整体情况已经有了大致了解，她将自己所学与实际相结合，成了青山的得力助手。

2004年国家提出平安城市概念，子珍认为这是科瑞发展的机遇。在政府大力推广下，大量的安防监控设备被安装在主要街道、案件多发地段、重要路口等治安情况复杂场所，科瑞凭借过硬的软硬件技术和施工能力获得了大量项目订单。但子珍认为，目前公司的市场开发还有盲点，产品系列存在空白。从具体应用看，平安城市建设广泛涉及各类交通、大型活动、环保监测、校园监控、社区家庭等领域。以校园监控为例，幼儿园安防项目需投资五万至二十万元，中小学校为十万至五十万元，普通高校则高达二百万至五百万元。由此推算，仅全国校园监控安防系统的市场规模就超过一千亿元。随着安防意识的提高，视频监控市场还有巨大的成长空间。科瑞应该一方面丰富产品系列，以适应不同的应用场景；另一方面应该将目光投向二三线城市和海外市场，提早布局。子珍还敏锐地预判到，模拟系统向网络系统转变将是大势所趋，科瑞应该下大力气进行高清网络监控系统的技术和产品研发，尽早占领行业制高点。这些意见让公司上下对这个年轻的女孩刮目相看，他们由衷地佩服萧总不愧是能识千里马的伯乐。

子珑凭借扎实的专业知识和灵活的头脑以及工作中初生牛犊不怕虎的冲劲儿很快在魔力站稳了脚跟，员工们纷纷在私底下表示，这个女孩和温总身边的其他女孩不同。如果说别的女孩仅仅是花瓶，那子珑这个花瓶中无疑自带着芬芳的鲜花。

子珑强烈建议魔力公司尽早涉足网络广告市场。虽然中国的网络广告直到1997年才迎来了历史上的首单——仅仅是IBM公司为宣传其新品AS400向Chinabyte.com支付了三千美元的广告费，但这毕竟预示了网络广告在中国广告市场的横空出世。2003年“非典”降临，在传统广告模式备受冲击的同时，网络广告却获得了更多的机会，这一年其市场规模激增至十亿三千万元人民币。截至2007年，虽然在互联网投放广告的商家尚不足一千五百家，但仍保持着年均超过70%的增幅。同时期美国互联网的广告收入高达五十九亿美元，这预示着中国也许拥有更加广阔的市场前景。子珑详细列举了网络广告的优势，诸如传播突破了时间和空间的限制，覆盖面广；精准投放，互动性强；速度快更灵活，可以即时进行效果监测；以及拥有最具活力的消费群体等等。不仅如此，她还为公司起草了网络广告发展规划。所有这些，温克俭自然是看在眼里美在心中，可是子珑独立的个性和鲜明的态度却总是让他无法更近一步。但他也有办法，那就是加薪、加薪再加薪，甚至许诺将来会让子珑拥有魔力的股份。他相信一切水到渠成、事在人为。子珑对此倒是来者不拒，除了表示感谢和加倍努力，她依然与温克俭保持着安全距离。她相信，金钱换不来爱情。

青云继续着创作。毕业前夕，他请几个要好的同学到青云阁做客。小院幽静雅致的环境和墙上精美的作品让大家惊叹。一个哥们儿说这么好的作品只是挂在这里可惜了，而且网上卖画永远也卖不出高价。他的叔叔是一家艺术馆的负责人，可以帮青云开办自己的画展，让这些不俗的作品登上大雅之堂，青云采纳了这个建议。随着画风的改变，他现在对自己的作品越来越有信心。

林可清准备考研和考心理咨询师资质，并开始在一家心理诊所兼职实习。她喜欢琢磨人的心思，与医院相比，她认为心理诊所更适合自己发展。她与子珑保持着热线联系，俨然成了一对无话不说的好姐妹。

人脑是个奇怪的东西。外界的感知在这里得到学习记忆、联想推理和判断，从而形成了一个人的意识、精神、情绪乃至三观。在这个过程中，它始终重复着一个被称之为思考的工作。

青云的脑子里经常会思考一些奇怪的问题。都说“食色，性也”，但在人类这两个最原始的欲望面前，他的想法总是和绝大多数人不同。看到美味的食物，他不会产生旺盛的食欲，因为在他的脑子里，美味终将变成不堪的排泄物。他甚至怀疑下大力气丰富老百姓餐桌的必要性，俗话说温饱思淫欲，也许有些人正是因为吃得太饱才变得心猿意马、想入非非。看到美丽的女人，他也没有过分的冲动。他认为美丽的容颜不过是短暂的表象，终将一去不返。何况无论怎样的美女，也离不开吃喝拉撒睡；无论怎样性感优雅的衣装里面，包裹的无非是一具或胖或瘦、或松或紧、或糙或细的胴体。他爱子珑，不仅仅是因为对方的美丽，更重要的是子珑让自己快乐。

然而一个问题终究无法回避，那就是挥之不去的童年阴影。虽然通过自己不懈的“探索”，他已经比同龄人了解了更多的男女之事，但这些并非来自正规渠道的“收获”反而让他更加困惑。他无法理解女人在行鱼水之欢时为什么会表现得那么不同常理、欲仙欲死，夸张得让人惧怕。仔细想想这也实在怪不得他，儿时的梦魇加上过早的探究，以及网络上那些突破伦理道德的画面让他尚未成熟的身体和心智很难承受，但他又能到哪里去获得真正的帮助呢？不过，热恋中的他不知不觉也有了和子珑缠绵的冲动，他决定要尝试一下。

2008年的最后一天，子珑下班后去青云阁找青云，她告诉姐姐晚上不回去了。这是小情侣盘算了很久的计划，先是子珑隐约的暗示，再到青云的跃跃欲试，他们终于决定开启自己神圣的“第一次”。妹妹已经长大，青云也让人放心，子珍没有阻拦，反而坏笑着祝妹妹玩得开心。这次倒是子珑的脸蛋儿有些发烧，她对姐姐说：“等轮到你时，看我怎么挤对你。”

青云做了精心的准备，他要让“第一次”充满仪式感，让心爱的女人感受到自己的爱。他特意买来鲜花插进花瓶，还浪漫地在床上撒了几片红色的玫瑰花瓣。房间收拾整洁，换上嫂子新洗的床单被褥，喷些茉莉花香的香水，这是子珑最喜欢的味道。

可是不知为何，从上午开始青云的心里就没着没落地不得安生。洗酒杯时不小心打碎了一盏，收拾碎片时又划破了手指，刚刚还拿在手里的开瓶器转眼就失去了踪影，最后发现是随手放进了冰箱。他把给子珑准备的拖鞋码在进门处，一会儿又摆到卧室里，最后还是放进了浴室。这是怎么了？青云对自己的六神无主有些懊恼，他点燃了一盘檀香。烟柱袅袅升起，先是笔直的一线，升到半米高便扰动纠缠在一起，让周围的一切开始迷离。青云做了几次深呼吸，心神稍稍定住。

“叮咚”，门铃响了。青云赶紧起身，不小心又撞到了桌角。茶壶茶杯轻轻一跳，一只莲蓬茶宠转了一个圈，像钟摆一样左一下右一下地在茶盘里画起了弧线，如同他七上八下的心情。

院门开启，子珑穿着一件淡粉色的羽绒服，脸颊也是粉扑扑的。

“你今天真好看。”青云觉得自己这纯属是没话找话。

果然，对方并不买账，“没的说啦，我哪天不好看？”

子珑像视察一样挨屋转了一圈，显然她对青云营造的氛围相当满意。站在撒着玫瑰花瓣的床前，她竟然羞涩地笑了。两人相对而坐，青云泡了祁门红茶，茶汤红艳明亮，味道鲜甜清爽。

“冬天喝红茶好，驱寒养胃。”青云好像还是不知道该说些什么。

这次子珑倒没有让他下不来台，“太好了，我姐经常不好好吃饭，她的胃就不好。”

“那走时给你姐带上一盒。人家送我老爸的，据说是历口古溪产的，算是祁门红茶中的极品。”

“你还挺知道疼人哪。”子珑浅笑着挪到青云身边，依偎在他怀中。青云怀抱佳人，轻抚着对方的发丝，一股女孩特有的甜香伴着淡淡的茉莉花香让他陶醉。

晚餐很简单，是秦梦云包的饺子。青云的手有点哆嗦，不小心煮破了几个。“凑合吃点吧。”青云边说边打开红酒，往两个高脚杯里各倒了半杯。

“这不叫凑合，都说‘饺子就酒，越喝越有’呢。”子珑夹起一个，小心吹了吹再放进嘴里，“嗯，你嫂子的手艺不错。”

“干杯。”清脆的碰杯声在房间里回荡，像谁不经意拨动了爱的琴弦。

“吃蒜吗？”青云知道女友的嗜好，他起身要去拿。

“不啦不啦。”子珑赶紧阻止，再大大咧咧的女孩也知道今天是什么日子。

两个人话都不多，子珑更是没了平日的叽叽喳喳。她时不时从眼角偷看青云，结果与同样偷看自己的目光交会，两人赶紧举杯喝酒。一盘饺子还没吃完，酒已经见了底。青云再开一瓶，他的手还是不听使唤，瓶塞没有完全拔出来，断了的一半留在瓶口里。

子珑扑哧一声笑了，“你哆嗦什么呀。”

“没，没有哇，酒壮屃人胆才对。”青云拿起筷子，发泄般地朝半截瓶塞戳去。瓶塞落入瓶中，自己倒被溅了一脸酒。

“哈哈哈。”子珑笑得前仰后合，她拿起纸巾小心地为男友擦干净，动作出奇地轻柔。

夜色笼罩，小屋中淡黄色的灯光显得格外温馨。两个相拥的身影投射到雪白的墙面上，朦胧而充满诗意。

收拾完碗筷，青云支支吾吾地说：“我们……”

“嗯，你先洗吧。”子珑的声音也很小。

青云把水温调得很低，他想让自己冷静下来。但冰凉的水让他直打激灵，索性胡乱冲了一下，套上睡衣逃出了浴室。

子珑已经把床铺铺好，鲜红的玫瑰花瓣还留在雪白的床单上，耀眼而醒目。进浴室前，她回过头含情脉脉地看了青云一眼说：“我喜欢这情调。”

浴室里传出“哗哗”的水声，青云躺在床上如同煎熬。他不敢想浴室中子珑美丽的样子、不敢想童年可怕的梦魇、不敢想电脑屏幕上那些龌龊的画面，他什么都不敢想，但这些想法偏偏就钻进脑袋，赶也赶不出来。

水声停了。浴室门打开的瞬间，一股水汽弥漫小屋，氤氲中含着沐浴露的芳香。子珑包裹在白色的浴巾中，湿头发没擦干，紧贴在脸颊上，水珠顺着发梢不停滴落。她好似一朵出水芙蓉，亭亭玉立、袅袅娜娜、娇羞妩媚。

青云躺着没动，他的身子在微微发抖。

“你冷啊？”子珑单腿盘坐到床沿，光洁的大腿雪白圆润。她伸手摸了摸青云的额头，“我还以为你发烧呢。”

青云只是机械地摇摇头，眼睛却盯着女友胸前被浴巾勒出的深深的乳沟。子珑娇羞地用手蒙住了对方的眼睛，然后起身将台灯打开，再关了大灯，光线柔和刚刚好。

躺回青云身旁，她侧过身，一只手掌托着腮，一只手轻轻抚摸对方的胸膛。“看来你和林可清真没什么。”她的手指在青云的胸口画着圈，“不然怎么会比我还紧张。”说完便不好意思地低头笑了，两朵红云飞上脸颊。

“当然没什么了！”青云的胸口被撩拨得痒痒的，他一个翻身爬到子珑身上，“我只要你！”

一阵深情而热烈的亲吻后，两人的呼吸变得越来越急促。子珑想要说话，但嘴唇却被紧紧封住，她扭头挣开，然后盯着青云的眼睛问：“这辈子都只要我？”

“还有下辈子，下下辈子！”青云已经欲火难耐。

“我信你！”

浴巾和睡衣被胡乱地褪去，青云将子珑紧紧压在身下发起了进攻。子珑的眉头微微皱了一下，一阵疼痛让她闭上眼睛，咬住了嘴唇。她知道这是必须的，“第一次”给了自己心爱的男人，她痛并幸福着。

心爱女孩略显痛苦的表情和嘤咛之声仿佛变成了开启心中梦魇的钥匙，突然之间全部画面叠加在眼前，青云用力甩头，想把这些虚幻甩出脑子，可是无济于事。他想坚持忍住，但全身已经崩溃，草草几个来回便无法控制地缴械投降。子珑惊讶地睁开双眼，眼前是心上人茫然、惊恐、羞愧的表情。青云翻身滚落一旁，脸朝下趴在床上，双手深深插进了头发。

子珑被发生的事情惊到了，一切与自己想象中的浪漫和满足完全对不上号。她慌乱地用浴巾把自己包好，半跪在青云身边，俯身推推他的肩膀问："你没事吧？"

青云摇摇头，声音带着绝望的哭腔："我没用！"

"云，没事的，也许是太紧张了。"子珑尽可能地安慰对方，但自己的眼泪却不争气地掉了下来。"第一次"竟是如此地短暂、如此地狼狈，远远不是自己的期盼，她也很委屈。

无论子珑再说什么，青云就是不肯抬头，他在心里一遍遍地问自己："为什么？为什么会这样？那些欲仙欲死的画面难道是假的？自己为什么这么不中用？"

劝着劝着，子珑倦了困了，她半靠在床头上睡着了。

青云终于挣扎着起身，他全身仿佛已经虚脱。呆呆地凝望着眉头微蹙、一脸委屈的女友，他想哭，却怎么也挤不出一滴眼泪。"怎么会这样？怎么会这样？真的是永远无法逃脱吗？"他再次一遍遍地质问自己，直到窗口泛白也没有找到答案。

早起的喜鹊又来啄食树上的柿子了。"叽叽喳喳"的叫声吵醒了子珑，她揉揉惺忪的睡眼，看到青云眼圈发黑，正目光呆滞地望着自己。子珑的心立刻软了下来，她伸手摸摸青云的脸颊说：“没事的，亲爱的，以后会好的。”

子珑穿好衣服起身去做早饭，青云木讷地跟在身后，像个犯了错的孩子。两人谁也没有留意床单上已经揉得发皱的花瓣，还有点点殷红的血迹。

青云把子珑送到楼下，他没有上楼，而是提着一兜子从床上撤下来的被单逃回家中，他想把昨夜的耻辱和噩梦统统洗掉。

“呦，这么早就回来啦。”正在赶一份报告的子珍热情相迎。

子珑把羽绒服往沙发上一扔，没有理会姐姐的问候便冲进了卫生间。子珍担心地跟了进去，看见妹妹正双手撑在洗手台上对着镜子伤心落泪。

“打架啦?”子珍拍拍妹妹的后背。不问还好，一问之下子珑的委屈再也无法阻挡，她转过身抱住姐姐放声痛哭。子珍也不知该怎么安慰，只是一个劲儿地拍着妹妹的背，像小时候妈妈哄她们的样子。

哭够了，子珑抽抽搭搭地说：“我们刚刚开始，他就，他就……”

子珍大致明白发生了什么，但自己在这方面的经验也是一片空白，她只是不停地说：“好珑珑，没事没事，会好的，会好的。”

地震摧毁了一座城市，奥运点燃了一座城市，而梦魇却让两个年轻人的世界瞬间坍塌。毫无疑问，他们仍深爱着彼此，但爱能重建一个新世界吗？谁也不知道。

第八章　混沌

从2008年起，美国大使馆开始更新每日北京PM2.5数据。在此之前，中国人基本没有雾霾的概念。近些年每到冬天有霾的日子，天地间便一片混沌。高楼大厦没了根基，楼顶的霓虹灯泛着幽冥般的光，仿佛悬在半空。房屋树木如同海市蜃楼，轮廓间出现了模糊和抖动，行人和车辆仿佛泡在一汪浑水里，迷失了前进的方向，就连呼吸都变得沉重窒闷起来。

这个春节，子珍子珑在父母的强烈要求下决定回山西过年。原计划青云应该陪着，可他总是提不起兴致。放在之前，子珑一定会想尽办法拉上他，但是这次并没有，两个人依然处在不尴不尬的“冷战”中。青云趁节前优惠要买车，他想先买辆国产二手车当代步工具，但郝光明决定送他一辆国产奔驰。他本想拒绝，但青山劝他别辜负了老爸的一片心意。

大年二十九，青云开着奔驰车把姐儿俩送到车站。节前的西客站人山人海，送行的车一辆接着一辆，留给他们道别的时间有限。

青云一边从后备厢帮姐儿俩搬行李，一边问："给叔叔阿姨的东西都带上了?"

"嗯。"子珑低头盯着自己的脚尖。

"回来时提前告诉我，我接你们。"

"嗯。"

"替我问叔叔阿姨好。"

还是"嗯"。

子珍有点瞧不下去了，她接过话茬："也替我们问叔叔阿姨和萧大哥、梦云姐好。过完节你的画展就要开幕了，肯定会很累，自己照顾好自己呀。"

"放心吧姐，我会的。帮我照顾好珑珑。"

"放心!"子珍用胳膊肘拱拱妹妹，可子珑依然闷着头不说话。

后面的车已经开始按喇叭催促了。青云一把搂过子珑，用力在她脸上亲了一口说："好好过年，保重!"

子珑抬起头看着男友，目光中有不舍、有委屈，也有埋怨，眼中还有点点的泪光。

2009年3月1日，青云的画展开幕了。那天正好是星期天，他早早接了子珍子珑一起去位于朝阳区的展厅。

收音机里正播放着一条振奋人心的消息：中国首颗深空探测卫星"嫦娥一号"在结束了四百九十四天的飞行后，以撞击月球的方式结束了它的使命。

“中国越来越厉害啦！”子珍感慨道。

青云深有同感地应和：“我现在觉得做一个中国人特骄傲。”

子珑神情黯然，只是淡淡地说：“以这样的方式结束，有点悲壮。”

卫星搭载了三十首歌曲，这些经典的中国曲目曾飘荡在浩瀚的太空。电台特意选取了其中的《但愿人长久》播放，以纪念这个特殊的日子。王菲清冷缥缈的歌声回荡在车厢中：

……

人有悲欢离合，月有阴晴圆缺，

此事古难全。

但愿人长久，千里共婵娟。

“我想透透气！”子珑打开了车窗，但呛人的雾霾很快又让她把窗子关上。

画展设在一家私人艺术馆，开幕式很简单。没有花篮、没有记者，甚至连观众也寥寥无几。青云和艺术馆负责人共同剪断了一根细细的红绸带。

艺术馆专门辟出了一个展室，面积不大，青云近几年的二十余幅作品陈列在墙上。这些画有写实的肖像，有临摹的名画，也有的出自想象。他的画风已经相对固定，画中女人的神态平和安详了许多，但仍多少带有一丝怪异的表情。青云特意带上了那幅《白族少女》，那是稍早期的作品，少女谜一样的表情在众多作品中独树一帜。

从画展回来，青云邀请姐儿俩去青云阁坐坐。子珍说还要赶一个文件，看到子珑有些扭捏，便往前推了一把妹妹，子珑勉强地点了点头。其实子珍并没有什么文件要赶，她这么做只是想给两人一些独处的空间。这次回老家，她和妹妹多次探讨了那个令人尴尬的话题。她并不清楚青云到底出了什么问题，因为子珑也同样是一头雾水。但子珍还是尽量给予妹妹安慰和开导。她乐观地认为，独处的机会多些，也许就能化解之前的难堪。

可惜事与愿违。无论青云还是子珑，对上次的遭遇都心有余悸。他们越是小心翼翼就越是忐忑不安，越是轻手轻脚就越是磕磕绊绊。无论两人采取什么方式，愿望偏偏就是不能达成。激情好不容易被点燃，但却像行将燃尽的木炭，没有火苗，只有忽明忽暗的余烬闪着红光，似乎随时都会熄灭。费尽九牛二虎之力结合在一起，但一看见子珑不自然的表情，青云便立刻崩溃，寥寥几下再次缴枪投降。这次轮到了子珑哇哇大哭，青云则呆坐在一旁劝说。

子珑甚至没有过夜，青云只好连夜把她送回住处。子珑狠狠地摔上车门，头也不回地上了楼。面对妹妹的怒火和委屈，子珍这次真的不知道该怎么劝慰了，她只能默默地祈祷，让这一切赶快过去。

2009年4月23日是中国人民解放军海军成立六十周年，青岛黄海海域举行了多国海军阅兵活动。自从2002年结婚，青山已经多年未见昔日的战友了。他们相约在青岛重聚，青山特意带上了秦梦云。曾经一起在烈日下挥汗如雨，惊涛中劈波斩浪，如今久别重逢分外亲。战友们大都已经成家，他们也带来了老婆孩子。

酒桌上，男人们回忆往事、畅想未来，家属们则在另一边嘀嘀咕咕地唠家常。说到各人的近况，大家一致公认青山是美人事业双丰收，青山乐得合不上嘴，梦云则低头浅笑。可是一提到孩子，主角就换成了别人，不管宝贝是美是丑、是听话是调皮，反正父母都能津津乐道。青山倒是没有多想，梦云却不由得皱起了眉头。

又是一场大醉，但青山很兴奋。回到酒店，他迫不及待地将梦云搂抱到床上。丈夫军旅出身，正值壮年精力充沛；妻子柔情似水，温柔浪漫，两人的夫妻生活向来和谐。也许是酒精的刺激和麻痹作用，这一番云雨格外激烈漫长。

青山仰面躺倒，大口喘着粗气，梦云也努力平复着自己怦怦乱跳的心。她用手轻柔地抚摸丈夫宽阔结实的胸膛说："山哥，跟你说个事呗。"

"说。"青山翻了个身，痴痴地看着爱妻。

"咱俩结婚快七年了，是不是该要个孩子了？"

青山用手轻轻点着梦云的鼻尖问："你想吗？"

"嗯，想！我都三十三岁了，再拖下去我怕对孩子不好。再说爸妈虽然没催咱俩，但肯定也想抱大孙子了。"梦云并没有过多地考虑自己，她想到的只是孩子和老人。

青山心里却想着妻子，他下定了决心，"也是。其实太晚要孩子对你也不好，不管是风险还是恢复，都不好。咱们今年就要！”

“瞧你，怎么就不替儿子想想？你现在这么喝酒，我哪儿敢要哇？”

青山探过身，坏笑着问：“你怎么知道就是儿子？”

“讨厌！反正我想给你们老萧家生个小子，如果是闺女，那就再生一个。”梦云一把揪住了爱人的鼻子。

“好媳妇，你算说到我心坎里啦！”

“别逗，说说你的酒怎么办吧。”

“完全戒掉恐怕不行，应酬上少不了。这样，能不喝我一定不喝，如果非要喝也以啤酒和红酒为主，行不？”

“哼，我就知道让你戒酒没戏！那你说话算话？”

“算，算！”青山恢复了元气，又开始蠢蠢欲动，“要孩子还不简单，咱说干就干。”

“别闹！刚才都快让你折腾散架啦！”梦云把他从身上推了下去，“哎，再跟你说个正经事。”

“啥事？”

“你发现最近青云有什么变化没有？”

“没有哇。对象搞着、新车开着、画展办着，我看他挺美呀。”

“唉，你们男人哪，你就没发现他最近有点魂不守舍？”

青山仔细想了想，然后点点头说：“你这么一说，倒还真是有那么点。画展开幕时，我说给他送两个花篮，结果他一点也不领情，还说要不是已经答应人家了，他都不打算办了。你知道为什么吗？”

“我也只是猜测，我觉得和子珑有关。”梦云说得很谨慎。

“嗯？那丫头挺好的呀。”

“我也没说不好哇。你记得元旦青云没回家过节，说要和子珑一起住小院吗？”

“记得呀，他没敢和爸妈说，单独跟咱俩说的。怎么了？”

“结果第二天他就蔫头耷脑地拎着被单床单回来了，那可是我刚给他洗干净的呀。”

“后来呢？”

“我帮他洗床单时发现上面有血。”

“啊？”青山先是一惊，然后狡黠地笑了，“那好事呀，啥都没有才麻烦呢。”

“讨厌，你怎么当哥的。”梦云捶了丈夫一拳，接着说，“其实怪就怪在这儿，原本是应该高兴的事，可我发现自从那天起，他就像霜打的茄子似的。”

“嗯，是不太正常，你没问问他俩？”

“亏你想得出！人家子珑没过门呢，再说这种事我问合适吗？当嫂子的问小叔子，那就更不像话啦！”丈夫的大大咧咧让梦云有点生气。

“也是，那你说怎么办？”

“我只能多多留意，要不你也侧面问问青云？”

“行，我找机会问问。”

梦云又开始聊刚才的战友聚会，可是没聊多久，她就听见丈夫已经鼾声如雷了。

画展渐渐有了参观者，而且女性居多，她们对这些出自一个名不见经传的年轻画家的作品报以浓厚的兴趣。林可清在撰写毕业论文的间隙也过来看画，看过后就眯着眼睛冲青云笑。

“笑什么？”青云被搞得一头雾水。

“以前也看过你的画，但那时候小，没怎么细琢磨。现在看起来……”林可清故意停顿了一下说，“你的内心相当龌龊。”她本想装作一本正经，但终究还是没忍住笑出了声。

“学心理的了不起啊？”青云表面上不以为意，内心却已翻江倒海。这是第一次有人当面指出他作品的玄机，虽然可能用词不当，但毕竟直指真相。

“好吧，你不承认就算了。”林可清没有再深究，青云如释重负。

“你的诊所怎么样？去咨询的都是什么人？”

“怎么就成了我的诊所？我只是在那儿实习。不过如果干得好，将来当个合伙人也不是没可能。哎，你说巧不巧，诊所离你这儿还真不远。”

“哦，那预祝你心想事成。打算什么时候结婚哪？”

“结哪门子婚哪，吹了。”林可清说得轻描淡写。

“吹了？为什么呀？”青云突然觉得自己不该这么八卦，赶紧补了一句，“你不想说就算了。”

“其实也没什么大不了的，无非是他只想着结婚，而我一直没想好这事，所以闹来闹去就散了。”

“哦。子珑知道吗?”

“本来我想告诉她的，结果听她电话里情绪不对，就没说。你俩没闹别扭吧?”林可清向来擅长从蛛丝马迹中发现问题。

青云连忙慌张地否认：“没有没有。”

“哼，撒谎!”林可清盯着对方的眼睛说，“别忘了，我可是学心理的，你瞒不了我。”

“唉，你就别问了。”青云觉得在心直口快却洞察力非凡的林可清面前，说谎是个费力不讨好的事。

“好吧，你俩其实挺合适的，好自为之吧。如果需要我劝劝她，你就说话。”

“好的，谢谢你。”嘴上虽然答应，但青云心里清楚，这件事谁也帮不了自己。

“喊，瞎客气什么呀。又不是冲你，我是不愿意让好姐们儿吃亏。走啦，你忙吧。”话没说完，她靓丽妩媚的身影已经飘出了房间。

林可清刚走，青山就来了。他一边假装看画，一边有一搭无一搭地问：“最近怎么子珑姐儿俩不来家里玩了?”

“她们忙。”青云继续搪塞。

“哦。你和子珑没闹别扭吧?”

“没有没有。”青云心里直犯嘀咕，今天这是怎么了，都问这个?

“没有就好。子珑是好女孩，咱可不能欺负人家。”

“知道了。”青云已经略显烦躁。

"知道就好。有什么想不明白的就告诉哥，也可以让子珑去问问你嫂子。"青山只能点到为止。

"嗯。"青云苦笑着答应了一声。

很长时间青云和子珑都不敢再次尝试。但这是能躲得过的事吗？再怕也得试呀！他俩不像是要行人生乐事，反而倒像上战场的士兵。士兵可以不怕死，但他俩却不能不怕重蹈覆辙。可是越害怕什么，偏偏就发生什么。第三次同样尴尬，乃至后来的第四次、第五次，青云干脆雄风不再，无法成事。

委屈懊恼的子珑终于爆发："你究竟是怎么啦！你以前到底做了什么！"

任凭心爱之人如何哭闹，青云始终无言以对，他真的说不出口。

哭够了、闹够了，子珑平静地说："云，我爱你。无论你身体出了什么问题，我都会爱你。但我觉得这根本就不是你身体的问题！既然你什么都不肯说，我也帮不了你，可是我无法这么对我自己！咱们，咱们分手吧。"

青云依旧沉默，事已至此，他不知还能说些什么。他并不怪子珑，也不再恨自己，他已经有点麻木了。无论是对童年的梦魇，还是对自己的现在和将来，他似乎都失去了知觉。望着心爱的女人远去的背影，他的表情抽搐了几下，不知是想哭还是想笑。树上的喜鹊又在"叽叽喳喳"地叫，好像在抱怨为什么柿子还不成熟。青云飞起一脚踢在树上，喜鹊"喳喳喳"地飞走了。

再过一周就是子珍子珑的生日，三年前三个年轻人一起在这里度过了难忘的二十岁生日。时间过得好快，往事虽然历历在目，但一切早已物是人非。

三个人偶尔还是会发信息相互问候一下，有时是青云发给子珑，有时是他发给子珍，子珍偶尔也会主动问候青云。子珑却从未主动给青云发过任何信息，对青云的问候她也仅仅是冷淡地回复，有时甚至根本就不回复。他们一直没有再见面，子珍子珑都在拼命工作。子珑更是把工作当成了疗伤的方法，她拼命的劲头让温克俭有些不解和心疼。温克俭试图给予关怀，但换来的却是对方的冷若冰霜。青云的画展还在继续，越来越多的人前来观赏他的画，不少作品已经被买走，他便又从工作室拿来补上。绘画对于他来说，已经从爱好享受变成了谋生手段。他经常对着空白的画布发呆，运笔也愈发艰涩，有时甚至纯凭手腕和手指的肌肉记忆完成画作。他想找回往日的激情，但得到的只是索然无味。青云试图忘掉一切，但似乎总有一根若隐若现却异常坚韧的细丝牵引着他的心。他知道，那是自己对子珑的爱。

一晃就是圣诞节。大半年来，青云天天挣扎在痛苦与自责中，日子过得浑浑噩噩。艺术馆附近酒吧林立，他经常出了艺术馆的门就进了酒吧的门，常常把自己喝得酩酊大醉。这个孤独的圣诞节，他依然想要买醉。

圣诞树上的彩灯已经亮起，街道上到处飘荡着《铃儿响叮当》的歌声：

……

jingle bells, jingle bells

jingle all the way

oh what fun it is to ride

in a one horse open sleigh

青云离开艺术馆前给子珑发了条信息，问平安夜能不能一起坐坐，他期待着能有奇迹发生。但子珑只是简单地回了三个字：没时间！青云苦笑着摇摇头，自己跟自己说："算了吧。"

他推开酒吧的旋转门，服务生笑脸迎了上来，"还是一个人？老地方?"青云点点头。服务生将他领到靠窗的一个小卡座，"您算来得早，今天人肯定多，一会儿弄不好得拼桌。不过拼桌有拼桌的好，没准儿还能有个艳遇呢。"看青云情绪不高，服务生只好收起了玩笑问，"今天打算喝点什么？"

"老样子，哥顿加汤力水、柠檬。对了，少放点冰。"

"没问题，您稍等。"

这是一家静吧，虽然面积不大，但装潢考究，有一种浓厚的复古浪漫气息。桌子上有一只精美的玻璃碗，碗的外壁上雕刻着古希腊神话中的小爱神丘比特。丘比特手搭弓箭从碗沿探出头来，瞄准着内壁上的一颗玻璃心。碗内燃着一支粗大的红烛，火苗撩拨着金色的箭头。伴着烛光的晃动，一滴晶莹的烛油滑落，像红色的泪滴。此时店内已经有了零星的客人，调酒师在吧台里面娴熟地将酒瓶抛向半空，再反手潇洒地接住。欧得洋的《孤单北半球》缠缠绵绵，如泣如诉：

……

少了我的手背当枕头你习不习惯

你的望远镜望不到我北半球的孤单

太平洋的潮水跟着地球来回旋转

我会耐心地等，随时欢迎你靠岸

……

天尚未黑透，城市被浓浓的雾霾笼罩。青云慵懒地靠在沙发上，半眯着眼睛看窗外“浑水”中匆匆游过的人，一张美丽而熟悉的面孔恰巧正在向店内张望。

“林可清！”青云腾地坐起身子，用手拍着玻璃喊。

林可清定睛细看，然后嫣然一笑走了进来。她脱下黑色的羊绒大衣，里面是一件同样黑色的低胸鱼尾长裙，胸前别了一只水晶凤凰，长长的凤尾五彩斑斓，黑色高跟鞋泛着幽幽的光，整个人看上去就像一只性感的黑天鹅。白皙的面庞上，长长的睫毛和烈焰红唇更增添了许多妩媚。她一屁股坐到青云对面，带起了一阵香风。

“哎呀妈呀，这高跟鞋走路快累死我了。”她跷起腿使劲揉着自己的脚脖子。

服务生端着果盘和酒水过来，看看桌前靓艳的女郎，再看看青云，满脸堆笑地说：“哟，这桌都拼上啦，美女想喝点啥？”

“你喝的什么？”林可清问。

“哥顿。”

“那我也来哥顿，不过要加青柠和菠萝汁。”林可清的目光始终没有离开青云。

“好嘞，您稍等。”服务生吹着口哨走了。

“这么巧？”青云有点兴奋。

“说得是呀。我本来想约子珑，结果她和同事去鬼混了。我问她怎么没和你在一起，她说你俩吹了。我就觉得你俩不对劲儿，为什么呀？”

青云苦笑一声说：“先不说这个，后来呢？”

“后来我想，反正你也落单了，既然离得不远，就想过来安慰安慰你，结果艺术馆的人说你刚走。我就琢磨着反正也过来了，就找家酒吧自己喝点呗。嘿，这么巧就碰见你了，该着我这个平安夜不会孤单。你经常来这儿吗？”看得出来，她对这次巧遇也很开心。

“嗯，分手后我就常来。”

服务生端来了林可清的酒水，还贴心地配了一盘精致的小点心。

“多久啦？到底怎么回事呀？”

“快半年了吧。唉，都赖我，不会疼人哄人。”

“哼，我才不相信你的鬼话。算啦，反正也分了，喝酒吧。平安夜快乐！”

“平安夜快乐！”清脆的碰杯声在青云听来宛若天籁，而面前的林可清仿佛是来自未知国度的精灵，美丽神秘、热辣迷人。

金酒的后劲儿十足，但两人全然不顾，渐渐地，两双眼睛都有些迷离。

“你这身打扮可不像个医生。”青云直勾勾地盯着林可清雪白的颈项。

林可清并未介意，她故意往前探了探身子，吹气如兰，“医生就该穿白大褂呗？每天面对的都是神经兮兮、颠三倒四的人和事，再不放飞自我就真该疯掉啦！再说今天不是平安夜嘛！怎么，你不喜欢？”

“喜欢喜欢。”青云靠倒在沙发上，一双醉眼痴痴地望着对方说，“说实话，你是我认识的女人里最漂亮的。”

“哼哼，和子珑分手了，我就成了最漂亮的？”林可清狡黠地笑了，笑容里竟含着一丝淡淡的忧伤。

“我说的是真的。子珑也漂亮，很漂亮，但漂亮跟漂亮不一样。我嫂子是温婉的漂亮，子珍姐是恬静的漂亮，子珑是清澈的漂亮，你是……”青云一时没找到合适的词语。

“对女人够有研究的呀，接着说。”林可清向后靠倒，眯着眼睛等待答案。

“你是扎人的漂亮。”青云也不知道怎么想出了这么个词，但就是脱口而出了。

“哈哈哈哈！”林可清笑得花枝乱颤，“还是头回听人这么夸我。说，我扎你哪儿啦？”

“扎心。”青云知道自己心头的伤并非对方所赐，“扎心”二字不过是酒后随口一说，没想到竟然捅了“马蜂窝”。

“胡说！”林可清“腾”地坐直身子，声音竟有些颤抖，“当初明明是你坚决分手，而且不肯告诉我原因！别看我表面装作无所谓，可你知道我当时心里多难受吗？”两行清泪不由自主地顺腮而下。

“对不起，是我不好。”青云终于觉得其实是自己扎了对方的心，他帮林可清擦去眼泪，用手背轻轻抚摸着面前这张美丽而熟悉的脸庞。林可清的泪水反而愈发止不住，她用手把青云的手紧紧按在自己脸上说：“青云，你没什么不好。你就是太纠结郁闷，你封闭了自己，也折磨了别人，知道吗？”

青云重重地点点头。他无法回避这个洞察力十足的女人，也无法回避自己内心的痛苦。

子珍和几个要好的同事在麦乐迪唱歌。同事们都带着各自的男女朋友，只有她孤身一人。大家纷纷调侃子珍：“咱们珍珍又漂亮又有才，结果挑男朋友的余地就小啦，看来太出色也不见得是好事。”“也没准儿是追的人太多，珍珍挑花眼啦。”“你怎么就知道人家珍珍没男朋友，下次带过来让你见识见识。”

子珍不好意思地笑着说：“我真没有男朋友，我也没挑，就是还没遇到嘛。”

“那你说说标准，我们也好帮你寻摸寻摸呀。”

“也没有什么特别的，人好、对我好就行。”

“这太简单啦，我也行！”一个男同事举起手，结果立刻挨了女朋友一顿乱捶。

“珍珍，你这灯泡不能白当啊，给大家唱首歌呗。”

子珍大方地站起身说：“好吧好吧，就知道你们觉得我碍眼。送你们一首蔡健雅的《若你碰到他》，祝你们甜甜蜜蜜。”

我的脆弱坚强互相作战

理性与感性失去平衡感

不想让自己活在过去的遗憾

问宇宙，他是否还爱我吗

这问题，早就有答案

若你碰到了，替我问候他

……

歌曲旋律很难把握，但层次感十足，表面平静却暗潮涌动。子珍娓娓道来的演绎让大家听得入了神。她一边唱，一边想：茫茫人海中，自己的那个他会在哪里呢？

温克俭包下了后海的一家酒吧。广告公司都是年轻人，他们开放前卫、爱玩会玩。与男友的分手让子珑备受打击，为了掩饰内心的痛苦，她把自己打扮得越来越时尚：浅驼色羊毛长款连衣裙，鸡心领口，裙摆一侧开衩，超薄肉色丝袜配上咖啡色细跟高跟鞋，整个人看上去成熟性感、妩媚娇艳。

大家玩得很尽兴，眼看一瓶瓶拉菲红酒见底，温克俭面不改色。他是那种很会享受的男人，能挣敢花，而且敢爱敢恨。他从不避讳对漂亮女孩子的喜爱，更不避讳对子珑的偏爱，他始终认为男人在这方面遮遮掩掩反而显得虚伪龌龊。

温克俭大喇喇地坐到子珑身边，探头闻了闻说："茉莉。"

"温总好鼻子。"子珑嫣然一笑，并没有躲避。魔力公司的氛围很好，大家和领导关系融洽。何况子珑现在也没有那么反感温克俭了，尤其是知道老板为汶川地震慷慨捐款之后，她觉得这个男人挺不错，活得真实、不做作，而且有爱心。

"怎么没带男朋友来呀？"温克俭想要探探为什么最近子珑有些反常，凭直觉他知道这里面肯定有情况。

"这不是公司聚会吗？"

"公司聚会怎么了，他们不都带了吗？再说了，都不许带我也特批你可以带。"温克俭潇洒地捋了捋自己的大背头。

子珑一口气喝干了杯中酒，轻描淡写地说："谢谢温总，我现在没有男朋友。"

"啊？"温克俭挺直身子，故作惊讶地问，"吹啦？"

"吹了。"

温总露出一丝不易察觉的微笑，旋即恢复常态，换成一种不理解的口气："怎么说吹就吹了呢？你们这些小青年哪！"

看到子珑脸色不太好看，他又往对方身边贴了贴说："咳，吹了就吹了吧，别自己喝闷酒，我陪你。"说完，他将两人的酒杯斟满，顺势把手揽在对方肩上。子珑把酒杯重重地放在茶几上，扭过头瞪着他。温克俭赶紧把手挪开，佯装整了整领口，然后冲大家喊道："今天都开开心心地玩，等过完春节咱们拿下新城开发区那个大项目，我请你们喝人头马。”

“好，温总牛！”大家哄笑着举杯。

温克俭用眼角瞄了一眼子珑，心想：别着急，慢慢来，姓温的绝不乘人之危。的确，身边的猎物总是主动投怀送抱，也正因此，他才觉得子珑这种不卑不亢的劲头更能撩拨自己的欲望。

也许是心情不佳，这一晚子珑喝了很多酒。恍惚中，她仿佛看见了青云在球场上被铲翻在地，雁门关自己的额头被轻轻一吻，雪白床单上猩红刺眼的玫瑰花瓣以及那双惶恐、自责、羞愧的眼睛，她甚至看见了柿子树上残破的“红灯笼”，闻到了茶室中的茉莉花香，听到了喜鹊“叽叽喳喳”的叫声……

秦梦云想出去透透气，她说城里的雾霾太重，弄得自己嗓子冒烟，连心情都有些压抑了。青山说那好办，我带你去个地方。两人登上了八一湖畔的中央电视塔，坐在二百二十一米高的空中观景旋转餐厅，俯瞰夜幕下的京城。圣诞夜的北京一片流光溢彩，三环路上车辆川流不息，高楼大厦万家灯火，夜空中的星星清晰可见，梦云的心情格外舒爽。

“山哥，还记得看流星雨时你说过的话吗？”

“怎么会忘？”青山深情款款地看着妻子。

梦云将头深埋在爱人怀中，“我没看错人，你确实做到了。”

“让你幸福，让全家人都幸福是我这辈子最大的心愿。”

“可是你自己也要注意身体，我觉得你最近好像很疲惫。而且你的酒一定要控制，为了孩子，也为了我，好吗？”

“放心吧，我心里有数。一想到自己就要当爸爸了，我做梦都能笑出声来。”两个人十指相扣，四目传情。

“我送你回……回家。”青云的舌头已经不听使唤了。

“喝这么多酒还开车，不想活啦!”林可清的身子也有点发飘。

“那不……不开车，开……开房总行吧。”青云确实醉了，他把头扎进对方怀里，感觉软软的、暖暖的。一瞬间，男人的冲动再次萌发。

“讨厌!”嘴上虽然这么说，林可清还是深情款款地揽住了青云的胳膊。她也醉了，眼神里充满了迷离与渴望。两人相互搀扶着，晃晃悠悠走出了酒吧。

“前边不远，拐个弯就到。”青云迷迷糊糊地带路，他以前喝醉了就会在旁边的商务酒店睡一晚。

酒店就剩下了一间客房，每逢到了情人节、“5·20”、平安夜这些特殊的日子，酒吧周边的宾馆总会爆满。

推开房门，青云随手将灯打开，光线柔和刚刚好。

失恋的打击和酒精的助燃让青云变得肆无忌惮，他开始扒林可清的衣服，动作有点粗鲁，手指哆哆嗦嗦不听使唤，大衣的扣子被扯了下来，滴溜溜滚了两圈钻到床下。林可清把他搀到床上躺下，为他脱掉衣服和鞋子，然后开始解除自己的“武装”。青云半靠在床上，直勾勾地盯着看。林可清娇媚地说：“想不到我们会有今天。”青云笑了，他再次感觉到欲望的萌动。

林可清脱得只剩内衣，黑色的短发，嫩白的面孔和颈项；黑色的胸衣，雪白平坦的小腹；黑色缀着蕾丝花边的内裤，亮白玉润的大腿；黑色的高跟鞋……青云眼中的女人看上去就像是一条婀娜起舞、黑白相间的美女蛇，充满野性和诱惑。

“把灯关了吧。”

“为什么，你不想看我？”

“我害怕。”青云的声音有些发颤，欲望和恐惧在他心中交织。

“我有那么可怕吗？”

“我怕……”青云不知该怎么说，他只好闭上了双眼。

林可清趴下身子，开始温柔地抚摸。毕竟与男友曾经同居了一年多，她的动作驾轻就熟，很快便将青云撩拨得血脉偾张。“你有点发抖。”她一边说一边骑跨在对方身上，青云的身子不由得一震。林可清双手撑住床头，身躯开始起伏扭动，接着便发出了销魂的呻吟。面对曾经深爱的初恋男友，她不免情难自制。青云猛地睁开双眼，惊恐地看着面前陶醉的面孔，再也无法自持，压抑多日的火山毫无征兆地猛烈喷发。强烈的恐惧感再次袭来，他狠狠地将林可清推开。

“你干吗？”林可清仿佛从天堂坠落，她张大嘴巴不解地瞪着对方。

“我……我只是不喜欢你骑在我身上。”

林可清毕竟不是叶子珑，她经验丰富且心细如发，马上联想到了青云与子珑的分手，甚至当初与自己的分手。虽然并不知道对方如此表现的真实原因，但她猜想其中必有难言之隐。

“慢慢跟我说，好吗？”她尽量让自己的语气听起来温柔，并帮青云把被子轻轻盖上。

“不，不，我不想说！对不起！”青云掀开被子，踉跄着爬下床，胡乱地穿上衣服夺门而出。

“你去哪儿？别开车！”林可清冲着他的背影大喊，然后颓然地瘫坐在床上，摇头叹息，“唉，好可怜。”她是在可怜谁呢？是青云、是子珑，还是自己？

子珍早已钻进了温暖的被窝，但翻来覆去怎么也睡不着。她想到了刚刚自己唱过一句歌词：若你碰到了，替我问候他。然而那个他到底在哪里呢？她还想到了妹妹和青云，为他们的分手惋惜，为妹妹的遭遇痛心，他俩还有挽回的余地吗？她甚至想到了远在山西的父母，两位老人辛辛苦苦地把女儿们培养成人，希望自己和妹妹不要让他们担心和失望。

青山和梦云已经进入了梦乡，他们的嘴角都含着满足而幸福的微笑。俩人也许在做着同样的梦：梦到了孩子的降生，呱呱啼哭、小手乱抓、两脚乱蹬，全家人围着小生命乐得合不拢嘴。

子珑的脚步已经有些踉跄，温克俭轻轻搀着她的胳膊，小心翼翼地问：“回哪儿呀？”

子珑警惕地看了对方一眼说：“当然回家！要不我姐该担心了。”

“你还有个姐姐？”

子珑恨自己酒后失言，但仔细想想也没什么大不了的，便反问道：“怎么，还不许有姐啦？”

“许，当然许！住哪儿？我让司机送你。”温克俭一边说一边掏出手机招呼司机。

“那么多人，您偏要送我？”子珑的意识已经开始模糊。

“嘿，这你算说对了！”温克俭一脸坏笑，但在子珑看来，此时这个男人笑得还挺可爱。

车子来了，子珑却已昏睡在对方的怀里。

“温总，去哪儿呀？”司机谨慎地问。

温克俭挠挠头，苦笑着说：“是呀，去哪儿呀？她也没告诉我呀。”犹豫了一下，他指示司机把他俩送到魔力公司平常接待客户的酒店，那里有他的常年包房。

到了酒店，司机再次小心地询问：“温总，我是等您，还是……”

“你先回去吧。”

将子珑搀扶进房间，对方依然昏睡不醒。温克俭一边将她放到床上，一边嘟囔了一句：“怎么就喝成了这样？”子珑娇媚地翻了个身，玲珑的身姿让人心猿意马。看着梦寐以求的女孩醉卧在床，温克俭的心中掀起了惊涛骇浪：垂涎欲滴的“猎物”近在眼前，而且丝毫没有反抗能力，自己的梦想简直唾手可得。激动吗？庆幸吗？刹那间，原始的欲望险些让他扑将上去。但是，他忍住了。他告诉自己：温克俭不是这种人！温克俭要的是心甘情愿！

恋恋不舍地看了子珑一眼，温克俭决然地走出了房间。清冷的夜风让他打了一个激灵，他伸手拦下了一辆出租车。

青云失魂落魄地走在大街上。京城的冬夜，雾霾笼罩，寒冷萧瑟。路上几乎见不到行人，偶尔有刚从酒吧歌厅出来的情侣手挽手嬉笑着从身边走过。青云像遇到瘟神一样蜷缩着躲到一边，甚至连头都不敢抬。呼出的哈气和雾霾混在一起，伴着路灯洒下的朦胧光影，一切的一切都变得那么不真实，天地间一片混沌……

第九章　鞋子

中国文字博大精深，语义耐人寻味，很多老话俗语更是形象精辟、妙不可言。比如：脚下没鞋穷半截。再比如：鞋子舒服不舒服，只有脚知道。

2010年春节将至。春运大潮汹涌澎湃，抢票大军各显神通。团拜慰问、总结表彰、会餐访友、采购年货……所有人的兴奋和躁动都挂在脸上，脚步忙得停不下来。毕竟，春节对所有中国人来说都是个大日子。

青山采纳了子珍的建议，科瑞已经向网络智能监控领域进军。经过一年多的努力，公司在该领域取得了一定进展。但就像之前预测的那样，市场竞争变得空前激烈，他隐隐感到了一丝不安。青云往返于工作室和艺术馆之间，作品受追捧的程度超出了预期，有时为了按时完成定制的肖像，他会通宵在画室中进行创作。虽然激情不再，但这毕竟是他目前唯一的寄托。温克俭正在争取新城开发区的一个大单，如果这个项目能够拿下，魔力公司未来十年将衣食无忧。全公司上下都在拼命，子珑所在的市场营销部更是冲在了最前线。原本一起回家过年的愿望泡汤，子珍只能独自打点行装。

“珑珑，你一个人在北京过年，赶上工作又这么忙，要照顾好自己。”

“嗯，放心吧姐。我给爸妈买的年货你可别忘了装上。”

“放心吧，你以为都像你似的丢三落四呀。对了，如果遇到什么急事难事，可以找青山大哥和青云帮忙。”

子珍故意加上了青山，免得刺激妹妹，可子珑还是沉下脸说：“能有什么急事，真有事我也不会找他！”

子珍无奈地笑笑，“你呀，小孩子脾气什么时候才能改改。我觉得青云不是生理上的问题，你给他点时间也许会好的。”

“多久？一辈子吗！”子珑的眼圈红了，就在眼泪快掉下来的时候，手机响了，她看了一眼便随手挂掉。

子珍心疼妹妹，赶紧转移话题：“即便不能挽回，姐也希望你能翻过这篇，不能总是陷在里面。还有，去年春节回家，爸妈就一个劲儿地问青云怎么没来，你撒了谎。这次我回去他们肯定还得问，我该怎么说？还是你以后找机会自己告诉爸妈？”

“我说不出口，你告诉他们吧。”

“直说？”

“当然不是！”子珑气呼呼地将旅行箱的拉链拉上。

子珍的电话响了，她看了一眼号码，犹豫片刻按下了接听键：“青云，有事吗？”

“珍姐，我刚才给珑珑打电话，她没接，你们在一起吗？”

子珍抬头看了一眼妹妹，说：“她正忙着帮我收拾行李呢，可能没听见，有事吗？”

“我就想问问你们，回家的车票买到了吗？到时候我送你们去车站。”

“哦，买到啦。不过珑珑公司忙，今年只有我一个人回去，就不麻烦你了。”

“珍姐别客气，估计带的东西不少，还是我送你吧。”

子珍看着眼前的大包小包，无奈地说：“东西是有点多，那就麻烦你了。”

“瞧姐说的，怎么跟外人似的。”青云停顿了一下，好像觉得这完全是废话。事到如今，不是外人还能是什么人呢？他苦笑着摇摇头问：“哪天的火车？”

“跟去年一样，到时候我把车次发给你，多谢啦。”

“应该的。”青云挂断了电话。

大年二十九一早，京城依旧笼罩在雾霾当中。这个冬天，整个北京城透亮的日子就没几天，人们都盼着快点来场大风吹走这该死的霾。有人说雾霾是因为汽车尾气，有人说是来自冬季燃煤，有人说是因为北京特殊的地理位置，还有人说是来自周边的工业污染……但青云始终认为“霾”来自内心。

他提前十五分钟到了楼下，抬头看看，二层的窗户拉着窗帘，隐约看到有人影在窗前晃动。过了一会儿，子珍拎着大包小包下了楼，两个箱子，一个背包，胸前还挎着个兜子。

青云赶紧上前接过箱子抱歉地说：“我上去帮你就好了。”

子珍腾出手来捋了捋垂下的发丝，笑着说：“没事没事，不沉，拿得了。”

“珑珑怎么也不帮你？”

“咳，她这些日子净熬夜忙工作，还没起呢。”

发动车子前，青云抬头又望了一眼窗户，一张熟悉的面孔正在向下张望，被发现后便马上闪开，只剩下窗帘晃来晃去。

汽车缓慢地行驶在三环路上，青云不由得抱怨：“看来都要回家喽，路好堵。”

“是啊，一年就这么一次，我还真是想家了。”

“珑珑还好吗？我刚才从窗户看见她了。”

“哦。”子珍考虑了片刻说，“其实她没睡懒觉，早早就起来帮我收拾了，她是怕见你才没下楼。”

青云没说话，他的心中隐隐作痛。

“我妹从小就爱恨分明，心直口快。在她心里好像就没有什么折中的事，要么好要么坏，要么对要么错。其实她是真心爱你，所以才会那么怨你。”子珍停顿了一下，最后还是下决心说了心里话，“青云，我下面要说的话希望你不要介意，我是真心希望你们可以回到从前。”

“姐你说，我不介意。”

“其实你们俩的事珑珑都跟我说了，毕竟我们是亲姐妹呀。”子珍用余光偷瞄对方的反应，很平静，她便继续说，“这种事其实并没有什么神秘可怕的，问题在于珑珑说你始终不肯告诉她到底是因为什么。我在这方面没有什么发言权，但我还是想说，不管发生了什么，真的没有什么大不了的。作为一个堂堂大男人，你千万不要把自己困在死胡同里。”努力说完这些，子珍感到自己贴身的衣服都已经湿透了。

青云双手紧握方向盘，他看上去神情泰然，但内心早已波涛汹涌。“姐，真的没什么。都是我不好，我确实伤害了她，无法弥补的伤害。”他懊恼地鸣笛催促前车。

“你千万别这么想。珑珑也有不对的地方，她太偏执任性，也太急躁，这种事真的没有谁对谁错。既然你不肯告诉珑珑，我当然也没指望你会告诉我。但我觉得你需要找一个信得过的人，把自己的困惑说出来。很多事情别憋在心里，那会苦了自己，折磨了别人。”

最后一句话重重撞击了青云的心。平安之夜，林可清也是这么说的。同为女人，她们的看法如出一辙。但林可清毕竟曾经和自己同窗三年，有过相恋的经历，况且是学心理的呀。而子珍可以说和自己并不熟悉，她敏锐的洞察力和细腻的心思以及体贴的言行来自哪里？而作为孪生姐妹，子珍子珑为何又是那么不同？他想不出答案，只是感激地看了对方一眼，发自肺腑地说道：“姐，我知道了，谢谢你。”

大年初五，展厅里来了一位特殊的客人。

青云发现她时，她正驻足在那幅《白族少女》前仔细观看。女人三十五六岁的样子，风姿绰约、衣装华贵。赵馆长悄悄把青云拉到身边，小声说：“小萧，你算遇到贵人了。”

“什么贵人？”青云被搞得一头雾水。

“知道那是谁吗？”赵馆长冲远处的女人努努嘴。

“谁呀？”

“董老板，咱朝阳区有名的土豪葛老三的媳妇。据说原来是个唱二人转的，葛老三就好这口儿，又因为她模样长得俊、会来事，结果就给娶进了门。她还真争气，给快六十岁的老头子生了俩儿子。前年葛老三得病死了，死前立下遗嘱，家产一半归老婆。但有个条件，俩孩子满十八岁之前不许她改嫁。一半家产哪，知道多少吗？那可是一个多亿呀。”

“哦，她懂画？”青云显然对这段传奇姻缘不感兴趣。

“嗨，你管她懂不懂呢！董老板可能是觉得自己的钱和素质不配套，所以特喜欢往艺术圈里扎。但凡她看上眼的东西，不管真假贵贱一律拿下。你说这算不算贵人？”馆长的两眼放光。

俩人正说着话，董老板袅袅娜娜地走了过来。杏黄色的貂皮长大衣，里面是一件缀满牡丹的淡绿色修身短款旗袍，带防水台的香槟色高跟鞋，鞋跟看上去足有十二厘米。一头披肩大波浪乌黑蓬松，模样长得俏，妆容打理得也好，处处透着富贵女人的妖娆妩媚。

“赵馆长，你最近可是添了不少新玩意儿呀。”

“哎哟，董总，您过奖。添再多的东西，也得有您这样懂行的人欣赏不是。”馆长一脸谄媚的笑容。

“这屋里的画是哪位大画家的作品哪？我看上面题着‘青

云’，以前咋没听说过呀?”

“嘿，您今天算来巧了。这不，本主儿在这儿呢吗。”赵馆长满脸堆笑地指指青云。

“董总好，”青云点头致意，“我是萧青云，不是什么大画家，业余爱好而已。”

“画如其人哪，小伙儿长得真俊!”董老板从上到下把青云打量了一溜够。

“董总，您过奖。”青云不好意思地躲闪着对方的目光。

“啥董总董总的，叫我董姐就行。你的画卖吗?”

在董姐直勾勾、火辣辣的注视下，青云有些不知所措，他的回答有点局促:“卖，董姐，卖。”

“哎呀妈呀！啥话呀？董姐不卖，董姐想买。”女人嗔怪着捶了青云一拳，三个人立刻会意地哈哈大笑。

“那幅《白族少女》我收了，我喜欢那姑娘的小表情，多少钱哪?”

“五万。”没等作者开口，赵馆长抢先回答。

青云的作品在这里展示，如果有买家，价格完全由他自己做主，只不过要付给艺术馆一定的佣金。馆长越俎代庖把价格报得高高的，显然是想狠宰董老板一刀，自己也可以多拿些佣金。

董姐连个磕巴都没打，“帮我包好了放车里吧。”

赵馆长原本还打算讨价还价呢，没想到对方竟然答应得这么爽快。

“小萧，我想让你也给我画一张，价格你定，行不?”董姐的目光如秋波荡漾。

“谢谢董姐欣赏。画肖像没问题，您给我一张照片，再告诉我大致的风格、多大画幅的、哪天要就行。”

“那可不行！我这人不上相，你得给我现场画，你有工作室吗？”

“现场画倒是没问题，我是怕您没时间，因为我的风格偏写实，所以得需要几天。”

“我现在什么都缺，就是不缺时间和钱。把地址告诉我，咱明天就开始。”

青云把青云阁的地址给了对方。能遇到个大主顾，他也很高兴。董姐还想请他吃饭，青云婉拒了。赵馆长可能是怕这幅画不在自己这里成交，没提成可拿，赶忙对董姐说：“董总，您看是不是先交点定金哪。”

青云心想：还怕我缺了你那份吗？可当着董姐，他也不好说什么。董姐倒是爽快地答应道：“行，先给你两万，够不？”

“够够够，我现在就让人帮您装画。”赵馆长满意地走了。

“那咱们明儿见。”董姐说完亲昵地拍拍青云的胳膊，腰肢带胯、胯摆丰臀地去后面结账了。

第二天上午，一辆宝马740停在了青云阁门前。董姐换了一件黑色貂皮短大衣，内穿古铜色真丝衬衣，荷叶边领口，胸前坠着一颗硕大的祖母绿吊坠，下身黑丝绒包臀短裙，脚蹬黑色古奇小牛皮过膝长筒靴，手提新款LV包走下了车子。看到青云出门迎接，她一脸欢愉地问：“姐没来晚吧？”

“不晚不晚。”青云侧身请贵妇人进院，一股浓烈的香水味从身旁飘过。

董姐一边招呼司机把一个大箱子拎进屋，一边说：“小甄，你去八大处遛遛吧，这里没事了，等我电话。”看到对方犹犹豫豫，便从包里抽出一沓钞票递过去，“愿意逛商场也行。”司机美滋滋地接过钱，鞠躬告退。看他出了大门，董姐没好气地嘟囔了一句：“不给骨头不走，盯贼呀？我要是真想干啥，你们看得住吗？”转头看见青云，便立刻换了副笑脸说，“呦，小院挺雅致呀。嚯，这儿还有棵柿子树呢！这柿子咋不摘呢？”

“留着喂喜鹊的，您请进屋吧。”

看到满墙的画作，董姐啧啧赞叹：“了不起了不起，画得真不赖！”

“董姐过奖了，您先喝口茶，然后咱们就开始。”

“我从来不喝茶，白开水最养人。”董姐挨屋仔细转了个遍，然后说，“青云，这箱子里全是衣服，你看看我穿啥好，我现在就换。”

“不用了，您现在这身衣服已经很漂亮了。”

“看看嘛，衣服一多我自己就挑花眼了，你帮我从专业角度参谋参谋。”她一边说一边把箱子里的衣服往外掏，有旗袍、有礼服、有正装、有休闲，反正哪件都不便宜。

青云象征性地扫了一眼说：“您现在这身搭配得真挺好的。”

“行，听你的。”没有了更衣展示的机会，董姐多少有点遗憾。

“那咱们开始？”

“开始开始，我站哪儿？”

“时间挺长的，我建议您坐着。”

“都听你的，躺着也行。”董姐一边夸张地大笑，一边扭着丰满的身子进了画室。

脱去大衣坐到椅子上，她的手脚怎么也不知道放在哪里，动作和表情都带着二人转的影子。青云搬来一张木桌，在上面摆了一瓶向日葵干花，然后让董姐跷起二郎腿，一只手放在大腿上，一只胳膊支在桌上，以手托腮，再摆摆头颈的角度，然后指指窗户上的窗花说：“您放松点，看那儿就行。”退开几步端详片刻，他又帮着对方捋了捋头发。董姐乖巧地任由摆布，像一只听话的小猫。青云将一瓶矿泉水放到椅子边，贴心地说：“您累了就告诉我，咱们随时可以休息。”

“哎呀，不累，我用不用补点妆？”董姐的目光追着青云，如影随形。

青云指指窗花，“不用，您看那儿。”

创作开始，青云将精力专注于笔端。他告诉自己，这可是一张很贵的画。可是画着画着，董姐的眼睛就开始盯着他看，目光中透着欣赏与渴望。

“董姐，看窗花，看窗花。”青云不得不一次次地提醒。

临走时，董姐对未完成的作品非常满意，但她提出了一个要求：“能不能给我画出‘白族少女’的表情？她那小表情是咋做出来的，我昨天晚上对着镜子练了半宿也没练出来。”

青云淡淡一笑说：“那是我想象出来的，您要是喜欢我就按那个画。”

“得嘞，明儿见！”董姐开心地走了。

一连数日，董姐天天来当模特。她开始和青云唠家常：“青云，你多大啦？”

“二十四岁。”

“家哪儿的？”

“北京。”

“独生子？”

“有个哥哥。”

“学画多久啦？”

“从小就喜欢，但不是科班出身。”

“哎哟，科班有啥了不起的，都说高手在民间嘛。”

“您过奖。”

“我去年刚在韩国整了眼睛和鼻梁，你看咋样？”董姐将身子往前探了探。

“挺好，其实就算不整您也很漂亮了。”

“哎呀妈呀，你真会说话，都人老珠黄了漂亮啥呀！今年我打算再把下巴整整，我还想弄个‘嘟嘟唇’，知道啥叫‘嘟嘟唇’不？”

“董姐，看那儿看那儿。”青云指指窗花。

“结婚啦？”

“还没有。”

“对象呢？”

“没有。”

“搞艺术的心气高呗，挑花眼了吧?”

“没有。”

“姐要是个小姑娘，指定追你。”

“董姐，看窗花。”

……

肖像终于完成了，青云也被董姐的“审问”和热辣的眼神折磨得够呛。

“哎呀妈呀，美死了！姐有这么漂亮吗？我太喜欢了，你看这小表情!”董姐按捺不住兴奋，抱着青云一口亲在脸上，青云的脸在猩红的唇印衬托下显得更红了。

“大功告成，姐请你吃饭，说，想吃啥?”

“谢了董姐。今天周末，我答应父母要回家的。”

对方稍显失落，但马上又神采飞扬地说：“那好，姐今天破例陪你喝茶，咋样?”

“您喜欢什么茶?”青云马上觉得问得不妥，对方明明只喝白开水的。

董姐的回答倒是很干脆：“随便。”

“董姐，您请坐。我这里没沙发，只有蒲团。”青云泡上一壶“滇红”，盘腿坐了下来。董姐穿着短裙不好盘腿，便双腿伸直，靠坐在蒲团上。

“多少钱哪?”董姐抿了一口茶，也许是真的不习惯这味道，她夸张地皱了一下眉。

“那幅《白族少女》您已经给得挺多了，这幅就看着给吧。”

“那可不成！那幅贵不贵我不管，反正我喜欢就不贵。咋地，轮到我自己就成看着给啦？”董姐显然觉得自己的身价被看低了。

“瞧您说的，我不是那意思。”

“那必须的！好歹姐也是个有身价的人哪，赶明儿人家一问这画多少钱，我说是看着给的，那不是砢碜自己嘛！”董姐似乎连想都没想，脱口而出，“二十万，咋样？”

青云有点犯愣。

“嫌少啊？那你说多少钱？”

“不少不少。”青云嘬着牙花子暗想：有钱就是任性！

“你还得答应姐，赶明儿要是有人问起来，你还得往高喽说，咋样？”董姐一边说一边打开包，拎出来两捆人民币码在茶几上。

面对如此豪爽的买家，青云有些不好意思了，“董姐，定金您已经给了。”

“那是给赵馆长的，省得他还找你要。”董姐把钱往青云面前一推，青云只好抱拳致谢。

“青云，”董姐犹豫了片刻说，“你觉得姐咋样？”

“挺好。懂艺术，人也豪爽。”青云觉得这个评价起码有一半是发自真心的。

“我没问你这个。”董姐眯起眼睛将脸凑到青云面前说，“你以为姐跟谁都这么大方啊？姐是喜欢你的画，更喜欢你的人。你觉得姐好看吗?”

“好……好看呀。”青云开始冒汗。

“你要是喜欢姐，赶明儿姐把你的画都包了。”董姐双手撑地，将屁股往前挪了挪，穿着黑丝袜的脚便够到了青云的膝盖，然后在上面摩挲起来。

青云心中生起一丝厌恶，他想把对方的脚扳开，却又觉得不妥，只好双手撑地，往后躲了躲。

“咋地?你还嫌弃姐啦!”董姐杏目圆睁。

“不是，董姐，我……我是嫌弃自己。”

董姐“腾”地起身，跪伏在青云身边抱着他的胳膊说：“嫌弃个屁，姐喜欢你，爱咋咋地!”

“董姐，您……您听我说，”青云走投无路，他一眼瞥见茶几下的一支画笔，突然来了主意，“您知道我为什么没女朋友吗?”

“为啥?”对方的眼里已经喷出了火苗。

青云一把抓起画笔，就像抓到了一根救命稻草，他将画笔举到董姐眼前说：“因为……”他一手拿着笔杆，用另一只手捋着笔头的鬃毛，一字一顿地说，“因为我下边比这个还软。”

董姐噘起的嘴唇定在了青云的面前，她不知道对方说的是真是假，但眼中的欲火已经熄灭，变成了冰冷的一潭死水。

春节刚过，温克俭的夫人突然造访魔力。公司上下“如临大敌”，两个女秘书更是噤若寒蝉。

温夫人姓胡，比丈夫大两岁，虽然已经四十有二，保养得倒是相当在意，只是容貌确实一般，身材也略显发福了。她身上有着一股不怒自威的官家太太气场。

“老婆大人来啦，怎么也不提前说一声，我也好准备准备呀。”温克俭一脸殷勤的笑容。

“想准备什么呀？把该藏的都藏起来？”温夫人主人一般地长驱直入，脸上的表情似笑似怒。

两个秘书没忍住，“噗嗤”笑出了声，但很快便在温夫人凌厉的目光下低眉顺眼。

温克俭倒是显得信心十足，“瞧你说的，哪儿有什么可藏的呀。”他揽着夫人的腰走进自己豪华的办公室，赔着笑脸说，“夫人快坐，小宋沏茶。”

宋秘书颤颤巍巍地把茶端来，自始至终没敢正眼看老板娘，温夫人倒是一脸嫌弃地把她从上到下打量了个遍。

“你这火急火燎地干吗来啦？”温克俭把茶杯往夫人面前推了推，体贴地叮嘱，“小心烫。”

“还不是为你新城开发区的项目。”

“有进展啦？”温克俭兴奋地一把揽住夫人的肩膀，冲门外喊道，“小梁，快把新城开发区的资料拿来。”

梁秘书抱着一大摞资料小跑着进来，一不留神又高又细的鞋跟崴了一下，温夫人的脸上又刷了一层绿漆。

“小梁，出去时把门关上啊。”温克俭心里暗自埋怨：两个人精似的秘书怎么如此让自己下不来台。

“你招的都是什么人哪？一个个都跟小狐狸精似的，一看那打扮就不像正经人!”夫人的目光有点犀利。

“不会吧，就是工服哇。”

“工服？你改开夜总会啦?”

“瞧你说的，有那么不堪吗？再说了，这也是个公司形象问题，好多客户就吃这一套。”温克俭摆出一脸无辜的表情。

温夫人在商场、官场驰骋多年，显然认可了这个解释，她的脸色由阴转晴，但还是嘱咐了一句：“客户的事情我管不着，小心别把你的魂儿勾走就行。”

“放心放心，”温克俭指指资料说，“方案早报上去了，关系该走的也都走了。我私下里了解，领导们对方案和报价倒是没提出什么异议。但毕竟这么大的项目，该走的程序还得走哇。我倒不担心魔力的方案，但备不住别人搞小动作呀。”

“走程序是必然的，但凭咱们的关系和你们公司的实力，应该问题不大。”温夫人停顿了一下，若有所思地说，“就是最后拍板的孙主任让人心里没底。”

“夫人说得极是，”温克俭将身子凑近了些，一脸讨好地说，“我担心的也是这个孙主任。跟他汇报过两次，节前我还特意去拜访过，不过他好像软硬不吃呢，你没让咱爸跟他打个招呼?”

“招呼是肯定打了，可咱爸去年一退休，说话就不像以前那么好使了，看来还得咱们自己想办法搞定。”

“那你说怎么办?”

“哼，娶了我，你就烧高香吧。”温夫人扬扬自得地跷起了二郎腿。

“那是那是。”温克俭赶紧把茶杯送到对方嘴边，还帮着吹了吹。

夫人接过茶杯，象征性地抿了一口便放回桌上，不无得意地说：“我托大学同学跟孙主任拉上了关系，这不刚从他那里出来。”

“哎哟，我的老婆大人，你厉害！搞定了？”温克俭伸出了大拇哥。

“搞定倒是不敢说，但估计有戏，因为……”温夫人目光如炬地盯着丈夫说，“他张嘴了。”

“要什么？”温克俭两眼放光。

“你们公司有个叫叶子珑的？”

没头没脑的问题仿佛一颗深水炸弹，在温克俭心中掀起狂澜，他的嘴角抽搐了一下，搞不懂夫人为何会有此一问，但很快便恢复了镇定，“有哇，市场部的，我每次去见孙主任都是带着她，怎么了？”

“孙主任点名让叶子珑带着资料去见他，单独的！”温夫人故意把最后三个字说得很重，脸上滑过一丝不易察觉的笑。

“不行！”温克俭如遭电击，他回答得斩钉截铁，“我不能让我的员工去干这种事！”

“哎哟，急什么呀？舍不得啦？那我倒是要见识见识这个叶子珑！”温夫人开始针锋相对。

温克俭没有办法，他拿起了电话，“小叶，你来我办公室一趟。”

子珑穿着深色职业套装，但裙子明显比秘书们长了一截，领口也开得没那么低，关键是她清爽的短发和率真的气质让温夫人紧绷的身子又重新放松地靠回了沙发。

“小叶，这是我夫人。”

“您好。”子珑礼貌地躬身致意，然后转向自己的老板，“温总，您找我什么事？”

“哦，前两天咱俩不是去向孙主任汇报工作嘛，我想听听你对他的看法。”温克俭表现得异常冷静。

子珑虽然不知道老板为什么要当着夫人的面问这些，但还是认真如实地说出了自己的看法：“我觉得孙主任能力非常强，您不是说他是从基层一步一步靠自己干上来的嘛，感觉他确实有这个实力。虽然是主管领导，但比起咱们见过的其他领导，我感觉他提出的问题和观点都更加实际和专业，对我修改方案很有帮助。”

子珑的回答让领导和领导的领导都很满意。看到夫人微微点头，温克俭说：“那没事了，你去忙吧。”

子珑转身离开，顺手将房门轻轻关上。

温克俭用得意的眼神看着夫人，故意不说话。

“这小姑娘还不错，不是我想象中的模样。”温夫人端起茶水一饮而尽，“那就奇怪了，这孙主任葫芦里到底卖的什么药哇？”

“我不管他卖的什么药，反正我不会让小叶单独去见他！”温克俭出乎意料地在夫人面前表现得异常硬气。

温夫人站起身说：“那就是你的事了，反正我这边该做的都做了。”

“我想想，你让我想想。”温克俭始终紧锁眉头，把夫人一直送到一楼大堂，他又恢复了从容的姿态，嬉皮笑脸地说，“下回再来提前打声招呼，我得把该藏的都藏好喽。”

“死样儿!”温夫人笑得爱意十足。

回到办公室，温克俭站在落地窗前思考了很久很久。他甚至数次拿起电话，又犹豫地放下，但最终还是叫来了子珑。

“小叶，有件事我不知怎么开口。”声音仿佛是从喉咙里生挤出来的。

对方异常的表现让子珑非常迷惑，她小心地问：“温总，什么事，您说。”

“无论我说什么，请你相信这绝不是我的本意。来，你先坐下。”

子珑倔强地站着没动，她用眼睛死死盯着对方。

“是这样，刚才我夫人说咱们新城开发区的项目有进展了，可是……”他想等着对方发问，可偏偏子珑就那么瞪着自己一言不发，便只好继续往下说，“可是拍板的孙主任提出要和你单独沟通。”温克俭没敢和子珑对视，他故意将身体转向窗户，背后却好像有无数根钢针飞来，扎得自己千疮百孔。

半天没有动静，他迟疑地转过身，发现子珑已经坐在了沙发上。虽然还是盯着自己，但眼睛里并没有钢针飞出。

“您的意思呢?”子珑的问话一字一句、不紧不慢。

“我？我原本是坚决不同意的。可是，可是这个项目对魔力的意义你也是知道的。”

子珑笑了，她歪着头问：“我值那么多?”

“千万别这么说！不管你信不信，但在我心里你是无价的!”温克俭喜欢金钱，也喜欢女人，但他把情分和道义看得更重，他感觉对方冒犯了自己的一片痴情和男人的尊严。

“我去见他。”子珑说得云淡风轻，却异常坚定，温克俭却好似五雷轰顶。

“但我想告诉您，我这么做不是因为魔力，更不是因为您。”子珑调整了一下呼吸，接着说，“我为这个项目投入了大量心血，自从和男朋友分手后，这个项目就是我全部的寄托，我不想就这么放弃。当然，我并不是轻贱自己的身子，我只是觉得就这么放弃太可惜了。我想赌一把，万一……”

“能有什么万一!”温克俭打断了她。以自己的阅历，他知道子珑的决定意味着什么。

“我觉得孙主任不是那种人，起码从他的言谈举止，我觉得不像。”

“你这么有把握?”

“没有把握，所以我说赌一把。如果真如我所料，那咱们便赌成了。如果不是，我自然不会听任他胡来，希望到时候您不要怪我。”

“我怎么会怪你？你能答应去，我，不，全公司上下都会感激你的。”

“那倒不必。我说了，这是为了我自己。”虽然这么说，但子珑心里也起了波澜。因为她从温克俭的直率和失态中看出了对方是真的在乎自己，比起去见孙主任，这似乎更让她无法释怀。

当天晚上，温克俭亲自开车将子珑送到约定的茶楼。既然孙主任选择了这么一个地方，也许子珑的判断是对的，他这么宽慰自己。

子珑外罩深棕色印花羊皮大衣，内穿黑色西装，而且特意换了一件黑色高腰阔脚连体裤，脚踩黑色细跟单鞋，她把自己包装得既得体又安全。

“想好了？”

“嗯。”子珑长长呼出一口气。

“如果他犯浑，你不用顾忌项目！”温克俭说得斩钉截铁。

“我知道。”子珑提起装着资料的皮包，头也没回地进了茶楼。

温克俭将头探出车窗喊道：“我就在门口！”

子珑只是背身打了个“OK”的手势。

茶楼清雅幽静，客人不多。子珑径直走进包间，孙主任正在沙发上埋头看一本地产杂志。他年近五旬，人长得魁梧高大，一身干练。也许是常年高强度用脑，已经有点谢顶，但目光如炬。看到子珑进来，对方放下杂志，戴上了眼镜，先是盯着子珑的眼睛看了半天，然后又从上到下一番打量，最后目光在子珑的脚上停留了片刻。审视完毕，他指着沙发说：“很准时呀，小叶，坐吧。”

“孙主任好，让您久等了。”子珑礼貌地打着招呼，她脱去大衣，坐到沙发上，与对方保持着恰当的距离。

“泡一壶上好的龙井，我们自己添水。”孙主任吩咐服务员。

“辛苦您大老远从新城跑过来，真不好意思，本应该我们上门拜访的。”

“都是工作，哪儿有什么辛苦不辛苦的。这地方是你们温总夫人推荐的，环境好嘛。”

子珑两腿紧紧并拢，双手交叉放在膝盖上，小心翼翼地问：“您看方案还有哪些需要调整的？”她想让话题尽早进入工作。

“听你们温总说，你可是他的左膀右臂呀，这个方案是你策划的？”

“温总他过奖了，方案是我们市场部牵头搞的，我只是其中一员。”

孙主任点点头没说话。服务员端上茶水和点心果盘，然后关门退出了房间。

“你也不用谦虚，上次你和温总来汇报，就冲那份自信和熟练，我就知道这方案你是出了大力的。”孙主任的目光始终未离开子珑的眼睛，不知为什么，子珑觉得那目光竟有点像父亲。

“谢谢孙主任。”

“喝茶吧。”

子珑端起茶杯，礼貌地说：“那我就以茶代酒，敬您。”

“好茶。”孙主任闭上了眼睛，似乎在回味茶香，“方案不错，但竞标的人很多，你们并非唯一。”

“我明白，大家凭本事竞争嘛。当然，如果您肯指点一二，那对我们来说帮助就太大啦。”子珑边说边要掏资料。

“不必，我有。”孙主任睁开眼，指指茶水柜上的资料说，“魔力的情况我多少了解一些。说实话，我很欣赏你们这种新锐，想法超前、有创意，我很看重方案中关于持续深度开发的设计。要知道，一旦宣传方案开始实施，那可是未来十年乃至更长期的事情，你们的前瞻性做得不错。单从方案的质量上来说，魔力无疑是最有竞争力的。”

“谢谢您的肯定。”子珑暗自佩服，因为前瞻性和深度开发正是方案中自己殚精竭虑所在。

“所以我很想了解一下这个方案的主创到底是怎样一个年轻人。”孙主任又喝了一口茶，闭上眼睛品茶香。

子珑隐约意识到，这个中年人闭上眼睛的时候才是最厉害的。她将茶水斟满，静静等待对方出招。

孙主任睁开眼睛，再次指指茶水柜上的资料说：“那上面有我对方案的一些意见，也许会对你们有帮助。”

“孙主任辛苦，太谢谢您了。”子珑知道事情绝不会如此简单。

“不忙谢，我也有个小小的要求。”

终于来了！子珑坐直身子，深吸一口气吐出两个字：“您说。”

“这个要求说高也不高，说不高也高，我担心你……”孙主任似乎有些犹豫。

子珑没有回避，如果此时退却就将前功尽弃。“我的承受能力还行，即便不能做到，我想也不至于被吓到。” 她努力保持着微笑。

“我喜欢你这态度，你们温总身上也有这股子劲儿。”孙主任又闭上了眼睛，“你很像我的女儿，能讲讲你的故事吗？”

子珑稍稍松了一口气，心想：这个要求看来也不过分。于是便将自己的经历娓娓道来，只是刻意略过了和青云的故事。

孙主任一直闭目倾听，就像听自己的女儿讲述离家在外的故事。听子珑讲完，他意味深长地说：“听得出来，你的父母很疼爱你们姐妹俩，真是幸福的一家人。”

子珑依然搞不懂对方葫芦里卖的什么药，只能赔着笑脸说：“也就是普普通通的人家，您的女儿一定也非常出色。”

没想到，孙主任浑身一颤，猛然睁开双眼，欲言又止。

子珑有些不知所措，还好，对方冲她摆摆手说：“谢谢你能来见我，我本以为你不肯来。”

子珑如释重负，她连忙站起身，跺了跺有些酸麻的脚说：“也感谢您给魔力提出的宝贵意见，我们回去一定好好修改。”

高跟鞋敲击地面的声音再次吸引了孙主任的目光，他突然问道：“这么高的鞋跟，走路一定很辛苦吧？”这让子珑不由得怔在原地，旋即有些尴尬地说：“是高了点，不过走路还好。”

“Christian Louboutin，红底经典，女人的梦想。”孙主任又闭上了眼睛，喃喃自语道，“它的问世是一个传奇。”

子珑很纳闷对方怎么就聊到了鞋子。她原本并不喜欢穿高跟鞋，因为天生好动，觉得累脚。但子珍喜欢，而且对鞋子很讲究，几乎是每天换一双。渐渐地，自己便也受了传染。买这双鞋不过是觉得红底好看，而且是名牌，以她大大咧咧的性格，倒是不会去探寻背后的故事。听孙主任这么说，她觉得此时转身就走有些不太礼貌，便又勉强坐了下来。

孙主任缓缓睁开双眼，不紧不慢地讲述了一个故事："设计者克里斯提·鲁布托被称为'红底鞋之父'，他是法国母亲和埃及父亲的私生子。鲁布托在制鞋方面很有才华，一次偶然的机会，女助理涂指甲油的动作让他灵光一闪，便将红色指甲油涂在黑色的鞋底上，由此诞生了风靡全球的红底鞋。"

子珑很诧异，一个大男人怎么会对鞋这么有研究。没想到对方意犹未尽地接着说："鲁布托其实不只是创造了一个品牌，更是创造了一种态度，以表达自己对女性的尊重和爱慕。用他自己的话，'我做的鞋子不光是用来走路的，它们和欲望有着密切的联系'。对于女人而言，高跟鞋就像是身体的延伸，几乎和身体融为一体。"

一席话听得子珑目瞪口呆，她机械地应和道："都说'脚下没鞋穷半截'，女人爱美，当然更是如此了。"

"呵呵，也对也不对。某种程度上，鞋子就是女人的第二张脸，再美也是给别人看的，更确切地说是给男人看的，但舒服不舒服只有自己知道。"稍做停顿，孙主任的语气变得沉重和无奈起来，"但如果过分迷恋，那就有些得不偿失了。"

子珑显然无法搞懂对方话中的深意，只好点点头说："嗯，走路确实有点辛苦。"她下意识地揉揉自己的脚脖子。

"最适合穿这种鞋的恐怕是'希腊脚'了。"孙主任再次闭上眼睛，表情有些痛苦地说，"从大拇脚指开始依次变短的脚型叫'埃及脚'，长这种脚的人心思细腻，往往不爱将自己的真实想法表达出来，做事容易钻牛角尖，因此也被称为‘情绪脚’。还有一种叫‘罗马脚’，前三根脚趾差不多一样长，第四、五根脚趾相对短一些，这种脚型特别适合跳芭蕾舞，因此也被叫作‘芭蕾脚’。而‘希腊脚’反而是中国人最多，通常是第二根脚趾最长，这种脚型最适合穿尖头高跟鞋，而且大多是美女，四肢修长，身材高挑，就像你这样，因此也被称作‘美人脚’。”

子珑的脑袋已经无法运转，她尴尬地挤出了一句：“我倒是听说过‘二拇脚指头长，不养爹和娘’呢。”

孙主任突然睁开眼睛说：“抱歉，又跟你唠唠叨叨了这么半天。走吧，不然温总该等着急了。”说完便又闭上了双眼。

“您怎么知道他在等我？”

“他会的，他喜欢你。”

子珑就差把已到嘴边的话说出来了：“孙主任，您快睁开眼睛吧，您闭着眼睛太可怕了。”还好，她忍住了，只是说：“那倒没有，您看时间也不早了，您还得赶回新城呢。”

“嗯，你走吧。我再坐一会儿。”孙主任睁开了眼睛，目光有些失神。

“那您看这资料？”

孙主任疲惫地点点头说：“拿走吧，项目最终要由专家评审和班子决策，祝你们好运。”他再次盯着子珑端详，像看着自己女儿般慈爱。

这几十分钟对子珑来说如同炼狱，她甚至没顾上道别，起身一把抓起放在茶水柜上的资料夺门而逃。

温克俭已经不知道抽了多少根烟，虽然开着窗户，但车里依然呛得人睁不开眼。看到子珑跑出来，他一把推开车门迎了上去，双手抓住对方的胳膊，上上下下仔细打量着心爱的女孩。

“哎呀，温总，没少胳膊没少腿。”子珑挣开他的双手，把孙主任题写着意见的资料塞进温克俭怀里。

“真没事？”温克俭有些不太相信。

子珑一头钻进了车里，不耐烦地答道：“真没事！”

温克俭在原地愣了几秒，虽然阅历丰富，但他也实在想象不出刚才到底发生了什么。

两个月之后，经过一番激烈的竞标，魔力公司与新城开发区独家签订了为期十年的广告大单。公司上下欢欣鼓舞，温克俭对子珑的好感又增添了几分。

有时候子珑会想，孙主任莫名其妙的言行背后也许藏着什么不为人知的秘密。这其实并不奇怪，每个人心中可能都藏着秘密，它们隐藏在灵魂的最深处，任其发酵，或自生自灭，自己和青云的难言之隐难道不就是这样吗？子珑觉得孙主任说得没错，男人和女人都像是一双脚，而对面的那个她或他，无论美丑善恶、贫富贵贱、勤劳慵懒、聪慧愚痴、温柔跋扈，都像是一双鞋。男人是女人穿在脚上的鞋，女人也是男人穿在脚上的鞋，合不合适、舒不舒服，也许只有脚知道……

第十章　渴望

悠悠岁月，欲说当年好困惑

亦真亦幻难取舍

悲欢离合都曾经有过

这样执着究竟为什么

……

1990年播出的电视连续剧《渴望》曾经创造了万人空巷的奇迹，刘慧芳、宋大成、王沪生之间的感情纠葛牵动着亿万中国老百姓的心。毛阿敏演唱的主题歌《谁能告诉我》成为当时的经典热门歌曲，歌中对人生的考问如泣如诉、发人深省。

2010年下半年，科瑞公司内部关于上市的问题出现了争论。以生产、销售和市场部门负责人为代表的一方认为，公司近年来效益喜人，发展前景良好，正是通过上市实现跨越式发展的良机。而财务、研发和战略部门则认为现在是苦练内功，力求在智能网络监控领域实现突破的关键期，应该集中精力搞开发。青山一时拿不定主意，他请出了郝光明。

自从2007年退休，郝光明一直忙着陪夫人旅游，很少过问公司的事情。科瑞由青山掌控，他很安心。但毕竟上市关系重大，他也不得不亲自出手掌舵。出席会议的包括各部门负责人，子珍作为青山的助理位列其中。

争论的焦点在于是否上市以及上市的时机，两方针锋相对、各执一词。郝光明听完大家的意见，转头看向青山。青山说："我想让叶子珍先谈谈看法，她来公司虽然只有两年，但大学期间她一直在科瑞实习，而且已经进行了各部门轮转，对公司的整体情况比较了解，最近她一直在协助我进行战略方面的研究。"郝光明自然认得子珍，他还不知道青云和子珑已经分手，所以自然想看看儿子女朋友的孪生姐姐到底工作能力如何。

子珍的发言条理清晰、论据确凿、数据翔实、预判合理。她从股票市场、国际大环境和监控行业发展趋势三方面进行了阐述。首先，2010年中国股市无奈地交出了一份惨淡的答卷：沪指下跌14.31%，收于2808.08点；深指下跌9.06%，收于12458.55点，在全球股票指数排名中位列倒数第三，2008年爆发的全球金融危机显然余波未平。在股市持续低迷与震荡的情形下贸然上市，无疑会增加公司未来的经营风险。第二，中美关系阴晴不定。美国政府不顾中国反对执意向中国台湾出售"黑鹰"直升机和"爱国者"导弹、奥巴马首次会晤达赖、两国贸易与汇率争端不断、谷歌掀起"退出风波"、美国介入南中国海事务等因素导致两国关系出现重大不确定性。两强出现争端，势必对世界经济尤其是需要良好外部环境的中国经济造成冲击，而企业上市必须要考虑国际大环境的影响因素。第三，智能监控市场目前还处于萌芽期，潜在市场空间巨大，政府和企业都存在充分的消费意愿。这些需求蕴藏着巨大的商机，值得智能监控厂商深度挖掘与开发。根据预测，智能视频市场从2010年起，经过两三年的市场培育，将在2013、2014年迎来爆发期。随着“平安城市”建设等重大工程的顺利推进及商业、民用需求的不断增长，未来国内智能监控市场将持续升温，并不断创造出新的市场机会与应用价值。但是目前国内厂商大多实力有限、规模较小、研发能力不强。更突出的问题则在于需求端，虽然用户有智能监控方面的需求，但主要还是集中在周界、物体出现和消失及流量统计分析上，其他功能尚未得到有效应用。整合用户需求，下大力气开发适用于各场景下的应用系统显得尤为紧迫，而这方面恰恰是科瑞所欠缺的。由此，子珍得出结论：目前公司的首要任务不是上市，而是应该集中资源和精力搞研发，通过充分与政府和用户的沟通，开发出多场景、全系列的智能监控系统，以适应即将到来的激烈市场竞争。

郝光明越听越惊诧。这两年他也一直在思考上市的问题，市场的不确定性让他觉得自己之前的预期有些过于乐观和草率。他没有想到，一个初出茅庐的女孩竟做出了如此客观和理性的分析，不由得对子珍更加刮目相看。

“我同意小叶的意见，”青山终于表态，“监控市场虽然很大，但是我越来越发现咱们的眼光应该超越这个市场。整合各方资源，利用科瑞在监控领域的特长，将城市管理作为一个整体来考虑，开发出一款具有通用性，能适应包括治安、交通、市容、环保、气象、应急等各种场景的城市管理系统应该是公司未来的出路。”稍做停顿，他不无忧虑地说，“通过战略研究室的综合调研发现，目前国内智能监控市场竞争日趋激烈，大家不约而同地看上了这块大蛋糕，科瑞在市场上遇到的阻力和竞争越来越大。最突出的表现是，虽然近几年公司的总体业绩在攀升，但从去年下半年开始，增长的趋势突然减缓，而且减速趋势愈发明显，这应该给我们敲响警钟。此时扩大规模，寻求上市恐怕时机未到。”

两人的发言让参加讨论的各方心悦诚服，又经过一番论证，大家逐渐统一了思想。郝光明环顾会场进行了总结：“大家的发言很好，听得出都是为了科瑞好。作为公司的创始人，虽然离开了一段时间，但看到你们能够精诚团结、畅所欲言，我很欣慰，也很感动，谢谢大家了！”他起身向所有人深鞠一躬，老领导如此真挚动情，在座的人无不感动，会场爆发出热烈的掌声。郝光明落座接着说：“上市是关乎科瑞前途的大事，但也充满了未知与挑战。我认为目前的时机还不成熟，因此希望大家静下心来，练好内功。我认为萧总刚才提到的城市智能管理系统就大有可为，我们不妨在这方面多下功夫。公司面临的竞争形势越来越严峻，大家也要有清醒的认识，早做准备。”舵手指明了方向，大家信心百倍地走出会议室。

“青山、小叶，你们俩留一下。”郝光明拍了拍儿子的肩膀说，“好样的，就这么干！”然后拉起子珍的手说，“现在只剩咱仨，我就叫你子珍了。好孩子，有头脑，有你帮青山我就更放心了。有空就和子珑一起来家玩吧，你阿姨都想你们了。”

子珍看了青山一眼，尽量做出一副开心的表情说：“谢谢郝叔叔，有时间我们一定去。”

青云正在画室作画，门铃响了。他打开院门，门外站着三个衣装华贵的女人，年龄在三十到四十岁之间。身材稍胖的女人问：“你是萧青云？”

“我是，您三位是？”

“董月竹的肖像是你画的？”身材矮小的女人上下打量着青云。

“您是说董姐？对，是我画的。”

身材细高的女人说明了来意：“我们是月竹的朋友，看了你给她画的肖像都喜欢得不得了，所以想请你也给我们画一张。”

“哦，那快请进。”青云请客人进屋、参观、泡茶，三个女人“叽叽喳喳”地对墙上的作品赞不绝口。

“小萧，你年纪轻轻能画这么好真不容易，”微胖的女人眯眼盯着青云说，“看来月竹的眼光还真不赖呀。”说完三个女人放浪地笑作一团。

“怎么收费呀？”矮小的女人问。

青云稍做迟疑，然后说：“三十万。”

“我就说嘛，月竹不会蒙咱们，”细高的女人显然为自己之前的判断扬扬自得，她转过头对青云说，“你董姐说了，咱们这算是组团来的，请你给她个面子，仨人一共五十万，行不?”

青云的脑袋有点嗡嗡，但还是佯装镇定地说：“既然是董姐的朋友，优惠是应该的。不过我最近事情比较多，需要夜里加班创作，所以就不能现场画了，您三位给我照片就行。”青云实在是害怕再上演富婆求爱的那出戏。

三个女人稍显遗憾，可既然主要目的是买画，对方又优惠了那么多，所以也就没再勉强。微胖的女人打开“香奈儿”皮包，拿出一捆人民币：“这是十万定金，赶明儿我再让人把照片送来。”

青云接过钱要打收条，细高的女人拦住了他，“打什么条呀，咱们信得过你，你尽量抓紧画就行。”

“好，您放心，一个月内全部交活。”

“一言为定!”三个女人搂肩搭背地走了。

青云拨通了董姐的电话：“董姐，谢谢您介绍的客户。”

“青云哪，想死姐了，”电话那头先是一阵惊喜，很快便换成了落寞的腔调，“哦，有啥好谢的呀，你好好画就是。”

“嗯，您放心。”

“她们问我那张画多少钱啦?”

“没问，不过我给她们报的价是每人三十万。”

董姐笑着说：“行，挺聪明，不过还是要少了，你最后收了她们多少钱?”

“一共五十万，先交了十万定金，是不是太多了?”青云的语气有点不落忍。

“多啥多？一点都不多！对这帮老娘儿们就得往高喽要。”

虽然两人之间有过一段不愉快的插曲，但青云还是打心底里感激董姐，他觉得应该说点什么：“董姐，那天是我不好，说话欠考虑，您别往心里去呀。”

电话那边沉默了好久，然后传来幽怨的声音：“青云，姐不知道你说的是真是假。如果是真的，那姐挺心疼你，你应该找个大夫瞧瞧。如果不是……那姐恨死你！”

青云不知如何作答，他只好苦笑着说了句：“真的。”

接下来的日子，青云白天把自己关在画室中专心作画，晚上则时不时跑去艺术馆边上的那家酒吧买醉。酒吧到处都有，他也不知道自己为什么偏要绕大半个北京城专门去那里，也许是想再遇见谁？他不敢让自己再想下去。反正他每次都把自己灌得酩酊大醉，然后就睡在那家熟悉的商务酒店里。

林可清几次主动打电话，她想和青云好好谈谈。但青云总是刻意逃避，他知道自己并不是在逃避林可清，而是在逃避可怕的梦魇。有时候他甚至想，与其这么浑浑噩噩地活着，真不如就此告别这个世界。但是一想到父母和哥哥，他便放弃了这个可怕的念头。

国庆节到了。青山原打算利用假期和子珍一起去“上海世博会”考察，看看从中能否发现商机，但最近他总是感到身体乏力，并伴有呕吐和腹泻，右上腹还出现间歇性疼痛，所以便决定在家休息。正好秦梦云在歇年假，他便让妻子陪子珍一起去上海。青云已经把自己和子珑分手的消息告诉了爸妈，看到儿子失魂落魄的样子，老两口非常担心。周芳劝青云跟着一起去上海散散心，青云勉强答应了。

子珑假期无事，她约了林可清去逛商场。两姐妹好久未见，逛得非常开心。逛累了，便在“星巴克”歇脚。

“现在还看国安吗？”子珑问。

“看哪，怎么能不看，只是工作一忙就不能保证去现场了。”

“给精神病人看病有意思吗？”

“真有精神病就去医院了，我接触的主要是有心理健康问题的人，什么儿童孤僻、青春期问题、更年期综合征、婚恋性爱……”

“还有婚恋性爱？”子珑诧异地睁大了双眼。

“嗯，咨询的人还不少呢。尤其是性爱方面，很多人难于启齿，积攒下来就成了病。怎么，你想咨询咨询？”林可清试探性地发出了询问。

“去你的，我才用不着呢。”子珑慌乱地回避了对方的目光。

林可清觉得自己的判断没错，子珑一定遭遇了比自己那晚还可怕的事情。可是好友既然不肯说，这种事情也不能逼着问，她只好继续调侃：“现在用不着，没准儿以后会需要呢，到时候别忘了找我呀。”

子珑在桌子底下踢了对方一脚，没好气地说：“烦人！别光说我，你呢？还同居着呢？”

“哈哈，看来咱俩这好姐妹算是白瞎了，我们早就分了。男人就知道结婚结婚，好像不结婚就没法过日子。你俩咋样？什么时候请我吃喜糖?”虽然已经从青云口中得知二人分手，但既然话说到这儿了，不妨再努力试探一次。林可清始终认为，如果自己知道原因，也许能帮到他们。

子珑目光暗淡地说:“我俩也分了。”

“啊?”林可清故意表现出惊讶，“这都是怎么啦?”

“我也不知道。”子珑没撒谎，她是真的不知道。“唉……”她长长地叹了口气，像是在喃喃自语，“也许，你早几年当心理大夫就好了。”

林可清的眼睛有点发酸，自己的初恋男友和亲密姐妹一定遇到了可怕的问题，可他们却都不肯向自己吐露心声，这让她既无奈又懊恼，但更多的还是心疼。

就在这时，子珑的电话响了。“温总好，找我有事?”

“没事就不能找你了吗?”从语调就能听出温克俭心情大好，“你现在在哪儿? 我去接你，陪我逛逛车市。”

“我和朋友在逛街。”子珑看了一眼林可清。林可清连忙冲她摆摆手小声说:“领导找你你就去，不用管我。”

“我在金源。”子珑的声音有些犹豫。

“等着，我一会儿就到。”

放下电话，子珑发现林可清一脸坏笑地望着她。“干吗这么盯着我?”她给了对方一记白眼。

“跟领导有情况啊。”林可清的笑中满含狡黠。

“胡说八道!”

“你骗得了别人，可骗不了我，”林可清盯住对方的眼睛，往前探了探身子说，“你接电话的语气和表情出卖了你。”

“人家说得没错，精神病看多了真成精神病了！”但这话听起来，子珑自己都觉得毫无底气。

林可清大笑着起身告辞：“Bye bye，恭喜你有新的开始。”

望着女伴飘然离去的背影，子珑皱起了眉头。她忍不住自问：外表看起来与自己如此相像的好姐妹，心思怎会如此不同？

坐上了温克俭的奔驰车，子珑问：“您要换车呀？我也不懂车，拉上我干吗？”

“我没那么喜新厌旧，是给你买车。”温克俭心情果然极佳，他吹起了口哨。

“给我买车？”子珑不敢相信自己的耳朵。

“嗯，你给公司立了那么大的功，难道仅仅是会上表扬几句就拉倒啦？”

“我不要！”子珑回答得异常干脆，“我说过，那是为我自己！”

“我不管你是为谁，有功者赏，这是魔力的规矩！”温克俭的态度同样不容置疑。

“那我也不要！别人知道了会怎么想？”

“我管他们怎么想。有本事也去签个大单回来呀！再说了，就算想立功，他们也未必有这个机会呢！”温克俭笑得有点猥琐。

“温总！”子珑扭过头怒视着对方。

“呦呦，开个玩笑怎么还急眼了呢。”温克俭不想惹心爱的女孩生气。

子珑只好搬出撒手锏，“我真不要。如果让您夫人知道了，您可吃不了兜着走。”

温克俭收起了笑容，一本正经地说：“你们以为我真怕她？你们不懂，我们那是相互尊重。”他顿了一下，语气中透着得意，“这事跟夫人已经打过招呼了，我把你见孙主任的事也和她说了。你猜她说什么？她说小叶这孩子行，有勇有谋。我说要奖励你，她说要奖就好好奖。我说奖辆车怎么样，她说随便，反正钱是你挣的，爱奖什么奖什么，别把自个儿奖出去就行。”

子珑愣愣地听着，她再也找不出拒绝的理由。温克俭问她喜欢哪款车，她说随便、便宜的。温克俭说得按老婆大人的指示办，最终他将一把MINI COOPER的车钥匙交到了子珑手里。

“谢谢温总，哦，也谢谢您夫人。等年底发了奖金，我会把买车的钱还您。”

“没什么，你应得的，还钱的事你就别想了，我不会要。”温克俭温情款款地看着子珑说，“我喜欢你，但如果仅仅因为喜欢就送你东西，依你的脾气肯定不会要。这是你自己努力换来的，我倒要谢谢你给了我这个机会。”

子珑不好意思地低下了头。她当然知道温克俭喜欢自己，但这毕竟是第一次从对方嘴里说出来，说得还那么诚恳自然，丝毫不避讳自己有妇之夫的身份。

“温总，您想多了。您不应该对我有这种想法，我也不是那种人！”

“我不管那些。我不可能离婚娶你，但喜欢你总是我的自由吧？至于你怎么对我，我不在乎。”温克俭竟然能将“歪理”说得如此理直气壮。

对于这份直白的表露，子珑不由得有了几分感动，她留下淡淡一句："咱们都好自为之吧。"

第41届世博会在上海举办，整个上海乃至全国对此都极为重视，将其办成了世博会历史上最出色的一届。本届的主题是"城市，让生活更美好"，会期从2010年5月1日至10月31日，历时六个月。

秦梦云想借机会在上海购物，青云对逛街没兴趣，所以他成了子珍的全程陪同。大会设置了五个副主题，子珍重点关注了"城市社区的重塑"。社区建设既是城市管理者面临的直接任务，也是科瑞今后开发城市智能管理系统的重要应用场景。她认真听取了多场主题报告，出席与政府、企业和社区的座谈，收获颇丰。

会议间隙，青云陪子珍在咖啡厅休息。看着对方兴奋的样子，青云很好奇，"我听得云山雾罩，你倒好像如获至宝。"

"那当然，好像为我打开了一扇门。"子珍的脸庞由于兴奋泛起了红晕。

青云多少也想了解一下科瑞的情况，于是问道："能告诉我是怎样一扇门吗?"

"科瑞现在的工作重心是围绕智慧型城市打造应用系统，这次会议让我开阔了思路，看来我们的眼光还应该更加拓展。"子珍顿了一下，确认对方在认真听，"如果把城市比作人的身体，那社区和家庭就是器官和细胞。健康的器官和细胞是造就健康身体的基础，科瑞应该在这方面做做文章，成为城市健康的卫士。”子珍说得神采飞扬、两眼放光。

“真羡慕你。”青云听得有些神往。

“嗯？”

“工作得这么开心。”

“哈哈，”子珍甩了甩一头飘逸的长发笑着说，“我工作起来是有点魔怔，不过我喜欢这样，科瑞也值得我这么做。怎么，你画画不开心吗？”

“画画现在对我来说只是挣钱的工具，我好像再也找不到小时候的痴迷和快乐了。”

子珍放下杯子，心疼地望着对方说：“你应该让自己快乐起来。”

青云埋下头，将双手插进头发懊恼道：“我做不到！”

子珍的眼圈红了，她从小便对别人的痛苦感同身受。“如果实在走不出来，你应该换换环境。来科瑞吧，帮帮你哥。他真的太累了，我担心他的身体扛不住。”

“我哥怎么了？”青云已经很久没有见到哥哥了。

“最近他的脸色很差。”

“是累的？”

“我想是吧。”

“可是我能帮什么，除了画画，我什么都不会。”

“不会可以学嘛。科瑞像是个大家庭，萧总又是你的亲哥哥，这样的氛围总比一个人闷在画室里要好吧。如果你能来，萧总一定开心得不得了，我也会尽力帮你熟悉情况。”

青云抬起头，与子珍关切的目光相遇。他刹那间产生了幻觉：坐在眼前的仿佛变成了子珑，长发飘飘、温柔缠绵的“子珑”。

看到青云渴望而多情的眼神，子珍不好意思地低下了头，娇羞的样子更加迷人。

“我考虑一下吧。”青云从梦中醒来。

新年前夕，秦梦云发现自己怀孕了，她把好消息告诉了丈夫。青山一把将爱妻抱起，高兴地喊着：“我要当爸爸喽！我要当爸爸喽！”他本想抱着梦云转个圈，可突然腹中一阵剧痛，差点失手将对方摔倒。

“怎么了，山哥？”望着一脸虚汗、手捂肚子的青山，梦云吓得惊声尖叫。

“还是胃疼。没事，过会儿就好。”虽然嘴上这么说，青山已经疼得直不起腰来。

梦云的嗓音变了调：“你应该去医院检查！马上！”

检查结果如晴天霹雳——肝癌！青山住进了医院，一家人陷入了极度的恐惧和绝望。

“怎么会这样！老大多壮的身体呀。”周芳已然泣不成声。

“妈，您别难过，医生说发现得还不算太晚，也许……”梦云摩挲着婆婆的后背，自己却早已泪流满面。

“怪我怪我，给他的担子太重了！”郝光明大口大口地吸着烟，他已经戒烟多年了。

青云的眼圈通红，但他强忍着不让眼泪流出来，“我哥之前喝酒喝得太凶了！”

“可是为了要孩子，他已经喝得少多啦。”周芳抽泣着说。

“在这之前可能就已经把肝伤了，我早就劝他少喝，可他就是不听！”梦云塞给婆婆一张纸巾，自己却不管不顾地用袖子抹着眼泪。

青云的眼泪再也无法忍住，“也许是最近工作压力大吧。听子珍说我哥气色不好，我怎么就没劝劝他呢！”

“好了好了，咱们别光顾着难过，”郝光明将烟头狠狠掐灭在烟灰缸里，语气沉重地说，“病已经找上门了，大家一起面对！从明天开始，我去公司上班。梦云，你照顾好青山，让他安心养病。老伴儿，你照顾好自己和这个家。青云，你回来帮你嫂子。还有，先不要让青山知道，能瞒一天是一天！”

“我明天就向公司申请离职，我要好好陪他！”梦云说得异常坚定，周芳紧紧握住了儿媳妇的手。

“爸，明天我就把画室关了。我不但要帮嫂子照顾我哥，我还打算到科瑞帮忙，前提是您觉得我不会碍事。”

所有人暗淡的目光中闪现出一丝光亮。“好孩子，爸爸和你哥都需要你！这个家需要你！”郝光明的眼泪流了下来。

周芳擦去眼泪，她知道自己现在必须坚强，“梦云，你现在身子重要，要好好保重啊，家里的事你们就交给我！”

“妈，我知道。您放心，我一定为萧家保护好这个孩子！”

公司经营遇到困难，又得知萧总病重，科瑞上下一时陷入慌乱。郝光明不顾年近七旬的高龄，尽力把控着这艘大船。饱经风霜的科瑞创始人坚信：只要公司的战略方向正确，就一定能闯过这场惊涛骇浪。他让青云和子珍搭档，青云努力适应着新角色，他近乎疯狂地让子珍帮他恶补公司的各方面情况。就像一块海绵，即便已经吸满了水，仍要拼命挤出任何一点可能的空间来接纳。青山的病对子珍来说如五雷轰顶，她回到家抱着妹妹痛哭。子珑得知一切，也无法接受眼前的悲剧，哭着埋怨道："老天爷为什么这么不公平啊！青山大哥人多好，怎么这个病就会落到他身上！"子珍止住了哭，她告诉妹妹："珑珑，以后我可能会很忙。为了萧总，我必须帮青云尽快熟悉科瑞。"

"青云去科瑞了？"子珑很诧异。

"嗯，他很愧疚没能早些帮哥哥，但他很坚强。"

"哦。"子珑陷入了沉思。

温克俭发现了子珑情绪的异常，他询问原因，子珑如实相告。子珑现在已经不那么排斥对方了，她自己也不知道原因，只是感到一切都在自然而然地发生着改变。温克俭提出可以帮忙找关系，联系最好的医院和医生，子珑没有拒绝。在温克俭的运作下，青山很快转入了协和医院。

郝光明、秦梦云和青云坐在肝胆外科主任面前，表情忐忑凝重。"主任，请问萧青山现在的情况到底有多严重？"郝光明问。

"确诊的是肝细胞癌，这是肝癌中最常见的一种。按照病程，应该属于中早期。"

“我哥是怎么得的癌?”青云迫不及待地问。

“肝癌的病因目前尚不明确，但遗传、基因突变、肝炎、饮食和酗酒都是诱因。”

“有办法治吗?”青云追问。

“目前针对肝癌的治疗方案主要包括局部切除、肝移植、消融、放化疗和靶向治疗。”主任解释得很耐心。

郝光明身子前探，双手撑在了桌子上，“我儿子适合哪种?”

“根据他的情况，我们经过综合分析，认为局部切除和肝移植应作为首选方案。”

“二者有什么区别吗?”郝光明追问。

“按照目前国际上通用的《米兰标准》，二者的总体效果和生存差异不大，但从长期效果看，肝移植稍好。”

梦云声音颤抖着问：“如果移植，最终的结果会怎样?”

“部分肝癌患者换肝后寿命可得到一定延长，但由于换肝时机、肝源质量、患者自身体质以及复发情况不同，导致换肝效果和预后情况因人而异。”

“他还能活多久?”梦云的声音小到几乎听不见，她的眼泪已经夺眶而出，青云握住了嫂子的手。

“这真的很难讲。长则数年或更长，短至数月，由于应激反应，手术后几天也有可能。”

梦云用手捂住了嘴，只是为了不让自己哭出声来。青云抱住了嫂子，因为他不想让嫂子看到自己也在流泪。

“主任，感谢您的直言相告，拜托您能说得再详细点吗?”郝光明在恳求。

“请家属放心，我们一定会竭尽全力，但后面的事情真的不好说。傅彪知道吧？他2004年8月确诊的肝癌晚期，9月份接受了移植，出院后的情况还不错。但2005年4月复发，当月就进行了第二次移植，情况也还不错。可是三个月后再次复发并双肺转移，8月底病逝。当然，萧青山的情况比他要好，起码发现得早。我们会尽力的，也请家属协助医院做好病人的工作，他的情绪和生存意志很重要。”

“我们会的，谢谢您！”郝光明含泪点头。

青山躺在病床上，他的脸色蜡黄，人也瘦了一圈，青云陪在床前。在哥哥的要求下，他正在将公司的情况进行汇报。

“今天气色不错呀。”秦梦云拎着饭菜走进病房。青山的一日三餐，她总是和婆婆根据医生的建议亲自料理。她已经辞去了工作，决心要为爱人做一切可能的事。

“都说了吃医院的饭就行，天天这么跑还不得累趴下。”青山心疼地望着妻子。

“一点也不累。以前你难得在家吃饭，现在可逮着机会显显我的手艺了。”梦云尽量让自己的语气显得轻松，她一边往外端饭，一边说，“青云，这儿交给我，你回去休息吧。”

“我不累，不过既然你来了，那我就去公司看看。晚上我把饭送来，你就别来回跑了，好好陪我哥吧。”

“哎。”望着青云的背影，梦云对丈夫说，“你弟长大啦。”青山欣慰地点点头。

看着丈夫吃完饭，梦云起身开始收拾。青山深情地看着她说："云，先别忙了。坐下，我有话和你说。"

梦云依言坐下，青山接着说："云，你们不用瞒我。我知道，情况不好。"

"别胡思乱想，安心治病！"梦云尽量让自己的话简短，以防话多语失或控制不住情绪。

青山笑了，笑得那么温暖，却满含着不舍。"我知道的，应该是癌。这几天我也查了些资料，即便换肝也不乐观。云，如果你是为我好，就告诉我还有多久，我还有许多事情要办。"

梦云死死盯着心爱的丈夫，一句话也说不出来。都说"一日夫妻百日恩"，结婚八年多，他们相亲相爱，共同幻想着子孙满堂、白头偕老。她还在等，等着丈夫兑现爱自己一辈子的诺言。但眼下这一切就要戛然而止，她的心碎了。她无法再隐瞒下去，眼泪不允许、深爱难舍不允许，她猛扑在爱人身上放声痛哭。

青山抚摸着妻子的一头秀发，两行热泪顺腮而下，"云，不哭。我们还有时间，我答应你好好治疗，绝不放弃，但你能不能也答应我一件事？"

"你说，我什么都答应！"

"把孩子打掉吧。"青山痛苦地将头扭向窗外。

梦云瞪大了眼睛，近乎歇斯底里地喊道："不！绝不！为什么！为什么要打掉！"

青山转回头，为妻子擦去眼泪，深情地说："你还年轻，我不能让这孩子拖累了你。"

梦云拼命地摇头哭道：“这不是拖累！你为什么总是想着别人！你为什么就不为自己想想？”

“因为我答应过你，永远不会让你受到伤害。”

梦云紧咬嘴唇，瞪着哭红的眼睛说：“不，这不是伤害！我也答应过你，要给你们萧家生个儿子！你忘了吗？”

“我当然没忘。可我现在这个样子，我怎么能忍心……”

梦云捂住了丈夫的嘴，语气坚决地说：“山哥，求你别这么说。如果，我是说如果我真的会失去你，这孩子就是我唯一对你的交代。他是我们爱情的见证，有了他，你就永远不会走！”

青山艰难地探起身吻了妻子的额头。能有这么一位善解人意、温柔似水、挚爱如火的妻子，他心满意足了。

梦云回到家，一头扎进周芳的怀里抽泣不止。

“我哥怎么了？”正准备出门送饭的青云以为青山出了什么事。

郝光明也一个劲儿地劝：“梦云哪，别哭，慢慢说，怎么了？”

梦云转过身哽咽着说：“爸、妈，是我不好，我都告诉青山了。他问我，他说他能猜出来。我做不到哇！”说完，她放声大哭。

周芳把儿媳搂在怀中，轻轻拍着她的后背。郝光明苦笑一下说：“孩子，爸妈不怪你。知道了也好，青山很坚强，我相信他！”

“我也相信我哥！既然已经没有秘密，我们也可以放手一搏了，也许会有奇迹呢！爸，咱们尽快申请移植吧。”

郝光明点点头。

子珍找到郝光明，她说想和子珑一起去看望青山，郝光明同意了。走进病房，青云正好在。子珑和青云互相端详着对方，他们已经好久没见面了。在各自眼中，对方好像都有了变化。

“你好。”青云打破沉默。

“你好，你瘦了。”子珑的声音异常温柔。

“谢谢你来看我哥。”

“应该的。”

青山已经在安慰抹眼泪的子珍了：“谢谢你们，我没事。我这一病不要紧，好像你们仨突然都长大了呢。”他露出会心的微笑，意味深长地看着子珑，“尤其是你，变化好大。”

“萧总，您放心，有郝叔叔在，公司一切都好。我和青云配合得也很好，搞艺术的就是有灵气，他现在已经成了郝叔叔的得力助手。”

青山欣慰地点点头说：“告诉大家，我不会倒下，几个月后公司见！”

“嗯，您安心养病，我们在科瑞等您！”子珍擦干了眼泪。

姐儿俩起身告辞，青云送出医院。看到子珑的新车，青云说：“嚯，都买车啦。现在路上新手太多，还有送外卖的横冲直撞，你火辣辣的脾气，开车一定慢点。”

“嗯。你现在医院、公司两头跑，开车也慢点，注意身体。还有，画画别熬夜。”子珑温柔的言行让青云一时难以适应。

“放心吧，我现在已经不画画了。”他伸出双臂与姐儿俩一一拥抱，真诚地说，“谢谢你俩。”拥抱子珑时，他们互相在对方背上用力拍了两下。

人们总是心怀渴望。就像久旱的大地渴望雨露，破土的嫩芽渴望阳光。董姐渴望得到青云的拥抱，温克俭渴望得到子珑的真爱，林可清渴望能够帮助青云，秦梦云渴望出现奇迹，子珍渴望妹妹重拾快乐，子珑渴望一切未曾发生，青云渴望走出梦魇，青山渴望老天能多给他一点时间……正是因为有了渴望，这个世界才变得爱恨交织，悲喜交加。

……

漫漫人生路，上下求索

心中渴望真诚的生活

谁能告诉我是对还是错

问询南来北往的客

……

第十一章　姐妹

“青荷盖绿水，芙蓉披红鲜。下有并根藕，上有并蒂莲。”并蒂莲是荷花中的一个变种，它一茎生两花，两花各有蒂，生成的概率仅十万分之一，是千载难逢的植物界“双胞胎”，更是同心、同根、同福、同生的象征。子珍子珑上小学的时候，大同的荷花节上曾出现过一株并蒂莲，全家人特意赶去观看，小姐儿俩还开心地在花前合了影。如今，她们已经共同走过了二十五个春秋，一直形影不离、相亲相爱。

2011年3月，医院通知有了匹配的肝源。全家人万分紧张地目送青山被推进手术室，青山本人倒是显得信心十足，他说一切都会好的。在进入手术室的最后一刻，他在秦梦云耳边低声说：“我写了个东西放在枕头边的包里，你可以先不用看。放心吧，咱们一会儿见。”梦云知道那是什么，但她强忍着泪水，她知道此时自己不能哭，只能祈祷上天让爱人平安归来。“我等你。”她依依不舍地松开了丈夫的手。

手术进行得很顺利，也没有出现强烈的排异反应，度过观察期后，青山回到家中休养。秦梦云的妊娠反应很严重，但她仍然寸步不离地照顾着丈夫。周芳让青云带她去八大处烧了香，在灵光寺的观音殿，老人在菩萨像前跪拜了很久。科瑞在郝光明的领导下，一切按部就班地运转，研发部着手将公司的战略部署及子珍世博会的收获付诸开发实践。青云已经能够独立处理一些日常事务，他和子珍的配合越来越默契。

然而就像青山预料的那样，智能监控市场巨大的商机吸引了众多企业投身其中，科瑞面临的竞争愈发激烈，原本几个志在必得的项目旁落他人。魔力公司凭借新城开发区的项目赚得钵满盆满，开发区内不少大客户闻风前来洽谈业务。顺风顺水的温克俭并未安于现状，他采纳了子珑的建议，开始向网络广告进军。

8月8日，一个吉利的日子，秦梦云进入了待产室。青山不顾家人劝阻，和父母、岳父岳母、弟弟一起守在产房门前。他显得比自己进手术室时还要紧张，不停地在楼道里走来走去。一会儿扒着门缝往手术室里望望，一会儿又趴在门边支着耳朵听听。每次手术室的门被推开，他都第一个站起身。当听到不是喊秦梦云家属时，又失望地缓缓坐下。

“二十三床秦梦云家属。”手术室护士机械性的呼叫终于响起。

“在！”几个人异口同声地答应，青山更是第一个跑到了护士跟前。

“男孩，六斤八两，顺产，母子平安。”护士语调平静地说完，转身返回了产房。

一家人激动地抱在一起，周芳喜极而泣，郝光明红着眼圈劝慰老伴儿：“别哭老婆子，你当奶奶了！”周芳捶着老公的肩膀：“是，是，不哭不哭，你也当爷爷啦！”青山默默地转身走到窗户边，他的肩膀在剧烈颤抖。他有理由哭，既为自己的骨血得以延续，也为妻子的真情而感动。青云走过去拍拍他的肩膀说：“哥，恭喜你和嫂子！”青山一把将瘦弱的弟弟抱在怀中，肆意宣泄着自己的情感。

一周后，梦云母子回到家中。她怀中的男婴头发眉毛浓密乌黑，小脸胖嘟嘟、身子肉乎乎，眉宇间既有父亲的英气，又有母亲的精致。全家人围着小生命乐得合不拢嘴，怎么看也看不够。

梦云抱着孩子依偎在青山身边，她一会儿低头慈爱地看看怀中的心肝宝贝，一会儿转头深情地望望丈夫，一家三口甜蜜而温馨。青云蹲在嫂子腿边，不停地用手指轻轻触碰侄子胖嘟嘟的小脸。

“爸，您给孩子起个名吧。”

“不行不行，还是爹妈起、爹妈起。”虽然一直待青山青云视如己出，但郝光明觉得毕竟孩子姓萧不姓郝，按说应该听听亲爷爷的意见，但他知道周芳母子对萧秋生心存芥蒂，所以便坚持让青山夫妇自己决定。

“那好吧，”青山看了一眼周芳，母亲点点头，“我和梦云倒还真是想了个名字，爸妈帮着参谋参谋。”

“我侄子叫什么呀？”青云迫不及待地问。

“萧星河。”青山一字一字郑重地说出了孩子的姓名。

“星河，星河。”郝光明一边念叨一边琢磨，“名字很大气，能说说缘由吗？”

青山饱含深情地看着妻子和儿子解释道：“我和梦云搞对象时曾经去看流星雨，我当时对着流星发誓一定要好好爱她，不让她受一点伤害，所以星星就是我俩爱情的见证。至于‘河’嘛，我是山，我儿子当然就是河。”

“好！”郝光明和青云同声叫好。周芳的眼里却含着泪，她太知道儿子的誓言是从何而来了。而梦云早已经泪流满面，她实现了自己对爱人的诺言——为萧家延续了骨血，但她更因爱人的誓言也许不会长久而伤心。

眼见气氛不对头，青云又发挥了自己即兴创作的天赋，“我哥这个头开得好，我连自己儿子的名都想好啦！”

青山笑着揶揄弟弟：“臭小子，你还是先把对象搞定吧。”

“别理你哥，青云，到底准备叫啥名，嫂子想知道。”

“萧星海。你们是山河，我们是云海，怎么样？”青云扬扬得意。

“这孩子，亏你想得出。”周芳嘴上虽然这么说，脸上却早已乐开了花。郝光明也连连点头夸赞：“嗯，咱青云脑子就是灵。”

梦云笑着说：“哈哈，名字倒是不错，但咱俩犯了同一个毛病。我没怀孕时跟你哥说给他生个儿子，他挤对我怎么就知道是儿子。现在我是做到啦，可你怎么保证也是儿子呢？”

青云果然才思敏捷，他不慌不忙地答道：“闺女也不要紧，闺女就叫萧星雨。星海、星雨，多好哇！”

“好！”这回全家人拍手叫好，吵醒了熟睡的小星河。小家伙不依不饶地嗷嗷大哭，梦云赶紧起身回房间喂奶了。

青山把自己当爸爸的消息告诉了萧秋生，他现在对生父早已经谈不上仇恨。结婚后不久，他辗转与对方取得了联系。当得知萧秋生离婚后一直未娶，股市的惨败让他损失了全部积蓄，退休后的生活潦倒凄凉，青山的心里很不是滋味。逢年过节，他都会瞒着母亲和弟弟前去探望，送上些生活用品和钱款。萧秋生很感动，也很愧疚。虽然青山没有告诉生父自己患病的事情，但喜得贵子的消息他觉得有必要让孩子的亲爷爷知道。萧秋生没好意思去医院探望，更不好意思到家里来，他托人送来了一个大红包。青山打开一看，里面是这些年自己给过的钱，萧秋生一分没动，压得平平整整放在包里。

国庆节后，青山重回科瑞。他既为公司能够正常运转而欣慰，也为越来越严峻的市场竞争而担心。好在青云已经可以独当一面，子珍也挑起了大梁，更何况还有父亲在旁辅佐。青山知道，公司的担子或早或晚会落到青云肩上，为了更好地锻炼弟弟，他没有过多参与管理，只是在一旁细心地观察，这一观察还真发现了情况。他发现青云看子珍的眼神越来越不对，里面分明充满了爱意和依恋。

的确，自从上海之行后，青云便开始留意起了子珍。其实最初的好感早在观看姐儿俩同台演出时便已产生，只是因为子珑捷足先登，子珍便成了一个若隐若现、若即若离的存在，但青云总是能感受到她那无处不在的温柔与善意。后来加入科瑞，为了更快地从子珍那里了解公司的情况，除了工作时间形影不离，两人还经常一起加班，青云有时也会送对方回家。渐渐地，子珍身上坚忍、聪慧、温婉的品格让他那颗已经冰封的心开始融化。他喜欢上了子珍！

子珍是何等细腻敏感，青云的异常表现她早已看在眼里，内心不由得泛起了波澜。其实她对青云的好感又岂是始于今日，艺术节的初见，她便被这个长相英俊、才华四溢、气质独特的男孩所吸引。只是因为子珑抢先进攻，她便本着从不和妹妹相争的原则退到一旁。眼下，虽然子珑和青云分手已经两年多，但子珍却无论如何不愿就此与妹妹的前男友发生什么。既喜欢，又不敢，她很纠结。

周末加班后，青云提出想请子珍去画室坐坐。子珍犹豫再三，终因不忍伤痕累累的对方再受打击，勉强答应了。

还是那个小院，还是那棵柿子树，树上又挂满了“红灯笼”。香炉里燃起檀香，是兰花的味道。青云早已用普通沉香代替了茉莉花味的檀香，他怕想起子珑。但今天，他特意燃起了兰花味道的檀香，因为子珍身上的香水就是这个味道。

“你的胃不好，红茶养胃。”青云开始沏茶。

子珍默默地注视着为自己斟茶的青云，多体贴的男人哪，怎么就会……她不愿再继续往下想。

环视着这间熟悉的茶室，子珍幽幽地说：“时间过得好快。”

“是呀，我们在这儿聊天下棋、吃面条过生日，好像就在昨天。”青云也满怀感慨。但他马上意识到今天约对方来绝不是怀旧，他赶紧转移了话题，“子珍，你工作太玩命了。身体重要，我哥就是教训。”自从上海归来，他对子珍的称呼便少了“姐”字。

“嗯，我也知道，可是目前公司的情况不好，我着急呀。”

“着急不能解决问题，身体垮了就什么都没了。”

“其实这一年多把你折腾得也够呛，我真怕你吃不消。对了，青山大哥现在恢复得怎么样？”

“目前看起来还不错。可你知道，他身体里就像装着一颗定时炸弹，只是没人知道起爆的时间。”

“唉，我根本就不敢想这些事，”子珍皱着眉头说，“还好他们现在有了孩子，心情一定不错，都说好心情是对付癌症的良药呢。”

“希望如此吧。”

“你的心态现在也不错呀。”子珍将长发绾在脑后，用手腕上的皮筋松松套住，看上去更加妩媚迷人，“你可得感谢我，别忘了是我建议你来科瑞的。”

“必须谢！只不过我还没想好应该怎么谢。”青云双手交叉托着下巴，含情脉脉地盯着对方。

子珍羞涩地低下了头，“没诚意，说声谢谢还要想吗？”

“当然不是说声谢谢那么简单。我在想是给你画幅画呢，还是送你一件礼物，或者……”话语顿了两秒终于出口，“做你的男朋友。”

没想到事情就这么突然地发生了，子珍诧异地抬起头，盯着青云的眼睛，似乎想看看对方是否发自真心，她宁愿这只是个玩笑。但很遗憾，对方满眼的真诚，这反而让她陷入了煎熬。

“我真的喜欢你，”青云没有等对方表态紧接着说，“是你给了我希望，甚至给了我活下去的勇气，我要加倍地回报你。”他激动地握住了子珍的手。

子珍猛地将手抽出，拼命地摇摇头，松散的发髻再次披散开来。“不!”这一个字吐得是那么吃力。自己明明也喜欢这个男人，可偏偏就是不能答应。

“为什么？难道你也嫌弃我?”青云的眼里似乎要喷出火苗，但这绝望的火苗并非烧向子珍，而是要将自己吞噬。

“不，不，我不是那个意思。”子珍轻轻抚摸青云的手，紧咬着下嘴唇说，“是……珑珑。”

“你以为我没想过吗?”青云激动地站起身，烦躁地围着茶桌走来走去，“可是我无法控制自己对你的感情，我觉得跟你在一起舒服、踏实、有安全感。如果没有你的出现，我可能早就垮掉了!”

子珍对青云的痛苦感同身受，她对每个人都是这样。“青云，你别激动。像我这样的女孩子还有很多，”她稍加思索接着说，“比如林可清，你别看她表面上风风火火，其实也是个善解人意的女孩。”虽然只是在毕业典礼上见过一面，但心细如发的子珍已经看出林可清的本质，而且她从林可清看青云的眼神里隐隐约约觉得这个女孩也喜欢青云。

“别跟我提林可清！我，我们……”青云不敢说出自己和林可清的故事，他已经陷入崩溃。

子珍也站起身，将对方轻轻抱在怀里。青云立刻从狂躁绝望中平静下来，像一个孩子似的接受着抚爱。

“青云，你的心里一定很苦。我知道，我一直都知道。别急，慢慢来，无论是你的问题，还是咱俩的问题，都会有办法的，好吗?”

青云彻底冷静下来，他点点头说：“我听你的，我会努力让自己变得更好。”

子珍开始瞒着子珑与青云约会，她想找机会和妹妹好好谈谈。但是在谈之前，她想先弄清楚一件事——青云的身上到底发生了什么。原本传统羞涩的她会主动与青云牵手和拥抱，对方表现得很正常，她看不出青云在男女身体接触时有什么异样。两人拥抱时，她甚至能感觉到对方身上男人的冲动。她也曾进行言语上的试探，但青云总是刻意回避。

自从青云在画室表白，两人已经相恋一年，他们都深爱着对方。子珍发现青云身上忧郁颓废的影子几乎消失了，他变得开朗健谈、善于体贴和关心别人，而最大的变化则是他对家庭、事业和心上人的责任感愈发强烈。青云也发现了对方的另一面，除了聪慧敬业、温婉恬静，他眼中的子珍越来越表现出成熟女人妩媚迷人、贤淑浪漫的气息。

2012年11月17日午夜，狮子座流星雨再度光临地球。这次的规模比往年要大，预计每小时可以看到十五颗流星。青云受到哥哥的启发，也想带子珍去看流星雨，子珍爽快地答应了。

青云通过关系将车开进了密云水库库区，他俩不顾天气寒冷，手牵手站在大坝上仰望夜空。

“我哥和我嫂子结婚前就在这里看流星，虽然他现在身体不好，但我觉得这丝毫不影响他俩的爱情。珍，你觉得对流星许愿真的管用吗？”

“应该很灵吧，”子珍用手捋了捋被夜风吹乱的秀发说，“但我更相信心有灵犀。两个人只要心意互通，就一定会相爱到天荒地老、海枯石烂。”

“嗯，我觉得咱俩就挺心意相通的。”青云帮子珍拢了拢大衣的领口，揽着她的手臂也愈加用力。

子珍侧过身帮青云掖紧了有些松散的围巾，歪着头俏皮地眨眨眼睛问：“说说怎么就心意相通了？”

“你温柔善良，对别人的痛苦总是感同身受，你是我遇见的女孩中最善解人意的。”

“那可不敢当，”子珍终于又找到了试探的机会，“起码到现在我都不知道你和珑珑到底为什么会那样。”她凝视着对方的眼睛，等待答案。

“呃，这个……为什么非要知道呢？”

“因为我想帮你。如果你不说出来，就会永远陷在里面，我……”子珍犹豫了一下，说出了自己的担心，“我不希望咱俩将来也是那样。”

青云沉默了好久，他好像在下决心。“我不知道到底是不是那个原因，我真的不确定。给我点时间，让我再想想好吗?”

子珍知道不能逼对方，她轻轻点头道：“嗯，我会等。就像我们在等流星，我知道它一定会来。”

话音刚落，一颗流星拖着长长的尾巴倏地划过夜空。完美的弧线，璀璨耀眼，两个人同时闭上眼睛许下了相伴一生的心愿。天地间一片清朗宁静，时间仿佛就此停止，这一刹那便是两心的永恒。

青云首先睁开眼睛，月光下，子珍白皙的面庞清纯安详，就像一朵兰花绽放在半空，美丽娇媚、宁静芬芳。他情不自禁低头吻去，子珍没有睁眼，她朱唇微启，接受了心上人的爱意。这是她的初吻，她觉得好甜、好美。

2012年年底，为了庆祝结婚二十周年，郝光明特意带周芳回到自己的家乡——烟台长岛。冬日的大海深邃浩渺，九丈崖褐色嶙峋的崖壁被夕阳镀上了一层金色。海风没有了夏日的咸腻，清冷却不刺骨。古稀之年的郝光明满头银发，精神矍铄。周芳虽已六十二岁，但一直保养得很好，雍容优雅。只是为青山的病着急担心，她这两年新添了不少白发。临来山东前，在郝光明的反复劝说下，周芳染黑了头发并烫了新发型，整个人显得又年轻精神了几分。

两人坐在海边一块平整光滑的礁石上，像一对小情侣般甜蜜地依偎在一起。

“二十年喽，”郝光明紧紧握住老伴儿的手说，“我们都老啦。”

“人这一辈子真不容易。光明，谢谢你！因为有你，我的后半生很幸福。”周芳拍拍老伴儿的手背。

“我倒要谢谢老天爷呢，它让我那二十二年没有白等。”郝光明深情地在妻子手背亲了一下，接着说，“我更得谢谢你让我的后半辈子活得有滋有味，这个家能有今天，全是你的功劳哇。”

“瞧瞧你，老了老了还亲来亲去的。”周芳笑得由衷而满足，嘴上虽然这么说，她还是同样吻了吻老伴儿的手背。

“芳，我要送你件礼物。”郝光明边说边从怀里掏出一个精致的丝绒首饰盒，“打开看看，喜欢吗？”

周芳轻轻打开首饰盒，一簇夕阳反射进她的眼中，她兴奋地用手捂住了嘴。一颗硕大的红宝石吊坠静静地躺在首饰盒中，色彩鲜红欲滴，质地清澈无瑕，宝石四周镶嵌着十二颗晶莹饱满的钻石。

“好漂亮！光明，我太喜欢了。”周芳的双颊泛出少女般的红晕。

“喜欢就好，我还怕它配不上你呢。”郝光明边说边取出项链给老伴儿戴上。

“好看吗？”周芳特意拉开大衣的领口，笑容中竟带着几分羞涩。

郝光明乐得合不拢嘴，连声说：“好看，好看。”

“光明，你对我太好了。”

“我亏欠你的太多，”郝光明突然动情地说，“我不指望它能够弥补全部，但哪怕只是一点点，我也感到心安。”

“瞧你说的，你哪里欠过我。”

“芳，当初如果不是我一时冲动和你偷吃了禁果，你的婚姻也许就不会那么坎坷。是我让你受了伤害，也让青山青云受了委屈。”郝光明的眼圈红了。

“光明，这怎么能怪你，”周芳突然意识到了什么，她瞪大眼睛问，“你怎么会知道？”

郝光明眺望着大海，“芳，你虽然能够瞒我，但你眼角的伤疤和当时狼狈的样子瞒不了我。我问过青山，他都告诉我了。芳，其实我早就想和你说，但一直没有勇气说出口。如今咱们都老啦，我怕再不说就没机会说啦。”郝光明的声音有些哽咽，“芳，委屈你了，真的对不起。”

“你快别这么说，”周芳早已泪流满面，她鼓足勇气说出了淤积在心里多年的话，“新婚之夜，我向萧秋生坦白了一切。他很愤怒，后来也确实对我不好，但我不会怪他，我更不会怪你。毕竟，毕竟当时我是心甘情愿的。如果说有愧疚，那就是让俩孩子受委屈了。”

郝光明替老伴儿擦去眼泪安慰道：“好啦好啦，都过去了，咱不哭了。”

周芳抽泣着点点头说：“没能给郝家生个一儿半女，其实我也亏欠你呢。”

“不不不，是我不想要的，你忘啦？”

周芳抚摸着胸前的吊坠一往情深地说："我没忘。但我知道，你不是不想要。你是担心我的年龄，而且也不愿意让青山青云再受委屈。"

郝光明为老伴儿的善解人意感到欣慰，更为拥有这个忍辱负重、用善良和爱心重新赢回幸福的女人而骄傲，他把周芳搂得更紧了。

自郝光明时期起，科瑞公司就一直光明正大地做生意，在市场竞争可以用惨烈来形容的当下，这种堂堂正正、四平八稳的做法愈发显得幼稚和脆弱。由于缺少独树一帜的产品和技术，科瑞的业绩每况愈下。为了不让青山过分担忧和劳累，青云和子珍只有拼命工作。临近春节，他俩还在加班修改来年的工作计划。午夜时分，青云将子珍送回家，心力交瘁的一对情侣拥吻道别。一束车灯照在他们身上，刚刚陪温克俭拜访完客户的子珑恰巧也是晚归。

温克俭近来心情不错，除了魔力业绩喜人，更让他开心的是子珑对自己的态度悄然发生了改变。子珑不再像是一个浑身带刺的精灵，她似乎变得柔软了许多。节前，温克俭带她拜访了一个重要的地产商，双方相谈甚欢，为了搞定这个大客户，酒自然是没少喝。走出饭店时，温克俭已经两脚没根，子珑只好开着"大奔"送他回家。

"温总，你应该少喝点，酒多伤身。"

子珑的关心让温克俭很受用，他打了个酒嗝问："春节打算在哪儿过呀？”

“和我姐回山西。”

“哦，那遗憾了。”

“这有什么遗憾的？”子珑奇怪地看了对方一眼。

“本来打算和夫人去趟马尔代夫，酒店都订好了，结果人家突然决定跟闺蜜去欧洲了，我想请你陪我。”

“温总，您一定是喝多了，”子珑并没有气恼，反而淘气地笑了，“您也不想想，就咱俩去合适吗？”

“那有什么不合适的？我把房间改成两个不就得了？”温克俭又拿出了不管不顾的劲头。

“哈哈，温总，我说句话您可别生气呀，我觉得您有时候就像个孩子，做事从来不考虑后果。”

“这你算说对了，爱恨自由，我管它什么后果。”温克俭点上一支烟，说得理直气壮。

“这就不对了，您可以不考虑自己的后果，但别人的后果您想过吗？”

“这……”温克俭一时语塞，他觉得子珑说得有道理。

子珑不想让对方太难堪，她岔开话题：“您说爱恨自由，那我倒想知道，您到底是爱谁恨谁呀？”

温克俭吐出一大口烟，整个脸被包裹在烟雾中。他将车窗打开一道缝，烟雾像是被什么拉扯着揪出车外，他的面容又清晰起来。“我讨厌的人倒是有不少，但还真是不恨谁。说到爱嘛，我爱我老婆。当时娶她确实是另有所图，这我不否认。但结婚十多年了，我俩从没吵过架。她是个聪明的女人，对我很宽容，并不像外人看到的那样。我们俩应该说是心照不宣、默契十足。可是她不能生育，这成了我们最大的遗憾。”温克俭将烟头扔出窗外，又点燃了一支，“我喜欢漂亮女人，可话说回来，又有哪个男人不喜欢呢?”他的嘴角露出一丝自嘲的微笑，“你别误会，我绝没有让漂亮女人给我生孩子的意思，这方面我早就认命了。我只是喜欢一切美好的事物，仅此而已。至于你，我不单是喜欢。你和别的女孩不一样，除了漂亮，你还聪明。最关键的是，我在你身上看到了自己的影子——敢爱敢恨、率性自我。”

“能给我一支烟吗?”子珑被这个男人的坦诚所感染，她天生讨厌虚头巴脑的男人。温克俭递上一支烟，他有点奇怪，一贯在女人面前潇洒老到的自己，此时为子珑点烟的手竟会有些发抖。

“温总，谢谢您告诉我这些。说实话，起初我对您是有偏见，我觉得您有点色。”子珑看看温克俭，他俩都笑了，“可是我渐渐发现，简单地把男人定义为色与不色有失公允。男人都有自己的情感偏好，只是表达方式不同罢了。以前我的眼里不揉沙子，什么事情在我心里要么是对、要么是错。现在看来，也许是自己偏执了。很多似是而非的东西不能绝对化，即便你不能接受，但也要试着理解。相比道貌岸然和心猿意马的男人，我觉得您要更真实和可爱一些。”她停顿了一下，像是自言自语，“当然，如果我能早些明白这些，也许和他就不会走到那一步了。”

温克俭当然知道对方所说的那个“他”是谁，但此时他已无暇顾及。这是心爱的女孩第一次向自己袒露心声，他的眼中燃起了火焰，情不自禁地探出身子轻吻了子珑的脸颊。子珑并没有表现出吃惊和气愤，她只是淡淡地说了一句："只是我们两个不可能。"

"走着瞧吧。"温克俭心满意足地靠回座椅，不管怎样，对方坦然接受了自己的一个吻。

"还有一件事让我对您刮目相看。"

"哦？说说看。"

"三年前的那个圣诞夜，我喝醉了，是您送的我。第二天醒来后，我发现自己躺在宾馆的床上。当时我吓坏了，猜想您一定趁我醉酒干了什么。但我很快发现自己的衣服整整齐齐，甚至连鞋都没脱。说真的，我当时挺感动的。虽然后来我从没提过这件事，但您在我心中的形象确实和以前不一样了。"

听完这些，温克俭笑了。他终于知道为什么后来子珑对自己的态度悄然发生了改变，他为自己当时的决定感到得意。

送完温克俭，子珑驾车返回自己家。车子停到楼下，与被温克俭亲吻后的坦然截然相反，车灯下拥吻的两个身影让她惊讶地瞪大了眼睛。也许是因为换了车，子珍并没有发现妹妹就在近前。直到子珑愤怒的面孔出现在眼前，她才猛地将青云推开。

"珑珑，你听我说……"

子珑哪里还有心思听姐姐解释，她头也不回地冲进了漆黑的楼门。

"对不起青云，我得上楼了。都怪我，原本要找个机会告诉她的。"子珍匆忙转身追去，留下青云怔怔地站在原地。他分明想说："不，这都怪我。"可是话到嘴边却硬生生地被什么堵住了。

子珑蜷缩在沙发上哭泣，子珍轻轻坐到她身边，递过一张纸巾，柔声劝道："珑珑，都怪姐没有早点告诉你。"

子珑没有接纸巾，她气哼哼地用袖子抹了一把眼泪质问道："为什么！"凄厉的嘶吼把两人都吓了一跳。从小到大，不管子珑多么桀骜乖张，她都不曾这样对姐姐吼过。

"我，我们……"子珍一时不知从何说起。

"多久了？"问话好像是一个字一个字从子珑的牙缝里挤出来。

"一年多，"子珍如实作答，"大概是青山大哥回科瑞上班以后吧。青云把我请去小院，他说他喜欢我，我……我也喜欢他。"

"你一直都喜欢他，对吗？可你说过从小到大都不会和我争的！"子珑哭得像个委屈的孩子。

"珑珑，我是说过。"子珍再次把纸巾递给妹妹，这次子珑接了过去，"我承认青云很讨女孩子喜欢，但我保证，自从你们在一起后，哪怕是一丁点这样的念头我都不曾有过。即便你和他分手，我还在替你们难过，我多希望你们能够回到开始的时候哇。"子珍的眼泪也落了下来。

子珑稍稍平静了些，她知道姐姐说得没错。她把纸巾又递还给子珍，自己还是用衣袖抹着眼泪。

"珑珑，你知道当青云追求我时，我有多纠结吗？可是看到他刚刚燃起的一丝希望和热情，我就怎么也狠不下心来。"

"是他追的你？"

“嗯。”

“你们到什么程度了？”子珑紧紧盯着姐姐的眼睛问。

“我明白你的意思。我们最多就是拥抱接吻，就像你看到的，仅此而已。”

“真的？”

“我为什么要撒谎？”子珍也盯着妹妹的眼睛，“珑珑，青云肯定有问题。三年前他送我去火车站时，我就试探着问过原因。后来我俩去上海，我也问过，可他就是不肯说。这一年来，我偶尔也会故意表现出主动，但他只是一味地回避。我觉得他心里有一道坎，这道坎绊倒了你。我想帮他，不然这道坎一定还会绊倒我，也会绊倒他自己。”

子珑不再哭泣，她陷入了沉思。过了好久，她问子珍：“你觉得他会告诉你原因吗？”

子珍摇摇头说：“我没把握，但他答应我会让自己变得越来越好，我想他需要时间和一个倾诉的对象。”

“那你觉得会是什么原因？”子珑一把抓住姐姐的手，急切地想要知道答案。因为在她心里，姐姐要比自己细腻一百倍。

“我不是心理医生，这种事情很难猜的，也许和他小时候的经历有关吧。”子珍无奈地摇摇头。

子珑好像突然想起了什么，连忙说：“也许你可以问问林可清，她在心理诊所工作。”

“其实我早就想过这件事，之所以没去找她有两个原因——首先，我想先找个机会把我和青云的事告诉你，听听你的意见；

另外，也许是女人的直觉，我觉得他们俩很可能相恋过，我不知道这种关系找她合不合适。”

子珑已然怒气全消，她愧疚地低下头说：“姐，你太厉害了，他们俩上高中时确实搞过对象。刚才是我太冲动了，我是一时接受不了，你别生我的气呀。”

“傻妹妹，姐什么时候真生过你的气呀。是我不好，应该早点告诉你的。”

“不，姐，是我不好。”姐儿俩互相抱着又哭了起来。

子珍放开妹妹，如释重负地说：“现在好了，你终于知道了，我觉得心里好轻松。”

“姐，你真好。什么事都想着别人，我怎么就不能像你一样?”

“好妹妹，我们从小就不一样。其实我也很羡慕你呢，做事直来直去，活得轻松自在。”

“我觉得我这是没心没肺。”姐儿俩终于破涕为笑。

“那你觉得我应该找林可清吗?”

“嗯，其实可清也试着问过我，可是我没有勇气开口。她虽然表面上和我差不多，但内心却比我细腻多了，何况她很专业。”

“嗯，有道理。”子珍点点头。

夜深了，子珍面带微笑进入了梦乡，她终于卸下了心头的一块大石。子珑则翻来覆去久久无法入睡，虽然和姐姐已经冰释前嫌，但她还是觉得有点委屈。自己格外珍视的“第一次”给了青云，可两人却被莫名的烦恼生生拆散。她时常幻想着，也许有一天，青云能够走出阴霾重新回到自己身边。但是如今，姐姐和青云走到了一起，自己的幻想便永远成了妄想。她谁也不怨，如果说有一点点，那也只是怨自己，为什么当初就那么急躁和任性，为什么不能冷静下来给青云和自己一点时间，然后两个人一起解决问题。天快亮时，她终于迷迷糊糊地睡着了，腮边挂着两滴晶莹的泪珠。

第二天，子珑走进温克俭的办公室，平静地问对方："温总，我改主意了，咱们还能一起去马代吗？"

温克俭刚喝了一口的茶水一下子喷了出来，他不知道究竟发生了什么让对方改变了主意，他只记得自己连声说："好好好！"

2013年春节，青云开车陪子珍回山西。由于工作繁忙，姐儿俩已经三年没有回家了。原本说好今年过节一起回家，结果又是只回来了一个，老叶夫妇多少有点失落。姐儿俩已经商量好，这次由子珍向父母说明情况。青云觉得事情太尴尬，他不敢见老两口。子珍说完全理解，还是自己一人面对为好，她把男友安顿在离家不远的酒店，然后独自敲开了家门。

吃过晚饭，子珍为爸妈泡好茶，鼓起勇气说道："爸妈，有件事我想告诉你们。"

看到闺女如此正式，老两口的心里有点忐忑。"是不是珑珑闯祸了？"叶妈妈担心地问。

"不，是我的事……"子珍深深吸了口气，用小得不能再小的声音说，"我现在和青云在一起。"

"啊？"老妈张大了嘴巴说不出话来。

老叶同样感到很意外，但他比老伴儿要冷静很多，只是轻轻地问：“什么时候的事呀？”

“一年多了。”

叶妈妈终于缓过神来，她略带责备地说：“他俩当初分手我就觉得怪怪的，珑珑自己不说，还是上次你回来告诉我们的。难道他俩分手是因为你？”

“不不，他们分手是因为青云身体的原因。”

“青云身体有什么问题？”老叶点上了一支烟，满脸的焦虑。

来之前，姐儿俩商量了好久，最后决定还是将实情告诉父母。子珍咬咬牙，艰难地讲出了事情的来龙去脉。说完后，她发现自己的掌心全是汗水。

老两口始终没有插话，他们紧锁着眉头。最后还是老妈率先开口：“你说青云这孩子，表面上看身体没啥毛病啊，怎么就……”

老叶将烟掐灭，他关心的是更重要的事，“青云现在情况怎么样？珑珑能接受你俩在一起吗？”

“青云一直不肯说出原因，所以我也不知道以后会怎样，但我相信他会好起来的。珑珑刚开始有点生气，但知道了事情的原委后，她已经理解我了。”

“唉……”老叶长叹一口气，又点燃了一支烟。

“那你就不考虑考虑自己？万一青云的毛病好不了怎么办？”老妈的话语咄咄逼人。

子珍无言以对，只是低着头默默流泪。

"这孩子！原本以为你比珑珑稳重，可谁知道……咱先不说你俩谁争谁抢的问题，单说青云这毛病，你怎么做事也这么不管不顾的！"

子珍一肚子委屈，但她没有辩解，只是哭得更伤心了。

老叶把抽了两口的烟狠狠掐在烟灰缸里，瓮声瓮气地对老伴儿说："你这不是瞎埋怨孩子吗？你也不自己算计算计，珑珑和青云分手两年后珍珍他们才开始的，再说也是青云追的咱珍珍哪。再说了，青云到底为什么会那样，现在谁也说不清，你咋就知道他好不了？"

"可是……"叶妈妈还想再说什么。

老叶终于拍了桌子，"老婆子，你就不能少说两句吗？珍珍是什么人，别人不知道，咱能不知道？你就别跟着瞎掺和了行不行！"说完便气呼呼地起身去了阳台。

母亲虽然觉得老伴儿说得有道理，但还是有些转不过弯来。"唉，这都什么事呀。"她留下一句唠叨，也回了卧室，客厅里只留下子珍一个人在默默流泪。她不怨父母，老人一时想不通完全可以理解，可自己的委屈和难处又能向谁去倾诉呢？她躲在被窝里哭了一夜。

第二天是除夕，子珍借口去看望中学老师出了家门，她来到酒店见青云。青云看到女友哭红的眼睛和黑黑的眼圈，立刻明白发生了什么。"我去见叔叔阿姨，这是我的问题，不能让你夹在中间受委屈！"

子珍一把拽住他劝道："别去！你去了说什么？什么都告诉

他们吗？你现在连我都不肯告诉，你能告诉他们什么？”但她很快又缓和了语气，“我没事，珑珑都能理解，相信我爸妈也会的，给他们点时间好吗？”

青云怔在原地，眼看心爱的人被误解，自己却无能为力，他又恨又愧，一把将子珍搂在怀里，痛苦地说：“珍，是我不好，委屈你了。”

子珍眼角挂着泪，却反而安慰青云：“真的没事，这点委屈不算什么。”

老叶家的年夜饭气氛有些尴尬。三个人各想心事，话都不多，只是互相给对方夹菜，可谁也没有心情动筷子，各自面前的碗里很快就堆成了小山。

“爸，我陪您喝杯酒吧。”子珍帮老爸斟满酒，又给老妈添了饮料，“爸妈，如果女儿有什么做得不好，请您原谅。但我发誓，我绝没有做让咱老叶家丢脸的事。”说完她将酒一饮而尽，热辣辣地仿佛穿心而过。

老叶发话了：“珍珍，爸妈相信你，也相信珑珑。人生就像一盘棋，不到最后谁也不知道结果会咋样。希望你和青云幸福，希望珑珑也能找到幸福。”

老妈的眼圈红了，她太了解自己的女儿了，“珍珍，是妈不好，妈不该怨你。你俩都大了，自己把路走好就是。”

子珍再也控制不住情绪，她一把抱住妈妈放声大哭。

接下来的几天，子珍白天陪青云，晚上回家陪父母。她又卸下了一桩心事。自己心头总是被有意无意地压上重石，她却没有一丝怨言，只是用自己的温柔和宽容，甚至委屈和泪水去搬去挪，哪怕心力交瘁也在所不辞；她拼尽全力让所爱的每个人都不受伤害，纵使自己遍体鳞伤也无怨无悔。

初六返京前，她特意陪父母逛了大同最好的商场。为父亲买了一套高级唐装，为母亲买了一对绿宝石耳坠，还买了妹妹最爱吃的大同兔头和阳高杏脯。在整理自己房间时，她无意中发现了一张老唱片，里面都是港台歌手的成名作，其中就有张惠妹出道时的第一首歌曲《姐妹》，她小心翼翼地将唱片放进包里。

回京路上，子珍把唱片放进CD机，张惠妹奔放而真挚的歌声将她带入梦乡，她最近这段时间太累了。

……

记得你的娇，记得你的妙

我怎么可以忘掉

当我能够飞，飞越了云霄

我一定要你看到

你是我的姐妹，你是我的Baby

不管相隔多远

……

第十二章　解药

马尔代夫，一个宛如“天堂”的国度。这个由二十六组自然环礁、一千一百九十二个珊瑚岛组成的国家平均海拔只有一米二。有专家预测，随着气候变暖，冰川消融，这个美丽的地方也许再过三五十年就将从地球上消失。看来上帝也会嫉妒人间美景。

尼亚玛岛距离首都马累九十公里，与著名的芙花芬岛是姐妹岛，马尔代夫唯一的水下夜总会NIGHT CLUB就在岛上。2013年春节，子珑与温克俭登上了这座如同仙境的小岛。

登岛要从马累乘坐四十多分钟的水上飞机。飞机很小，噪声很大。除三名机组人员外，只能坐下十几位乘客。子珑很兴奋，为了盖过发动机的轰鸣，她扯着嗓子在温克俭耳边说个不停。

浩瀚的印度洋碧波万顷，海水不停地变换着颜色，浅绿、碧绿、蔚蓝、深蓝，众多岛屿和珊瑚礁像串串珍珠项链镶嵌在海面上。午后的阳光晃得子珑眯起了眼睛，白皙的面庞因为兴奋而泛起红晕。在温克俭眼中，无忧无虑的状态让心上人的美丽又增添了几分。他静静地听着对方的喊叫，脸上的笑容一刻也未曾消失。心爱的女孩快乐，他便快乐。

走下飞机，尼亚玛岛的热情扑面而来。一排“小黑”端着柠檬薄荷味的冰毛巾和橙汁饮料早已在岸边恭候。由于肤色黝黑、身材矮小，外界亲切地将马尔代夫当地的服务生称作“小黑”。他们的衣服很有特色——白色亚麻上衣加长裙，男女皆是如此。无论是否会说汉语，“小黑”的脸上总是带着淳朴真挚的微笑。

一百九十平方米的豪华泳池别墅搭建在珊瑚礁上，高低错落的泳池与大海融为一体，泳池边有乳白色的榻榻米和舒适的躺椅。房间全部采用柚木内饰，返璞归真。宽大的双人床面朝大海，透过落地窗，湛蓝的海水仿佛可以直接涌入心房。走廊是玻璃地板，可以看到可爱的小鱼在脚下游来游去。敞亮简约的浴室中，硕大的白色浴缸十分抢眼。

子珑兴奋地在房间里窜来窜去，像一只快乐的小鸟。突然，她停在了双人床前定睛端详。温克俭的心嗵嗵狂跳，莫非对方要换房？只见子珑皱着眉头将床上的玫瑰花瓣捡起来扔进垃圾桶，然后露出了满意的微笑。这个举动虽然弄得温克俭一头雾水，但他还是长出了口气，毕竟子珑没有吵着换成单人床，或者换成单人房。

“我要洗个澡。”子珑盯着温克俭，语气十分自然。

“好好，你先洗，我去露台。”

露台连通卧室和浴室，浴室的落地窗没有浴帘，但子珑并没有提出异议。她打开水龙头，褪去汗湿的衣衫。镜子中美丽的胴体泛着诱人的光晕，白皙光洁，凹凸有致，她看着看着，眼泪就掉了下来。为什么……如果……这样对吗……她使劲摇摇头，不愿再想。浴缸里的玫瑰花瓣漂浮起来，她厌烦地像掠去枯叶般将它们撩向地面，然后将全身浸泡在温暖的水中，闭上眼睛想象着自己被海水包围、被母亲的子宫包围、被爱人的怀抱包围，舒适、安全而幸福。

温克俭在屋外像热锅上的蚂蚁走来走去，浴房中的水声比涛声更加撩拨他的神经，但他的脚始终没有跨过露台上面卧室与浴室的那道分界线。

子珑换了一件鲜红的无袖沙滩长裙，两根细细的吊带衬托出俊俏的锁骨，一字露肩领口掩映着若隐若现的乳沟，V字大开背让性感的肩背一览无余，一条明黄色的腰带束出纤细的腰肢，裙摆飘逸拖曳至脚面，露出白皙骨感的脚背和脚趾。

温克俭虽然阅女无数，但还是痴痴地看呆了。

“快去洗澡，然后陪我去海滩。”子珑完全没有了下属的样子。如果还是上下级关系，他们就不可能同时出现在这里，这一点两人心知肚明。所以温克俭殷勤地答道：“好嘞，我快我快，稍等啊。”

夕阳的余晖洒向海面，波光粼粼的大海如同一块晶莹而无形的软玉，浪花争先恐后地涌上沙滩，再悄无声息地退去。棕榈树的阴影为洁白的沙滩铺上了一条阴凉的地毯，细软的沙子从脚趾间挤出来，像水一样流过脚面。

“我能牵你的手吗？”温克俭谨慎恭敬得像个少年。

子珑没有回答，而是大方地搂住了他的腰，他便也顺势将香肩揽在臂弯里。

“你好像变了个人。”

“我没变，只是想换个活法，”子珑顿了一下怅然说道，“或者说是给自己一个交代。”

温克俭不明白这句话中的含义，也没打算询问，他原本就不是多愁善感的人。此刻，有心仪的女孩陪伴在身旁，他不需要乱七八糟的想法来打扰这份享受。

晚餐他们选择了EDGE，这是一家坐落于海上的餐厅，需要搭船才能到达。沐浴着和煦的海风，眺望海平面上斑斓的晚霞，二人享用着当地的特色美食。炸鱼球的盘中有菊花作为装饰，鱼球外焦里嫩，辅以鲜美的蚬蚧汁，味道香甜独特。新鲜的金枪鱼、鲣鱼和贝类制成刺身口感柔韧、Q弹爽滑，绝对是经过冷冻后无法比拟的。黑安格斯菲力牛排、椰香辣螃蟹和焗青口贝同样令人垂涎欲滴、入口难忘。“多迪”是马尔代夫的特有饮品，由棕榈树干榨汁调成，色泽有点像红茶，再配上新鲜的柠檬片，清凉解暑。酒吧调制的各种鸡尾酒更是让两人赞不绝口，美酒让子珑的面颊泛起红晕，温克俭的目光也变得迷离。他们是最后一对乘船离开的客人。

皎洁的月光洒进房间，海面上荡漾着一条银线，时断时续，亦直亦弯。温克俭没有开灯，他一把将子珑抱在怀中。子珑没有抗拒，乖巧地将脸埋进男人的胸膛。自从第一眼见到这个美丽而与众不同的女孩，温克俭便幻想着这一刻。然而不像其他女孩的手到擒来，这一刻他等了足足八年。久久压抑的欲望激发出燃烧的荷尔蒙，他一把扯去子珑的长裙，拦腰将其抱起放到床上，然后胡乱脱去自己的衣服，疯狂地扑了上去。子珑感到整个身体被欲望填满，她拼命迎合着对方的冲击，从未有过的快感让她用双腿紧紧将男人缠绕，指甲深深刺入了对方的脊背。她未曾想到这个过程会如此漫长，漫长得仿佛万物消融，直到最后一丝力气也随不断的呻吟飘离自己的身体。筋疲力尽的温克俭满足地翻倒在一旁，子珑却双手掩面放声痛哭。

温克俭惊呆了，这个女孩果真不同凡响。刚刚还是欲仙欲死，转眼便痛哭流涕，搞得他一时手足无措。“我弄疼你了？”这话问得让他自己都觉得滑稽。

子珑猛地起身，双手揽住他的脖子，死死盯着他的眼睛，仿佛要将灵魂刺穿，“不！是我自己弄疼了自己。但我再也不会疼了，谢谢你。”

温克俭更加晕头转向，怎么倒谢起了我？这不合情理呀。他只好糊里糊涂地接着对方的话茬说：“你开心就好，开心就好。”

子珑翻身下床去洗澡，这次她选择了淋浴，她要将过往的委屈、刚刚的疯狂一股脑地冲走。再回到房间时，她将自己紧紧包裹在浴巾中，慵懒地倚靠着门框，头发湿漉漉地粘在脸上。“满意吗？”她问。

“满意满意，你很棒！”温克俭被问得有些发慌。

“我累了。如果不介意，能不能请你睡沙发？”

“能，当然能。”温克俭像犯了错的孩子，匆忙逃进浴室。他对着镜子狠狠抽了自己两个嘴巴。以往情形下，他从未有过这种负罪感。刚才的激情虽然完美得超乎想象，但事后自己竟莫名其妙地有了一种亵渎女神的羞愧。当他再次返回卧室时，子珑已经换好睡衣抱着枕头沉沉睡去。她的神色平静而释然，就好像什么也没发生过。

海鸥的鸣叫将温克俭从梦中唤醒，他伸个懒腰扭头向床上望去，床上空空如也。再扭头去看露台，一袭白衣白裤的子珑面朝大海。他起身来到子珑身边。

子珑微微一笑，道了声："早。"

"你起得比我早。"温克俭揉揉惺忪的眼睛。

子珑指指头顶的海鸥说："它们更早。"

温克俭试探着揽住对方的腰，子珑低头看看他的手，再抬头看看他的脸，轻声说："天气真好，咱们今天什么活动？"

"潜水！怎么样？"

"好哇，可是我现在饿了。"一个轻巧的转身，子珑飘出了对方的臂弯。

尼亚玛岛的浮潜条件一般，他们选择了出海。快艇将游客带到一处珊瑚礁旁，海水不深，如同调色盘，上层或绿或蓝，下层五彩缤纷，小船如同悬浮在一汪色彩中，上下涌动。

装备妥当，他俩携手跃入水中。浅水区如同一片色彩斑斓的花园，不同颜色、不同形态的珊瑚遍布海底。有的像鹿角，枝丫乖张；有的像蘑菇，肆意铺展；有的像花丛，花团锦簇、争奇斗艳；有的像柳条，随波摇摆、翩翩起舞。

子珑天真得像个孩子，和可爱的小鱼玩起了捉迷藏。出色的游泳基因得以充分展现，她在水中的动作非常自如敏捷。温克俭原本就有点怕水，再加上泳技不佳，所以只能跟在后面拼命追赶。

蝴蝶鱼噘着小嘴成双成对地围着珊瑚打转；帆鳍神仙鱼通身金黄，却长了两片可爱的蓝嘴唇；帝王神仙鱼身体扁平，遍布蓝色、白色、黄色和黑色的横纹，像一把色彩艳丽的蒲扇；六带鲹通体银白，线条流畅，它们成群结队地快速游动，聚在一起如同一面闪光的镜子；小丑鱼或红或黄、或棕或黑，共同的特征都是在头部有白色的条纹或斑点，憨态可掬，果真如同马戏团里画着脸谱的小丑。

和小鱼玩够了，子珑转身游向大海深处。看到温克俭追得十分狼狈，又反身回来牵起他的手一起游。得到辅助的温克俭十分得意和放松，但突然间他的神经再度紧张。原本平坦的海底毫无征兆地出现了一处断崖，等他发现时，两人已越过如刀切一般的崖壁。温克俭不由得攥紧了子珑的手，子珑摆摆手示意不用紧张，她像鱼儿一样摆动身体，遨游在一片深邃静谧之上。温克俭鼓足勇气向下望去，陡峭的崖壁上长满了珊瑚，更多的小鱼穿梭闪躲其中，再往深处阳光已不能及，只有深不见底的漆黑。他突然觉得自己是那么渺小，身处一片幽冥未知中，上不着天、下不着地，整个身体仿佛都被掏空，没有了重量，甚至没有了思想。可是慢慢地，整个身心松弛下来，他放开子珑的手，让自己自由自在地漂浮。他突然感到了前所未有的轻松，仿佛自己变成了一条鱼，融入了这片静谧……

突然间，眼角余光所到之处闪过了一道银白色硕大的影子，速度之快让温克俭以为是自己的幻觉。但很快他便知道没有看错，因为无数面巨大的“镜子”泛着白光在迅速移动，时而炸裂飞溅，时而破镜重圆，那是六带鲹在集体躲避猎杀。犬齿金枪鱼身长两米，头部硕大，形如纺锤，游动起来快如闪电。所到之处，其他小鱼只有拼命奔逃，水中如同打翻了颜料罐。温克俭的心脏快要跳出胸腔，虽然知道自己并不是猎物，但那种千钧一发、生死一线的感觉仍深深震撼了他。直到体型巨大的海龟慢悠悠地划动四肢，悠闲地从他们身下游过，四周又恢复了平静安详，他紧绷的神经才又重新松弛下来。

回到船上，温克俭兴奋成了孩子，他语无伦次地把自己刚才所见所想告诉了子珑。子珑微笑着倾听，然后喃喃地说：“我好想变成一条鱼。”

接下来的几天，快艇、海钓、拖曳伞、水疗SPA、喂鲨鱼、观海豚……他们玩得不亦乐乎。到了晚上，不用子珑提醒，温克俭便主动睡到了沙发上。在吃遍岛上所有餐厅后，最后一晚两人决定去SUBSIX，这是世界上第一家水下俱乐部。在离岸五百米远、海平面下六米深的地方，人们坐在柔软的仿海葵座椅上，伴着鱼儿的舞蹈和澎湃的潮音享受着美食与诱人的香槟。

“这几天很开心，谢谢你带我来。”子珑举起了高脚杯。她穿着一件香槟色低胸晚礼服，真丝面料在柔和的灯光下荡漾起波纹，整个人看上去高贵而性感。

“我也很开心，谢谢你能陪我。”

清脆的碰杯声后，两人陷入了沉默，仿佛发泡香槟气泡“嗞嗞”破碎的声音都清晰可闻。

“你一定经历了什么，和你男朋友有关吗？”温克俭小心翼翼地问。

子珑幽幽地回答：“已经不重要了。谢谢你的药，我现在已经完全好了。”

温克俭一愣，但他足够聪明，立刻温情地一笑说：“这么说我是你的解药喽？那你得常带在身边，因为药可不能停啊。”

子珑也笑了，“都说是药三分毒，解药也是如此，所以我得慎服。”

巧妙的回答加上心爱女孩姣美的容颜和曼妙的身姿让温克俭情难自制，他抓住对方的手动情地说：“小珑，我爱你。”

子珑依旧没有躲避，她平静地看着对方问：“怎么爱？”

“我……”温克俭一时语塞。

“你说过不会离婚，我也绝没有让你这么做的意思。”子珑把手轻轻抽出，一口将杯中酒喝完，淡淡地说，“但我不是你想要的那种人，我只是一个需要服药的病人。现在病好了，结束了。”

温克俭痛苦地埋下头，他以前从未如此失魂落魄过。男女之间的游戏他从来都是主导者和胜利者，但如今的情形显然不同以往。经过长时间的思考，他终于抬起头来，恢复了往日的风采。“也好！我说过我喜欢你，如今喜欢变成了爱，那又怎样？我不管你怎么对我，更不会要求你做什么。我只管爱我所爱，直到你找到自己的真爱。”他一口气将话说完，如释重负地干了杯中酒。

子珑很感动，她愈发欣赏眼前这个男人直抒胸臆、袒露真心的做派。“温总，你是个好男人，只不过不是传统意义上的好男人。”她将两人的酒杯斟满，同样满怀深情地说，“干杯，祝我们各自幸福。”

两人不约而同地转头望向玻璃窗。外面是幽静空旷的海底，无数小鱼自由自在地游来游去，时不时探头瞧瞧窗子里面的一幕幕人间好戏。

回到房间，两人都对即将结束的假期意犹未尽。子珑换上蓝色的比基尼泳装投入泳池，温克俭则靠在宽大的榻榻米上欣赏“美人鱼”的舞蹈。游倦了，子珑坐到温克俭身旁。温克俭贴心地拿起浴巾为对方擦拭后背的水滴，洁白光滑的肌肤在月光下泛着诱人的光芒，他再也无法按捺汹涌的欲望，将子珑扳倒在榻榻米上，望着女孩纯净无邪的眼睛说：“你该吃药了。”

子珑闭上眼睛，任由男人褪去泳装，亲吻着自己的每一寸肌肤。她的身体开始燃烧，烧得喉咙发干、心跳加速、全身痉挛，直至虚脱。狂潮过后，她努力让自己从娇喘中平静下来，喃喃地说：“药不但有毒，还会让人上瘾呢。”

温克俭狂放大笑，笑过之后，他一本正经地对子珑说：“知道吗，其实你也是我的药。”

“哦？”子珑坐起身看着他。

温克俭点了两支烟，递给子珑一支，“我再也不会到处拈花惹草了，这种游戏很危险。况且，我再也找不到比你更好的了。”

“我不危险吗？”子珑调皮地将烟雾喷向对方。

“你不一样。你无所求，你终将离去。”温克俭熟练地吐出一个烟圈，烟圈穿过子珑吐出的烟雾，缓缓上升，挣扎着想保持自己的形状，但终究化成一片白雾，随风消散。

他拉住子珑的手，信誓旦旦地说：“虽然你无所求，我却不能不给。明年公司要改制，会有新的股东加入。在此之前，我要把部分股份分给魔力的有功之人，你算一个！”

春节过后，子珍拨通了林可清的电话。她大致将所求之事说明，电话那头出现了短暂的沉寂，然后传来林可清温柔的声音：“我原本以为找我的人会是子珑，但不管是谁，这个忙我一定帮。你能带青云一起来吗？”

“恐怕不行。我试着问过，他好像很抵触。”

“那好，我们先谈，你可以明天上午过来找我。”

走进诊室，子珍的心情不免有些忐忑。但温馨的环境和林可清暖人的话语让她放松下来，“虽然只是第二次见面，但我好像认识你好久了。”

子珍嫣然一笑说：“我也有这种感觉。”

“咖啡还是茶？”林可清拉着子珍的手坐到沙发上。

“白水就好。”

林可清起身打开一瓶矿泉水倒了半杯，又贴心地兑了些热水。她把杯子递给子珍，然后坐在对面的椅子上，静静等对方开口。

“青云的问题我已经在电话里和你大致说了，你可能奇怪为什么是我来找你。”

“可以告诉我吗？”

“现在是我和青云在一起。”子珍平静地说。

林可清并没有表现出惊讶，她笑眯眯地看着对方：“我猜到了，青云好福气。”

“这我承认，”子珍同样盯着对方的眼睛说，“要不我怎么会觉得你俩之间也有故事呢。”

林可清怔了一下，每次都是她洞悉别人，可面前这个仅有一面之缘的女人所表现出的敏锐和细腻竟丝毫不在自己之下。她告诉自己：这次谈话一定很有趣。

“高中吧，”林可清坦然承认，她的思绪好像回到了从前，“他是我的初恋。”

“分手一定也是青云的原因。”

“我想是的，”林可清感觉咨询的角色仿佛发生了互换，但她显然很喜欢这种交流，“不过那时我们还小，没有发生男女之事，但我感觉他很害怕我们的关系更进一步。你们呢？现在是什么情况？”

子珍苦笑了一下，“我们也还没发生过。但他和珑珑有过，他表现得很糟糕。”子珍把妹妹的遭遇详细地告诉了对方，言语悲切，仿佛这个不幸是发生在自己身上。

林可清静静地倾听，她时而皱起眉头、时而陷入沉思，平安夜的情景重现心头。“我理解，”她顿了好一会儿，终于下定决心说出了秘密，“其实子珑的遭遇三年前我也遇到了。”

子珍诧异地瞪大了眼睛。

“别误会。你应该知道，那时青云和子珑已经分手，我也刚刚离开男友。可能是两颗孤独的心碰到一起，很自然地就发生了吧。”林可清接着把那个平安夜与青云的偶遇以及对方异常的表现告诉了子珍。

子珍同样静静地倾听，她并没有纠缠于平安夜的事情，而是问出了困扰自己的问题：“从专业角度，你觉得青云的问题出在哪里?”

林可清考虑片刻，说出了自己的推断：“既然从高中时他就表现出反常，再结合我和子珑的遭遇，我觉得问题应该出现在他的童年或少年。”

“什么问题?”

“他一定是遭遇了什么或看到了什么。”

“能说得具体些吗?”

“我也只是推断，”林可清整理了一下思路接着说，“通常遭遇性侵的孩子长大后会对男女之事产生恐惧。你了解他的家庭吗?”

“大致了解一些。他有一个哥哥，比他大十三岁，是我的领导，人很好。他母亲在他快六岁时离婚，他和哥哥一起随母亲再嫁，后来一家人很幸福。”

“我想问题应该是出在他母亲离婚前，你见过他的生父吗？”

子珍摇摇头。

“青云和他的生父后来有联系吗？”

“应该没有。你是说……”子珍很紧张，她显然不愿接受自己的推测。

林可清皱着眉摇摇头，“我不敢肯定。毕竟这事只有青云自己清楚，如果他不愿意说出来，咱们恐怕也不好从这个角度去开导。当然，还有另外一种可能。”

“什么？”

“如果孩子在小时候看到过父母或者其他人发生关系的情景，当然也可能是影像、图片，以他们幼小的心智必定无法理解，从而产生好奇乃至恐惧。如果由于好奇，他们再想方设法从非正规渠道去探究，恐怕影响和伤害会更大。”

子珍听得频频点头，她追问道：“你觉得哪种可能性更大？”

“以亲身经历判断，我认为性侵的可能性不大。因为我觉得青云并没有排斥男欢女爱，他也有这个能力，只是在过程当中他好像突然想起了什么，所以才会出现那种情况。”

“有道理，因为珑珑的感觉也是这样，那我们应该怎么办？”子珍很佩服对方丝丝入扣的分析。

“最好的办法当然是让他自己说出来，不论跟谁，他只要肯说，这个问题就解决了一大半。当然，咱们都试过，但没有成功。”

“还有别的办法吗？”

“我只能提些个人建议，但效果如何我没有把握。”

“我愿意试试。”子珍坐直了身子，两眼闪着希望的光芒。

“也只有你有这个机会，”林可清望向子珍的目光充满寄托，“你可以试着主动亲近他，但千万不要操之过急。”

“比如?”

“你可以让他慢慢熟悉和接受你的身体，看、触摸、拥抱、亲吻都可以，同时你也要尽可能温柔地对他做同样的事，然后观察他的反应。即便他有男人正常的反应，你也不能操之过急。在这个过程中，你不要试图询问他的遭遇。如果我们不能让他主动把糟糕的事情说出来，就尽量让他忘掉。用正常的、温柔的、循序渐进的方式去替代他糟糕的回忆，这样也许会有效果。”

子珍闭上眼睛想象着林可清描述的画面，面色稍稍泛红。“那我怎么知道他什么时候会忘掉，什么时候能够正常?”

林可清笑着说：“子珍姐，我们都是女人，以你的细腻，我想到时候你就知道了。”

子珍也笑了，她起身拥抱了对方，“可清，谢谢你。”

林可清拍拍子珍的后背，意味深长地说：“子珍姐，拜托你了！青云是个好男人，祝你们幸福。”

两人的眼圈都有些发红。她们感恩彼此，惺惺相惜。

科瑞公司近年来一直致力于城市智能管理系统的开发，去年专门成立了项目攻关组，如今新系统的打造已接近尾声，为了争分夺秒，青云和子珍的工作更忙了。魔力公司既要应付新城开发区的众多订单，还要进行增资扩股前的各项准备工作，子珑也是忙得不可开交。青云不知不觉就错过了自己的生日，眼看姐儿俩的生日近在眼前，青云说无论如何也要庆祝一下，他想叫上子珑，只是担心对方不会来。子珍说妹妹已经把这件事放下了，青云说那当然好，大家已经七年没好好在一起聚聚了。子珍问能不能邀请林可清，她并没有把咨询的事告诉青云。青云说反正子珑和林可清是好姐妹，欢迎她来参加。

茶室中，四个年轻人再度聚首。他们之间发生了太多的故事，也都成熟了很多。子珑和林可清不约而同地烫了发，两个短发姐妹显得更有女人味了。子珑不像以前那么风风火火、咋咋呼呼，她的语速放慢了许多、语调平缓了不少，再也不着急忙慌地发表意见，更多时候是在倾听。子珍在温婉恬静中融入了更多的妩媚与温情，充满爱意的眼神、优雅轻柔的话语、娇羞婀娜的动作仿佛能将冰雪融化。她靠在青云怀里，两人始终手拉着手。

“哎哟，你俩能不能别这么秀恩爱？考虑一下单身狗的感受好不好？”林可清看在眼里，喜在心中，看来自己的建议有效，而且子珍做得相当不错。

“就是就是，来，可清，咱俩也抱抱。”子珑撒娇地伸出双臂，林可清便真的风情万种地投入她的怀中。

青云端出生日蛋糕，插上了六支蜡烛。

“为什么是六支？”子珑歪着脑袋问。

“这是为大家点的，我和子珍是两支，你和可清是两支，另外两支留给你俩的心上人，祝你们早日找到幸福。”青云说得异常真诚和动情。

三个美丽迷人的女人都幸福地笑了。子珍的笑中含着满足，子珑的笑中含着释然，林可清的笑中则含着欣慰……

吃过生日蛋糕，子珑开车送林可清回家，姐儿俩已经很久没好好聊聊了。

“还是一个人？”子珑问。

“嗯。我现在好像没有了之前的浪漫和激情。什么白马王子、梦中情人，我觉得那都是少女的心思。能找到一个让自己感觉舒服的，我就知足了。你呢？和老板有进展吗？”

子珑点了一支烟，“你猜得很准，他一直在追我，可是他有老婆。”

林可清好像一点也不觉得惊讶，只是问：“怎么还学会抽烟了？”

“其实也算不上学会，就是无聊的消遣。”子珑深吸一口然后将烟掐灭，“他不会离婚，我也没打算嫁他。”

“这回不说我前卫了吧。”林可清看似无心地开起了玩笑，她想让对方放松下来。

子珑拉起林可清的手说：“可清，我们是好姐妹，我不想瞒你。”

“我在听。”

子珑把自己和青云的遭遇以及跟温克俭之间的故事和盘托

出，边说边落下泪来。

听好友讲完，林可清没有出言安慰，也没有发表评论。她拍拍对方的手背说："谢谢你告诉我这些。我也要告诉你两件事。"她把平安夜发生的事情以及子珍向自己咨询的情况毫无保留地说给了好姐妹，最后动情地说："你姐真好。"

"嗯，她一直很好，我恨自己不能像她一样。"

"你也很好，真的子珑，谢谢你没有责怪我和青云之间发生的事情。"

子珑苦笑了一下，"我为什么要怪你？我们那时已经分手了。再说，你不也是受害者吗？"

"比起你来，我其实真的算不上什么受害者。想听听我的建议吗？"

子珑点点头。

"首先，在这件事上我相信青云一定是无意的，但毕竟受伤的是你。现在青云有了子珍，他会越来越好，而你也要让自己走出来。"她顿了顿接着说，"走出来的方法有很多，但我不建议你采用现在的方式。你说他是你的药，没错。可能在一段时间内他确实缓解了你的伤痛，但药一定会有副作用，对你的伤害也许是不知不觉的，我希望你把他戒掉。你不需要什么药，你需要一个懂得疼你爱你的人。"

子珑陷入了沉思，她知道林可清口中的"他"和"药"指的是什么。从马尔代夫回来，她与温克俭一直保持着若即若离的情人关系，她为此很纠结。对方身上好像总有什么魔力吸引着自己，让人欲罢不能。她知道，这绝不是简简单单的一个“性”字，也许这个已婚男人的确有让自己着迷的某种独特气质。但她觉得林可清说得没错，如此下去自己会在不知不觉中上瘾，甚至会被毒害，也许是该了断的时候了。她露出了释然的微笑，“可清，谢谢你的忠告，我想我知道该怎么做了。”

2013年10月，魔力公司进行了股权变更。虽然子珑已经与温克俭摊牌，但对方依然信守了承诺。公司的四个有功之臣每人获得了他无偿出让的5%股权，子珑成了唯一一位入职不满十年的股东。

子珍继续按照林可清的建议帮助青云逐步摆脱梦魇，虽然青云始终未吐露真相，但在她的关爱体贴与似水柔情下渐渐恢复了男人本色，两人开始谈婚论嫁。子珍决定将自己的“第一次”留给新婚之夜，青云答应了，他说到时候一定不会让妻子失望，他还要为子珍画一幅肖像作为两人的结婚礼物。

由于工作繁忙，子珍特意去影楼拍了一张艺术照作为青云作画的模特。照片上的她身穿白色提花旗袍，身材婀娜迷人。头发高高盘在脑后，右臂环抱身前，左臂支起，纤纤玉指轻触面颊。身躯半转，头颈微侧，凝神遥望远方。顾盼间，神态优雅安详，浅笑嫣然，眉眼含情。目光里有期盼、有欲望、有释然，也有满足，但更多的还是爱意。

青云在科瑞已经打拼了两年，他已经基本胜任管理之职。青山很少来公司上班，他放心地在家调养身体，郝光明与周芳也重启了旅行。这段时间，青云白天在科瑞拼命工作，晚上则返回画室专心作画。这是他最为投入用情的一幅作品，他发誓要画出最美的爱人。小星河两岁半了，长得清秀可爱，而且聪明伶俐，他成了全家人快乐的源泉。青山将其视若珍宝，秦梦云则专心相夫教子。

然而不幸再度降临。这一年年底，青山的癌症复发，而且已经扩散转移，医生说二次换肝意义不大，只能尽可能地延长生命、减轻痛苦。一家人短暂的平静生活被再次打破，青山开始往返于家和医院之间进行化疗。治疗的过程很痛苦，但青山很坚强。他说自己已经多活了两年多，看到了孩子的降生，感受到了家人的关爱，此生已然无憾。他保证一定要努力多撑些日子，更多地和家人在一起。郝光明夫妇中断旅行，他们要多陪陪心爱的儿子。秦梦云将泪水深藏心间，她时刻保持着温暖的微笑，决心要让爱人在快乐中度过余下的日子。青云和子珍只能更加拼命工作，此时的科瑞已然摇摇欲坠，他们努力想为青山创造一个奇迹。

一天晚上，青云正在画室作画，门铃响了。打开院门，秦梦云搀扶着孱弱的青山站在门外。青云很惊讶，他赶忙将兄嫂让进屋。青山端详着还未画完的肖像，意味深长地说："咱们哥儿俩好福气，都找到了个好老婆。"

梦云挽着爱人的胳膊，微笑着将头靠在对方肩头，"子珍确实是个好女孩，我嘛……"

青山用手抚摸着爱妻的秀发，深情地说："你俩都好，都好。”他转头问青云，“有时间吗？我想和你聊聊。”

“哎，哥，茶室坐吧。”

青山望着早已长大成人的弟弟，动情地说：“公司的状况不好，我又是这个情况，让你受累啦。”

青云将茶水递到哥哥面前，一脸愧疚，“如果我能早些帮你，也许情况就不会这样。哥，你放心，我和子珍一定会尽力的。”

青山笑着摇摇头，“市场如此，你早来晚来差别不大。其实我们的定位是正确的，也许只是差一个机会。不说它了，我想说的是另一件事。”

“你说。”

“能看到你找到真爱，我很欣慰，我一定等到你们俩的好日子。”

“哥……”青云的眼圈红了。

青山笑了，“生老病死是自然规律。我已经想开了，你也要看开些。”

青云点点头。

“幸福不是一朝一夕的事，你们要用心经营。”青山停顿了片刻，意味深长地说，“其实子珑也是个好女孩，但我不知道为什么你们没能走到一起。现在你有了子珍，哥不希望你重蹈覆辙。我想告诉你，其实最初我也是惧怕婚姻的。”

青云瞪大了眼睛，他没料到一贯豪爽开朗的哥哥也会有这种念头。

“你知道当初我为什么决心要去当兵吗？”

青云摇摇头。

“咱爸打妈妈不是从你小时候开始的，我记事时，这种情况就经常发生。随着年龄的增长，我越来越痛恨他的所作所为。直到那次他把妈妈打得头破血流，妈妈又拦着不让我去找他理论，我终于下定决心离开这个家。”

青云被哥哥的一番话拉回了痛苦的童年。

青山接着说：“所以我想告诉你，不是只有你一个人受到了伤害，我和妈妈受到的伤害一点也不比你少！”梦云使劲搂住爱人的胳膊，青山平复了激动的情绪，“我也曾经因此害怕结婚，直到遇见了你嫂子。”青山含情脉脉地望了一眼妻子，“可是你看现在，我俩还不是很幸福？甚至妈妈的后半生也找到了幸福。所以说，不管曾经遇到过什么不幸，都不应该成为我们拒绝幸福的理由。对吗？”

青云用力点点头，“哥，我明白你的意思。我也想告诉你一件事，一件我对谁也不曾说过的事。”他低下头，陷入了痛苦的沉默。

梦云善解人意地说：“我还是去车里吧。”

“不，嫂子，你别走！”青云抬起头，他下定了决心。

当他把自己的梦魇原原本本地说出后，青山痛苦地闭上了眼睛，梦云则早已泪流满面。只有青云，他没有感到痛苦和难过，更没有哭。相反，他感到了前所未有的释然。二十多年来纠缠不断的噩梦好像突然之间醒了，他长出一口气。

过了很久，青山拍拍弟弟的肩膀说：“好了，说出来就好了，这样我就不会再有什么担心了。因为你已经走了出来，你一定会是个好丈夫！”

“青云，苦了你了，你和子珍一定会幸福的！”梦云含着泪笑了。

“谢谢嫂子，”青云的目光坚毅，“我们会的！”

“对了，青云，还有一件事。”青山的话语有些犹豫。

“什么？”

“我希望你不要再记恨咱爸了。”

“你是说萧秋生！”青云的脸色冷峻起来。

“对。”青山的语气变得很坚定，“虽然我不知道他为什么会那样对妈妈，但事情已经过去了那么多年，我们不应该让仇恨一辈子占据自己的心。”青山吃力地喘了几口气，稍事休息后接着说，“我这些年都会去看望他，他的境况不好，至今还是孤身一人。他说对不起妈妈，更对不起咱俩。我结婚时，他偷偷送来了贺礼，星河出生时，他让人送来了钱，那是这些年我给他的，他一分没动。”

青云的脸色缓和下来，他不确定自己是否能够原谅生父，但他答应哥哥会试着忘记。

青山夫妇走了，青山对此行的结果很满意，甚至大大超出了自己的预期。他放下了一件心事。

在这个世界上，有病就会有药。有的药性温和，有的药性刚猛；有的药来自他人，有的药则需自己调制；有些药是一时的，而有些药乃是一生的……在这一年里，子珑、温克俭、青云都找到了各自的“解药”。就连子珍、林可清和青山都在为别人疗伤的过程中治愈了自己的心病。药，不是个好东西。它不但味苦，而且有毒。但如果生了病，你除了服药，难道还有别的选择吗？

第十三章　迷航

2014年的春节就要到了。这两年京城的雾霾达到了顶峰，人们抱怨着、争论着，进而适应着这种迷迷茫茫、浑浑噩噩的日子。国家对此开始高度重视，各项整治措施相继出台。但很显然，彻底解决雾霾的困扰绝不是一朝一夕的事情。

魔力公司举办了盛大的年会暨新股东见面会，温克俭带领全体股东及其代表与公司员工见面。增资扩股后，温克俭个人持股50%，包括子珑在内的四位自然人股东各持股5%，两家法人股东各占15%。新股东的加入让魔力的资本实力得到提高，但温克俭更看重的是对方国企的雄厚背景。

子珑身穿一件淡黄色低胸连衣裙，肩披玫瑰红披肩，V字领口露出白皙的脖颈和一颗硕大的钻石吊坠。那是从马尔代夫回来后，温克俭送她的礼物。不对称的荷叶边裙摆，裸色红底高跟鞋将她的身材勾勒得更加曼妙。她现在不仅是魔力的股东，也是公司的副总之一。

与重要来宾互致过问候，子珑一个人来到被华灯点缀得五彩缤纷的露台。深呼一口气，望着眼前弥漫的白雾，她露出了微微的笑意。从山西大同走入京城，整整十年了，自己的事业应该说相当顺利。但爱情呢？一阵清冷的夜风吹来，她不禁打了个寒战。有人适时地为她披上了披肩，不用看，她知道是温克俭。

“谢谢，我不冷。”子珑轻靠在栏杆上，风儿吹起了她的裙摆，飘飘欲仙。

“昨夜西风凋碧树，独上高楼，望尽天涯路。”温克俭举杯相邀。

“剪不断，理还乱，是离愁。别是一般滋味在心头。”子珑轻声应和，清脆的碰杯声仿佛与两人复杂的心绪产生了共鸣。

“谢谢你兑现了承诺，没有你的坚持，我不可能成为股东。”

“不要谢我，这是你应得的。”

“魔力给了我很多，我会竭尽全力去回报。”

“我们今天不谈工作，”温克俭投来热辣的目光，“你今天好美。”

“温总，请克制。”子珑露出会心的笑容，但语气却异常坚定，“我们不是说好了吗？工作中咱俩是上下级关系，其他时间我们只做朋友。忘啦？”

“那是你强加给我的，我可没保证一定就能做到。”温克俭也靠在栏杆上，但他知趣地与对方保持着安全距离。

“你必须做到！”

“做不到怎么办？”

“忍着!”子珑发出了爽朗的笑声。

温克俭不由得又爱又气。

此时，子珑的手机响了，她转过身接通了电话。温克俭听不清电话里说什么，但他看到子珑的眉头微微蹙了起来。

“好的，你自己注意身体，保重。”子珑挂断了电话。

“怎么了?”温克俭关切地问。

“唉……”子珑长叹口气，“是我姐，她今年春节不能和我一起回家了。青山大哥的病又复发了，公司的情况也不乐观，她要和同事们再突击一下新系统的调试。”

从子珑以往零零星星的话语中，温克俭大致知道青山青云兄弟和子珍的一些情况，他甚至猜出了子珑过去的男友就是青云。他不是个多愁善感的人，但他无法让自己对眼前发生的事情熟视无睹。他甚至有些嫉妒，为什么青山青云兄弟就可以获得子珍子珑姐妹的关爱和真情，而自己无论做什么却都只是一厢情愿，可望而不可即?尽管如此，他的内心却总有一个莫名其妙的想法——他觉得自己应该帮助青山兄弟俩渡过难关。

“如果我能做什么，请不要客气。”温克俭说得很诚恳。

“谢谢!”子珑的眼中充满感激。

与此同时，科瑞公司的年会已经结束。与魔力年会的盛大喜庆形成鲜明反差，科瑞的年会简单、落寞，甚至有些凄凉。四百多人的规模如今只剩下不到两百人，绝望无助、迷茫不甘的气氛笼罩在每个科瑞人的心头。

挂断子珑的电话，子珍、青云和项目组的同事又返回了公司。一款基于城市智能管理的系统正处于紧张的调试阶段，他们还想再拼一把。3月初在吉隆坡将有一场关于“智慧城市”的国际论坛，青云和子珍想利用大会前的一个月将科瑞的系统打造得更加完美。

两人回到青云阁时，天空已经放亮。柿子树上的“红灯笼”被啄食殆尽，只剩下一个千疮百孔的“破灯笼”在枝头摇摇欲坠。两只大喜鹊“叽叽喳喳”地冲主人叫个不停，似乎在抱怨为什么佳节还未到来，自己的盛宴便已成了残羹剩饭。

青云疲惫地躺在床上，子珍则简单冲了个热水澡。沐浴后，她披上薄如蝉翼的睡衣坐到床边。既不让自己的胴体直接暴露在青云眼前，又能带给对方若隐若现的想象空间，这是子珍对林可清建议的自由发挥，她自我感觉效果不错。虽然不知道青云已经向青山吐露了心声，但就像林可清说的，凭借女人的直觉，她认为心上人已经跨过了心头的那道坎。确实如此，在子珍的绵绵爱意中，青云渐渐走出了梦魇。尤其是向兄嫂的一番倾诉后，他变得更加释然，也更加欲火难耐。他一把将子珍扳倒，伸手便要褪去睡衣。

子珍阻止了他，“不是现在，忘了我们说过的？”

青云强行将欲火熄灭，他无论如何也不能让心爱的女人愿望落空。“我也去冲个澡。”他慌忙冲进浴室，背后投来了子珍柔情荡漾的目光。子珍知道，自己的目光中一定也饱含着渴望。但既然一切是如此来之不易，她更要将“第一次”留到那个特殊的时刻。

子珍起身走进画室，揭开画架上的白布，立刻被圣洁美丽的自己惊呆了。姿态婀娜、姣美迷人、风情万种的画中人仿佛呼之欲出。青云一定是倾尽全力在创作，不经意垂下的发丝、颈项间不起眼的黑痣、眼神里荡漾的波光，甚至旗袍上的蕾丝线脚都刻画得逼真形象、纤毫毕现。

“本来想给你惊喜的。”子珍身上被轻轻披了一块毛毯，青云不知何时已经站在了身后。

“确实惊到我了，好美！”子珍深情地挽起对方的胳膊。

“是人美，”青云在她脸颊上轻轻吻了一下，“就快画完了，用了我将近一年的时间，但肯定能赶在我们结婚前完成。”

“嗯，我好期待那一天。”

青云从背后将一个玫瑰红色的首饰盒举到子珍面前，轻轻打开，一枚精美的钻戒闪闪发光。他取出钻戒，单膝跪下，抬头仰望佳人动情地说：“珍，嫁给我好吗？”

两行晶莹的泪水无声地顺腮而下，子珍幸福地点点头。她曾无数次幻想着这一刻的到来，但当它真的来临时，自己激动的心情仍难以抑制。她知道，这一切对于两个人来说是多么不易、多么珍贵！

青云开心地站起身，紧紧拥抱着心爱的女人。对于子珍，他的心里不仅仅是爱，还有感激和依恋。“本来想找个更浪漫的时间和方式，但我实在等不了了。”

“这样挺好，真的，我喜欢。”子珍轻轻捧起心爱男人的脸，送上了一个吻，“戒指你先替我保管好，结婚那天再给我戴上。”

“没问题，”青云小心翼翼地将钻戒收好，“珍，我想和你商量件事。”

“你说。”

“原定6月8日我生日那天结婚，可是我哥的身体越来越糟。咱们能不能提前一些，我想让他在还算硬朗的时候见证咱俩的幸福！”

子珍的眼圈红了，她抬头望着越来越善解人意的心上人说：“其实我也是这么想的，咱一定要让哥没有一丝遗憾地离开。”

“那你从吉隆坡回来咱就办，3月22日怎么样？”

“我听你的。”子珍乖巧地点点头。

青云一把搂住心爱的女人，子珍闭上眼睛，幸福地享受着深情的拥吻。

大年三十早晨，子珑准备驾车回山西，青云特意赶来送行。他给老叶夫妇带了许多礼品，“替我问叔叔阿姨好，一直也没机会向老人家解释，拜托你了。”青云有点不好意思。

子珑调皮地眨眨眼睛说：“你好像一直也没跟我解释过呢。”

青云的脸更加红了。

子珍轻捶了妹妹一下，“别欺负他了好不好？”

“哎哟，这人还没过门呢，胳膊肘就往外拐呀？看我回去不向爸妈告你的状。”子珑一边尖叫，一边夸张地躲避着姐姐的追打。

“好了好了，不闹了。珑珑，我和青云婚礼提前的事，你要跟爸妈好好说，我俩一定提前去接他们。”

“放心吧姐。”子珑笑着发动了汽车。

“路上慢点开。”子珍弯下身子冲车里喊。

子珑隔着车窗冲两人挥挥手，“你俩照顾好自己。”

老叶夫妇终于迎回了活泼欢快的子珑。大闺女要结婚，老两口很高兴；二闺女没有心怀芥蒂，他们更是感到欣慰。叶妈妈拉着子珑的手，一个劲儿地说后悔当初责怪了子珍。子珑撒娇地说：“我姐不像我，她可不会记仇。”说完便躲开妈妈扬起的手掌，一头扎进老爸怀里。

郝光明家的春节过得安静而温馨。青山刚刚做完一期化疗，身体很虚弱，但他还是强打精神出现在家人面前。老两口将自己打扮得精神焕发，周芳还特意让儿媳给化了淡妆。秦梦云不但自己精心打理了妆容，还把小星河捯饬得格外帅气。青云和子珍也是盛装出席，所有人都夸子珍温柔漂亮，弄得她有些不好意思。

大家要拍一张全家福，子珍自告奋勇当摄影师。郝光明说：“虽然没过门，但你已经是咱家的人了，来来来，一起照、一起照！”全家人表示赞同，最后由家里的阿姨担当了摄影师。

照片里，郝光明夫妇红光满面，他俩坐在前排，腿上是天真可爱的大孙子萧星河。青山梦云夫妇和青云子珍并排站在老人身后，两个男人都伸出胳膊揽住心爱女人的肩膀，而两个漂亮温柔的女人则将头轻轻靠在心爱的男人肩上。一家人快乐甜蜜，笑容灿烂。但每个人心中都隐隐作痛，他们知道这将是全家人一起过的最后一个春节。

春节过后，又经过近一个月没日没夜的奋斗，新系统终于大功告成，全体科瑞人都对子珍的这次马来西亚之行寄予厚望。3月1日，子珍将和另外三名同事前往吉隆坡参加“智慧城市”国际论坛，她希望为大家带回一个奇迹，为病重的萧总带回一个奇迹。青云留在北京一边掌控公司大局，一边筹备婚礼，他的画也需要一些细节的收尾。

青云和子珑送子珍到机场。连日的加班让子珍显得很疲惫，但她还是精心打理了自己。望着美丽而憔悴的爱人，青云心有不忍地说：“难为你了，无论成败，早去早回。”

“嗯，放心吧。你最近也很累，注意休息。婚礼的事我也不能帮你，辛苦了。”子珍也是分外不舍。

“放心吧，我一定把婚礼办成最棒的。”

“我知道，”子珍将头深深扎在青云怀中，“我都有点等不及了。”

“等你回来咱俩就去领证、拍结婚照，我要让你做世界上最漂亮、最幸福的新娘和妻子。”

子珍踮起脚吻了青云。

等二人亲热完毕，子珑也上前拥抱姐姐，“你俩好幸福。知道吗，长这么大我从没像现在这么羡慕你。”

子珍伸手捋了捋妹妹额头散乱的头发说：“你也该找个好人家了。姐敢打赌，你将来一定比我还幸福。”

姐儿俩会心地笑了。

登机闸口已经开启，青云和子珑目送子珍随人流进入通道，远去的背影是那么美。

子珑踮起脚冲姐姐喊：“婚礼的事你放心，我会帮姐夫张罗的。”

“记得打电话，注意安全。”青云不舍地嘱咐道。

子珍回眸一笑，在嘴边做了个打电话的手势，然后冲二人挥挥手，便消失在通道转弯处。

初春的雾霾依然严重，远处停机坪上的飞机若隐若现，只有尾翼上面鲜红硕大的凤凰图案分外醒目。不知怎么，青云的心里感觉空落落的。

子珍和同事的吉隆坡之行非常顺利，许多中外专家和用户对科瑞新开发的城市智能管理系统非常感兴趣。从电话里能够听出来，子珍非常兴奋，她似乎看到了科瑞的曙光。为期五天的活动接近尾声，子珍急于将情况带回国内，以便项目组尽快进行优化，她决定先期返回。三名同事则继续与潜在的客户进行沟通，稍晚两天回京。

临出发前，子珍拨通了青云的电话，“亲爱的，你可能想象不到，咱们的系统特别受关注，我觉得科瑞有救了！”

“还不是我哥和你找的方向对路，尤其是你从世博会带回了那么有价值的信息。科瑞如果能够一举翻身，你的功劳要占一大半。”

“才没有呢，是项目组一起努力的结果，我现在简直开心死了。”

“一说工作就跟打了兴奋剂似的，你就没想我？”

“当然想了，我恨不得现在就飞回你身边。”

“航班订了？”

“嗯，但是到北京的时间太早了，你不用接我，我打车直接去小院找你。”

“不，不，新娘子怎么能没人接？告诉我航班。”

“讨厌，我还不是呢。”子珍情不自禁地笑了，“好吧，我一会儿把航班号发给你。青山大哥怎么样？公司一切都正常吧？”

“哥很好，婚礼近在眼前，他好像比我还兴奋呢。公司也好，大家都盼着你回来。”

“珑珑呢？”

“她也好，帮我张罗了不少事。”

“婚礼准备得怎么样了？”

“一切顺利，保证给你惊喜。”

“我担心拍婚纱照的时间太紧了。”

“放心吧，我朋友是开影楼的，他保证在婚礼前搞定。”

“该通知的都通知了？”

“嗯，我亲自给叶叔叔和阿姨打的电话，他们可高兴了。”

“我抽时间给大家买了点礼物，我还给小星河买了玩具，小东西一定喜欢。”

“你谁都惦记着，就是把我忘了吧？”

“我就是你的礼物。”

“对对对，我要好好亲亲我的礼物。”

“讨厌！”子珍抬手看看表说，“我要去机场了，明天早上见。”她对着话筒亲了一下。

“明天见。”话筒中也传来了青云的亲吻声。

挂上电话不久，青云收到了子珍发来的信息：MH370，早晨六点半到达。想你！

青云回复：收到，一路平安。想你！

第二天，青云早早就赶到了首都机场，候客大厅已经有不少接机的人。看看表，六点整，离预计到达时间还有半小时。他走到航班信息大屏下，子珍乘坐的航班显示红色的延误。青云无奈地摇摇头，心想也许又是该死的雾霾吧。

时间一分一秒地流逝，眼看已经过了上午十点，屏幕上航班的信息始终是红色的延误。青云不知道，此时此刻，中国交通运输部已经启动了一级响应！

马航370航班于3月8日零点四十二分从马来西亚吉隆坡国际机场起飞，计划早晨六点三十分在北京降落。但是凌晨一点二十分，航班在马来西亚和越南的交界处与胡志明管控区失去联系，空管部门始终未收到失踪飞机的求救信号。按照惯例，飞机会多装载两个小时的航油，但直到上午八点三十分，马航370仍杳无音讯。上午九点，马航高级官员宣布飞机航油已耗尽。上午十点半，中国交通运输部宣布立即启动一级应急响应，十四艘专业救助船和六艘海事执法船及两架巡航救助飞机已经做好了应急出动的准备。

青云隐约从接机的人群中发现了不安和焦躁，人们纷纷掏出手机接听或拨打电话。就在此时，他的电话也响了。

“青云！”电话中传来子珑嘶哑凄厉的喊叫，“飞机可能出事了！”

青云一时没反应过来，但很快他便如五雷轰顶，手里的电话滑落在地。他疯狂地俯身拾起手机，对着已经破碎的屏幕嚷道：“你说什么？不可能！”

电话中只有子珑绝望的哭泣，她断断续续地说：“新闻已经报道了，说是，说是失联。”

青云对“失联”二字完全没有概念，他冲着话筒大喊：“什么叫失联！”

“就是，就是谁也不知道飞机在哪儿！”

青云感到一阵眩晕，他扶住栏杆勉强站稳，“怎么会？你是不是搞错了？”

“我不知道！”子珑的情绪已经崩溃，“听说十二点马航在丽都饭店有新闻发布会，我正在赶过去。”

“好，我马上来！”青云跌跌撞撞地跑向停车场。

在发布会现场外，青云见到了子珑和一个陌生男人在一起。子珑哭着趴在温克俭怀里，见到青云，她推开温克俭，一把抱住青云哭着说：“怎么会呀？”

青云早已方寸大乱，他只是不停地抚摸着子珑的后背说：“可能搞错了，可能搞错了。”

一旁的温克俭也有些失魂落魄，他尽量稳住自己的心绪，“你就是青云吧？”他礼貌地伸出手，“温克俭，子珑的同事。我怕她自己开车不安全，所以陪她一起来的。”

青云知道温克俭是子珑的老板，也是帮哥哥联系医院的人，他下意识地握住对方的手说：“温总，谢谢你。”

“别客气，应该的。发布会可能快开始了，咱们进去吧。”

发布会没有任何实质性的内容，飞机仍然处在失联当中。但所有人都知道，马航370已经凶多吉少。现场一片混乱，哭声、质问声此起彼伏。

不久，李克强总理和习近平主席先后就马航370事件作出重要批示：要不惜一切代价寻找失联航班，尽快核实飞机上中国乘客身份，及时发布消息，做好家属安抚工作。以人为本、生命至上，泱泱大国为此展开了不懈的努力！

接下来的日子，青云一家和子珑处在极度的悲痛和期盼中。任何一点关于航班的消息都牵动着他们敏感而脆弱的神经。他们被希望、失望，再希望、再失望折磨得死去活来，绝望的气息渐渐笼罩了每个人。子珑没有将消息告诉父母，她怕老人受不了打击。

郝光明再次站了出来，除了在医院接受治疗的青山外，他把所有人集中在一起宣布了重大决定：“从明天起我还要回科瑞上班，为了子珍，公司不能垮下！”他转向子珑说，“孩子，你难过的心情我能理解。你姐姐是个好孩子，谁的心里又不难过呢？但是咱们得往前看，你的父母现在还不知道情况，咱们不可能一直瞒下去。如果这边的事情你信得过我们，我建议你找个人陪你一起回山西，把情况告诉老人。如果老人想来北京，我派车去接。还有，如果你没有合适的人选，我让梦云陪你一起去。”

子珑红着眼圈说：“谢谢郝叔叔，我能找到人陪我，梦云姐还是好好照顾青山大哥吧。”

郝光明点点头，“也好，”他又转向秦梦云，“梦云哪，青山就拜托你了。”

梦云一边哭，一边点头答应：“爸，您放心！”她嘱咐子珑，“老人岁数大了，你一定要控制好自己的情绪。”

郝光明又对周芳说：“老伴儿哪，你还是在家里坐镇。”

周芳松开握着子珑的手，抹了一把眼泪，“老头子，你自己也得多保重啊。”

郝光明最后将目光转向青云，“青云，我不想再劝你什么了。为了子珍，为了子珑，为了这个家，也为了科瑞，你必须像个男子汉，明白吗?!”

青云重重地点头，他知道此刻身上的担子。无论再怎么悲伤，自己都不能倒下！

郝光明接着说：“过两天你去马来西亚，在现场可能了解的情况会多些，我让办公室主任小赵陪你去。记住，子珍虽然没有过门，但她已经是咱家的人。无论如何，咱要给人家孩子一个交代！还有，婚礼取消的事，你也要尽快通知一下大家。”

每个人都哭了，但他们很快擦干眼泪。他们知道，比起不知身在何处的子珍，自己的痛苦算不得什么，他们还有很多事情要办！

马来西亚之行无果而终。尽管多国政府采取了空前的搜救行动，但马航370仍如谜一般带着无数人的悲伤凭空消失。2014年3月24日晚十点，马来西亚总理纳吉布在吉隆坡宣布：马航失联航班MH370在南印度洋坠毁，机上无人生还。这场震惊世界的空难共造成二百三十九名乘客和机组人员遇难，其中中国乘客一百五十三人。在这当中，籍贯山西、来自北京的叶子珍赫然在列，年仅二十八岁的她原本两周后将和爱人走上婚礼的红毯！

子珍的离去让一切坠入深渊。

青山的身体一落千丈，他失去了一个活下去的巨大动力。秦梦云早晚不离病榻，她经常会带小星河去医院看望父亲，希望孩子可以增加爱人一丝活下去的信念。郝光明夫妇一下苍老了许多，他们努力搀扶着不让对方跌倒。子珑一直留在山西陪伴父母，林可清请了长假始终陪伴左右。青云从马来西亚回来后，马不停蹄地赶往山西。

见到老叶夫妇，青云“扑通”一声跪倒在地，他撕心裂肺地呼喊：“爸、妈，青云对不起你们，对不起子珍！”

老叶夫妇早已泣不成声，子珑也跪倒在父母面前号啕大哭。林可清泪流满面地挨个劝慰：“叔叔阿姨，子珑青云，你们这个样子，子珍姐在天之灵又怎么能够安心哪。”劝着劝着，她自己也一屁股坐倒在地痛哭不止。

老叶率先停止了哭泣，他一边叹气，一边不停地为老伴儿捶打后背。林可清见状也马上起身和青云一起搀起了子珑，一家人无声地抱作一团悲伤抽泣。

待情绪稍稍稳定，青云把马来西亚之行的情况大致做了介绍。他同时表示，尽管科瑞困难重重，但公司仍决定按因公牺牲给予叶家最高标准的补偿；虽然自己和子珍尚未领取结婚证，但全家人都已将其当作家庭一员，希望老叶夫妇来北京定居，自己将替子珍照顾二老的晚年生活。老两口对此非常感动，子珑更是向青云投去了感激的目光。

“青云哪，”老叶长叹一声说，“你和我们叶家真是缘分莫测呀！先是你和珑珑，再后来是和珍珍，现在珍珍又撒手而去，我们做老人的真是想想都难过呀。”

青云又跪倒在老叶夫妇面前，这次是子珑将他搀起。

老叶接着说：“你是个好孩子，不管发生了什么，我们都不会怪你，我们就是心疼珍珍这孩子，她的命怎么就这么苦哇……”老人说不下去了。

叶妈妈捶着自己的腿，哽咽道：“上次她回来，我还一个劲儿地埋怨孩子。珍珍心里憋屈呀……”

子珑也跪到妈妈面前，“妈，是我不好，我应该亲自和您说的。”

青云揪扯着自己的头发自责道：“叔叔阿姨，上次是我陪子珍一起回来的。我没有勇气面对二老，就让她一个人独自承担这一切，我该死！”说完便狠狠抽自己的耳光。

老叶一把攥住他的手，但却难过得说不出一句话。叶妈妈心疼地抚摸着女儿的头说："珑珑，妈不怪你，妈谁都不怪，我就怪这老天爷怎么就这么狠心哪！"

伤心过后，老叶夫妇决定给子珍买一块墓地，虽然女儿尸骨未见，但他们还是想让孩子早日入土为安。青云说他也准备在北京给子珍建一座衣冠冢，想她的时候能常去看看。

一切安置妥当，青云子珑和林可清准备返京。老叶夫妇婉拒了青云的一再恳求，决定留在故乡。他们说，已经失去了子珍，不能再失去故土，他们要在老家陪着闺女。

4月初的一天，青云准备"安葬"爱妻。京城飘起了霏霏春雨，老天仿佛也在悲伤落泪。

头天晚上，他和子珑将子珍准备婚礼上穿的白色提花旗袍、红色真丝披肩、缀有蕾丝花边的贴身内衣、镶着水晶的婚鞋一件件精心熨烫、叠平，整齐码放进一个精美的小叶紫檀木匣，青云还特意放上了那件半透明的真丝睡衣，并把漂亮的钻戒小心翼翼地摆在了睡衣上面。子珑则将姐姐平常用的化妆品装进了一个小盒中，并贴心地放了一面小镜子。子珍是个爱美的女人，他们要让她漂漂亮亮地走。

西山脚下的一处陵园，云雾笼罩、水汽氤氲。太阳躲入云层不忍直视，树木在风雨中隐隐啜泣。

青云神情肃穆地捧着木匣，缓慢移动脚步，不愿惊醒睡梦中的爱妻；子珑小心翼翼地擎着黑伞，仔细遮挡着迎面而来的凄风冷雨，生怕濯湿了姐姐的衣裙。送行的队伍一共八人，青云子珑打头，郝光明夫妇、青山夫妇、林可清和温克俭依次跟随。老夫妻相互扶持，步履颤颤巍巍；青山拖着孱弱的病体艰难前行，他拒绝了妻子的搀扶；林可清作为子珍的好友，边走边抹眼泪；温克俭则是自己执意前来，子珑从未见过他如此痛苦的表情。

青云轻轻地将木匣放入墓室，摆放端正；子珑认真擦拭着黑色大理石墓碑，不愿放弃任何一个角落。墓碑上用金色隶书镌刻着“爱妻叶子珍之墓，1986年6月12日～2014年3月8日，萧青云敬立”。

一切安排妥当，青云示意陵园工作人员将墓穴封闭。望着缓缓关闭的墓门，所有人无声落泪。

“老伴儿，跟孩子说说话吧。”但看到妻子已然泣不成声，郝光明只好独自上前，手抚墓碑，语调悲切，“子珍哪，虽然你还未过门，但我们已经是一家人了。爸永远忘不了你大冬天跑了好几家医院，为我寻回了治失眠的药方；你还惦记着你妈风湿腿的毛病，给她织了暖和的护膝。好孩子，你放心走吧。”

梦云望着摇摇欲坠的丈夫，不忍他过度悲伤，便走上前深鞠一躬说：“子珍好妹妹，哥和嫂子来送你了，咱家不能没有你这个好媳妇哇。你哥住院时吃什么都没胃口，你帮我给他做的山西面片他吃了一大碗。星河昨天还问我怎么珍珍姨好久都不来啦……好妹妹放心吧，你没来得及做的事，嫂子一定接着替你做好。”闻听此言，青山仰天长叹。

林可清也上前鞠躬道别：“子珍姐，你是我认识的女人里最善良、最善解人意的一个。你这么说走就走，我还没和你处够哇！我永远不会忘记你，祝你在天国一切安好。”

温克俭没有上前，他静静地听大家和子珍说话。听着听着，他好像是在喃喃自语：“爱一个人怎么就这么难哪！”声音不大，但却清晰地传进了每个人的耳朵。当然，也许只有一个人才能明白这个男人何以如此悲痛和感慨。

子珑好像已经哭干了眼泪，她将手中的花束轻轻放在墓碑前，“扑通”跪倒在地，“姐，你好狠心！从小到大，你总是让我宠我，你心里一直想着别人，唯独没有你自己！现在你把我孤孤单单地抛下，你让我怎么办哪！”她双手攥拳拼命捶打着墓台，抬起头死死盯着姐姐的名字，声声泣血地说，“姐，你放心走吧，我一定帮你照顾好爸妈。如果有来世，我们还做姐妹！”

青云早已肝肠寸断，他点燃了三炷檀香，是子珍最爱的兰花味道。往事一幕幕浮上心头，爱妻的一颦一笑、一言一语、一举一动都历历在目，她温软的语调、微蹙的眉头、迷人的微笑、深情的拥抱宛如昨天。而如今，她魂断天涯，不知身在何处，青云心如刀绞。他已经失去了说话和哭泣的能力，最后只是从心里挤出了带血的三个字：“我想你！”

从陵园出来，青云神情恍惚。在和大家词不达意地简单道别后，他一头钻进汽车扬长而去。子珑看出苗头不对，立刻发动车子去追。林可清拍着车门喊：“要不要我陪你？”子珑隔着车窗摆摆手，车子飞一般地绝尘而去。

林可清自言自语道：“这姐们儿终于变得细腻了。”

“人总会变的。”耳边突然传来一句幽幽的话语，她惊诧地转过头，温克俭不知何时已站到了身后，望着车子卷起的烟尘怔怔出神。

青云驾车左冲右突一路狂奔，他把音响开到最大，维塔斯的《圣徒》仿佛要将车顶掀开。对，就是这首歌让他们相遇。现在，他早已明白了俄文的歌词大意，而心爱的女人却离他而去。

（伴唱）自在的圣徒，你这是去向何处？

自在的圣徒，等我一起上路。

（主唱）我不会等你，我已耗尽心力。

因这尘世的空虚，我将归于静寂。

……

子珑在后面又是鸣笛又是晃大灯，青云没有丝毫反应。她只好打开“双闪”，拼命地追赶，她不能让青云再出事。

两辆车一前一后在青云阁门前戛然而止。青云看到子珑接踵而至，诧异了一下。他没有说话，一头冲进了院子。房前的柿子树已经萌生新叶，雨水将鸡心形的叶片冲刷得碧绿油光，青云一时看呆了。直到两只大喜鹊“叽叽喳喳”地被惊飞，他才发现子珑已并排站在身边，仿佛子珍翩然归来。他下意识地一把抱住对方喊道：“珍，我想你！”泪水便再也抑制不住地喷涌而出。子珑紧紧抱住这个极度受伤、近乎崩溃的男人，就像姐姐安慰自己那样轻抚他的后背，柔声说：“没事了，没事了。”

青云终于意识到怀中的女人不是子珍，他冲进房门，像热锅上的蚂蚁在屋子里团团乱转，四处找寻心上人的影子。直到他站在那幅只差细节就将完成的肖像前，才知道子珍再也不会回来了。他又转回展室，地上堆着许多还未装裱的画作，墙上挂满了女人的肖像，张张怪异的表情仿佛是对自己的嘲笑。

青山发了会儿怔，便疯了一般抓起一把裁纸刀，将墙上、地下的画作割得支离破碎。子珑一直在身后紧紧跟随，发现对方拿刀，本想上前阻止，但看到他仅仅是挥刀向画，便只是如影随形地以防不测。

青云边割边哭，丝毫没有怜惜这些无辜的作品和自己多年的心血。终于，最后一幅女人的画像被他割得粉碎，墙上只孤零零地留下了身穿海魂衫、高大英武的“哥哥”。青云脸上的肌肉在抽搐，眼里已经流不出泪来，全身近乎虚脱，手中的裁纸刀“当啷”一声掉在地上。他突然笑了，是那种歇斯底里的狂笑。子珑什么也没做，她知道这个男人现在必须发泄。

哭够了、笑够了，青云默默返回画室。他小心翼翼地捧起那幅未完成的作品，找了一个大小合适的画框，精心地将子珍的肖像装了进去，然后轻手轻脚地将画像挂在了“青山”旁边。退开几步端详，又上前轻移画框，直到确认悬挂端正。做完了这一切，他颓然地瘫坐在屋子正中，抬头痴痴凝望着墙上两个自己深爱的人。

子珑乖巧地坐到他身旁，拉起他的手轻轻摩挲，“青云，你心里的痛我知道。”

青云转头盯着对方，眼前的女人好像变了一个人，他很诧异自己以前怎么没有注意到。

“我是很疼。可是我更恨自己。”青云长出一口气说，“我先是伤害了你，可珍珍却反过来拯救我，没有她，我可能早就垮掉了。她呵护我、容忍我、开导我、治愈了我。可我又给了她什么呢？不要说嫁给我以后怎样，连让她当上梦寐以求的新娘都没做到。”

青云痛苦地揪扯着自己的头发，子珑轻轻掰开他的手指安慰道：“我姐说过，你是个好男人，她不会怪你的。你一定要从痛苦和自责中走出来，这样才不会辜负她的一片心意。”说着说着，子珑捂着脸哭了起来，“如果说伤害，我的心里也很不是滋味。如果当初我能像她一样对你，你也不至于面临崩溃。发现你俩在一起后，我竟然还对她发了脾气。从小到大她总是让着我，让我变得又自私又任性，我现在特别想她。”

青云替对方擦去眼泪，哽咽着说：“我现在很后悔，后悔直到她离开都没有告诉她我到底出了什么问题。虽然她治好了我，但却是带着疑惑走的。如果你愿意听，我想把一切告诉你。都说双胞胎是有心灵感应的，也许远方的她可以知道。”

子珑含着泪点了点头。

青云把自己童年的遭遇和后来发生的一切细细道来，子珑又揪心又难过，她不由自主地挽起了对方的臂膀，静静地听这个男人的倾诉，她甚至可以听到那尘封已久的伤疤被揭开的声音。

青云讲完了，他们谁也没有再说话，就那么依偎着凝望墙上的两幅画像，直到天边露出了鱼肚白。

人在旅途，总有迷失方向的时候。有的人身陷歧途却不自知，有的人想冲出迷雾却不能够。每当此刻，他们多么需要一双温暖而坚定的手来牵引。青云子珑很幸运，他们都握住了那双伸过来的手，而那双手的主人自己却已迷航在天地间……

第十四章　兄弟

……

两个人，要去到哪里

牵着两手，就是个天地

一生啊有什么可珍惜

流浪人没奢侈的爱情

有今生，今生做兄弟

没来世，来世再想你

……

任贤齐的一首《兄弟》唱出了无数热血男儿的内心独白。兄弟，一个再普通不过的称呼，却饱含了铁汉柔情、关爱互助、同甘共苦与生死相依。

还没有从痛失爱妻的悲伤中走出来，青云又将面对失去兄长的痛苦。青山的身体每况愈下，子珍的离世让他备受打击，弟弟的遭遇做哥哥的感同身受。但他还是坚强地兑现着自己的诺言，努力让自己多陪家人些日子，努力让自己表现得更好些。癌细胞吞噬着他的身体，治疗带来的副作用也折磨着他。青山拼命吞下每一口饭菜，吐了再吃、吃了再吐，只为让自己多一丝体力。

医生建议家人早做准备，因为青山的情况可以说是危在旦夕。一家人商量后决定同意青山的请求，停止不必要的治疗，将重点放在缓解痛苦上。青山现在只能躺在医院里，他单独把弟弟叫到身边。

“青云，经历了这么多事，你终于长大了。我们两个男人好好聊聊，当然，也可以说是我对你的托付。”

青云帮哥哥把病床摇起来一些，然后坐到床边，“哥，有什么话你尽管说。”

青山从枕头下摸出一个信封递给对方，“这是我的遗嘱，换肝前就写好了，最近又做了些修改。”

看到青云想说话，青山抬手制止了他，“咱们都要面对现实，我的时间不多了，有些事情我必须在清醒时交代好。”

青云点点头。

“里边关于科瑞的内容，我和爸已经商量过了。现在公司的股份我和爸各占一半，爸打算把自己的那部分全部转给你，我的股份也会转给你。但我想和你商量一下，是不是可以留一部分给你嫂子。她为了咱家……”

“哥，你别说了，嫂子是什么人咱们都知道。你的那部分我不要，你都留给嫂子好了，何况还有星河。”

青山欣慰地笑了，“你嫂子说她绝不会再嫁，她要替我照顾爸妈，把孩子抚养成人。我劝过她很多次，可她心意已决。”青山的眼圈红了，他将头扭向窗外接着说，“但她毕竟是个女人，孩子又小。所以哥拜托你，今后一定要替我照顾好他们娘儿俩。”

青云含泪答应。

“爸妈的年纪大了，我走后，如果可以，你最好搬回来住，照顾他们也方便些。爸从一开始就待咱俩如亲生，妈苦了半辈子终于也找到了幸福，老两口的晚年就靠你了。”

青云潸然泪下，“哥，你放心！”

青山伸出瘦骨嶙峋的手与弟弟相握，“我还是有点不放心你。原指望有了子珍，你的一切都会越来越好，可她……”青山怕刺激弟弟，话锋一转，“这世上没有过不去的坎，你一定要想开些。因为比起我，你的生活才刚刚开始。答应哥，照顾好自己！”

“哥，我记下了！”青云反而止住了眼泪，他不能让哥哥担心和失望。

“我相信你！”青山长出一口气，“还有一件事，是关于咱的那个爸。我上次已经和你说过了，不知道你怎么想的？”

“我想我已经原谅他了。”

“那好，”青山笑了，“我想请你拉着我去看看他。”

“你的身体……”

“不要紧，也许活动活动对我有好处。”

青云不忍让哥哥有任何遗憾，他请示医生后带着青山来到了自己童年的住处。他已经二十二年没有回过这里，一切还是记忆中的样子。老旧的住宅楼被刷上了新涂料，花圃里绿草茵茵、花儿朵朵，邻里间的问候清晰可闻，家家户户飘出饭菜的香气。只是原本狭窄的通道停满了汽车，显得更加拥挤。青云长嘘了口气，稳住了激动的心神。

房门打开，看到形容枯槁的大儿子和长大成人的二儿子，萧秋生怔在原地，老泪纵横。这个下午，爷儿仨聊了很久。当年的愧疚和怨恨，眼前的释怀和谅解，还有即将到来的分别让他们感慨万千、心碎不已。临走时，青山又给父亲留下了一笔钱，青云则说以后会代替哥哥常来探望。望着孩子们离去的背影，萧秋生捶胸顿足。

重新躺回病床的青山异常疲惫，但内心十分轻松。他又提出了一个要求：“青云，明天带我回趟科瑞，我想跟大家道个别。”青云含泪点点头。

当青云用轮椅推着哥哥走进公司大礼堂时，两个人都惊呆了。昨天晚上，青云只是电话告知办公室主任，说明天萧总会来公司，没想到孙主任连夜通知了各部门。此时，全公司在京人员除了少部分必须在岗值守外，全都来到了总部，就连密云生产基地也派出代表赶了过来。礼堂中已经座无虚席，很多人站在后排和过道上翘首等待。没有掌声，大家知道这个场面不需要掌声，所有人起立目送二人就座。

青山青云都很感动。尤其是青山，自从1997年进入科瑞，至今已经整整十七个年头。他见证了公司从科技新锐到行业翘楚，再到日渐衰落，直至眼下的岌岌可危，他的心里五味杂陈。

青山示意大家坐下，他平复了一下激动的心情开口说道：“尊敬的各位同事，感谢大家多年来对科瑞的奉献，对我的支持。青山不才，没有能带领大家做得更好，我在这里向大家道歉了。”说完便在青云的搀扶下，颤颤巍巍地站起来向大家深鞠一躬。

会场鸦雀无声，很多人在默默流泪。几个女同事为了不让自己哭出声，互相紧紧地抱在了一起。

青山硬生生将眼泪咽回肚子里，他坐下继续说道：“公司目前的情况不好，这谁也无法回避。但我们之所以仍在坚持，除了大家对科瑞的感情，我认为还有一点，那就是我们的方向没错！也许我们只是缺少一个机会，我相信在大家的共同努力下，这个机会应该不远了。叶子珍同志为了这个机会，甚至牺牲了自己的生命……”提到子珍，青山有些哽咽，“大家应该知道，我弟弟和子珍原定3月22日结婚，这种打击对他来说是灾难性的，但你们也看到了，青云依然坚强地和我们站在一起。”青山看了一眼青云，弟弟的目光坚毅，“我已经不能再陪大家一起走出困境了。我宣布，从今天起，萧青云同志将接替我出任科瑞公司总经理。”

会场终于爆发出热烈的掌声，那是压抑中的迸发，是绝望中的希望。青山最后说道：“我是当兵出身，士兵从来不怕牺牲，但我们绝不会白白牺牲。我们不会让子珍同志白白牺牲，我们不会让自己的心血付诸东流！我相信，在大家共同努力下，科瑞一定会战胜眼前的困难，迎来光辉灿烂的明天！”

全体人员再次起立鼓掌，会场上爆发出了此起彼伏的口号：“萧总加油！科瑞加油！”

青山含笑与大家挥手告别，为了科瑞、为了家族、为了弟弟，他已经做了自己该做的和能做的一切。

“哥，谢谢你为我做的一切。你放心，我一定竭尽全力实现你的愿望！”

“嗯，我相信你。好啦，该办的事都办完了，咱回家。”

“回家？”

“对，我想再看看咱们的家。”

推开房门，小星河首先兴冲冲地跑过来。孩子快三岁了，虽然还不懂事，但已经相当聪明乖巧。他一头扑进爸爸怀里，用小嘴亲爸爸的脸颊，边亲边喊：“爸爸扎，爸爸扎。”

青山摸了摸自己的胡子楂，笑着说：“好好好，爸爸刮胡子。星河乖不乖？”

“乖，妈妈又教我背新诗啦。”

“哦？快给爸爸背一个。”

“相见时难别亦难，东风无力百花残。春蚕到死丝方尽，蜡炬成灰泪始干。”稚嫩的童声让青山陷入沉思，他懂得爱人的心思。梦云亲手为丈夫刮了胡须，全家人一起吃了顿团圆饭。青山特意让青云叫来子珑，他不想让子珑太孤单。

两周后，青山到了最后的时刻，他努力让自己保持着清醒。亲朋好友陆陆续续赶来送行，他与大家一一告别，然后又陷入了昏睡。秦梦云劝走家人，她说自己留下来就好。

半夜时分，青山突然醒来，满眼放光地问：“几点啦？”

梦云打了个激灵，她看看表说：“两点半。”

“云，答应我不许哭。”

梦云紧咬嘴唇，拼命不让眼泪流下来。

“时间过得真快，咱俩结婚都快十二年了吧。”

“嗯，还差一百四十七天。”梦云是在按天计算着两人在一起的日子。

“原谅我，不能陪你更久。”

“不，怨我，是我没照顾好你。”

“还记得那场流星雨吗?”

“这辈子我也不会忘。”

“我发过的誓恐怕要到下辈子才能兑现了。”

“不，你已经做到了。如果有来世，我还要做你的妻子。”

青山笑了，他想摸摸妻子的脸，但已无力抬起手臂。梦云俯下身，将脸贴在枕边让爱人抚摸。青山感到很轻松，就连身子也变得轻飘飘的。梦云感到爱人的手慢慢从脸上滑落，她抱住青山放声痛哭……

五天后，青山的告别仪式在八宝山举行。家人、战友、同事全来送行。党旗下的他，形容消瘦，但神态安详。

一个衣着朴素、略有驼背的老人走到近前，“扑通”一声跪倒在地，浑浊的双眼满是泪水。“儿呀，爸来送你啦，爸对不住你!”青云快步上前搀起萧秋生，把他带到家人面前。老萧又见到了周芳，他双唇哆嗦，一句话也说不出来。这一幕出乎周芳的预料，她怔在了原地。郝光明过来拍拍萧秋生的肩膀安慰道：“你一定是老萧吧，孩子一直惦记着你。咱们都这岁数了，别辜负了孩子，多多保重吧。”白发人送黑发人的悲痛可想而知，此时此刻又有谁不难过呢？

梦云一手领着星河，一手捂住嘴。孩子还小，他还不知道这意味着永别。梦云让他和爸爸说再见，稚嫩的声音问道：“爸爸什么时候回来？”梦云哭泣着回答：“等你长大了。”她俯下身，轻轻亲吻了爱人的脸颊，柔声说：“山哥，走好，我们来世再见。”

吉隆坡会展后，科瑞的新系统开始受到关注，但潜在客户需要该系统的实际应用案例。青云为此四处奔波，终于谈妥了一个刚建成的大型社区。科瑞的产品有一个突出的特点，就是智能化程度相当高。他们的监控探头不但具有实时和事后播放功能，还具备了对人群突然聚集、交通突然拥堵、震动或温度突然升高等突发情况的报警功能，这将极大地加快警方与相关部门的反应和处置时间。

设备安装到位，青云终于松了一口气，他已经累得筋疲力尽。就在这时，他接到了子珑的电话。子珑问他能不能帮忙重新选一处住所，说自己现在一回家满眼都是姐姐的影子。青云说自己已经搬回家住，如果她不嫌青云阁偏僻，可以暂时住在那里。子珑同意了。

青云阁已经重新布置，青云不再画画，画室变成了专门的书房。展室被收拾干净，迎面墙上只保留了子珍和青山的肖像。肖像下面摆放着一张方桌，桌上鲜花随时更新，香炉中檀香袅袅。

子珑很满意新住所，青云帮她把家搬了过来。

子珑接过对方递来的房门钥匙说："我想和你商量个事。"

"你说。"

"我看你最近为公司的事忙得焦头烂额，如果你觉得我行，我想辞掉现在的工作过来帮你。当然，也是替我姐和青山大哥完成他们的心愿。"

青云怔住了。

"怎么，你不愿意？"

"不不，我真的没有想到。其实我也有这个想法，只是担心你不会答应。"

子珑淡淡一笑，"我和以前不一样了。"

"可是你现在已经是副总了，还是公司的股东。"

"这些对我来说不重要。"

几天后，子珑向温克俭提出辞职，并表示愿意放弃魔力的股份，温克俭怅然若失。他虽然已经对两人的关系不再抱有幻想，但毕竟现在还能天天见到子珑，于是执意挽留，他甚至答应帮青云一起想办法渡过难关。但子珑去意已决，她狠下心走出了温克俭的办公室。

温克俭心有不甘，他想再争取一下，便驾车追赶对方到了青云阁。恰巧青云过来取书，三个人在小院中撞了个正着。

看着火急火燎的二人，青云不明所以。把人请进屋，泡上茶，他便静静坐到一边。气氛有点尴尬，温克俭在琢磨怎么开口，他问子珑："你现在住这儿？"

"嗯。"子珑点点头。

“哦，子珑想换个环境。我现在回家住，这里正好空着。”自从在马航发布会场外看到子珑在温克俭怀里哭，青云便知道两人关系不一般，但他并不知道温克俭有家室，这么说只是不想让对方有什么误会。

“你不用跟他解释，”子珑倒是很干脆，她转向温克俭，语气从容地说，“温总，忘了跟您介绍，青云就是我原来的男朋友。”

果然不出所料，温克俭笑了。不知怎么，眼前的青云让他莫名地产生了几分好感。是因为对青山的同情，还是对子珍的痛惜，抑或是对子珑的爱，他不知道，但显然他已改变了来此的初衷。

“小叶，你想帮青云，这谁都能理解。可帮忙的方式有很多，你本事再大，毕竟也只是一个人哪。”

子珑没有说话，她觉得对方说得没错。

温克俭转向青云，“如果不介意，能把你们公司现在的情况介绍一下吗？也许我能想想办法。”

虽然还是搞不清温克俭和子珑二人的状况，但既然可能对科瑞有帮助，青云自然不会拒绝。他把科瑞的历史、主要产品、技术特色以及目前的困境做了介绍，尤其对公司的希望所在——城市智能管理系统进行了详细说明。温克俭认真地倾听，时不时地插话询问。听完青山和子珍为科瑞所做的一切，他陷入了沉思。

“我看你们可以两条腿走路，”温克俭点燃了一支烟，“政府的工作一定要做，这方面我试着帮忙想想办法。但现在不同过去，不是打声招呼就能解决的。你们最好搞定一个实际应用案例，哪怕是外地的一个小城市采用了科瑞的系统，对你们打开更大的市场都会有帮助。另一方面，以我的理解，你们的系统从应用上讲，既有宏观的，也有微观的。要想办法让它走进社区，甚至是家庭。这需要大力宣传，魔力应该可以提供帮助，我会让他们尽快拿出一套广告方案。”

青云和子珑为温克俭的建议和真诚所感动，但青云似乎还有难言之隐，他欲言又止。

“有什么问题吗？”

“您的建议非常好，但我们确实有些实际困难。首先，政府案例这条，我们不是没有努力，但真的进展不大。其次，公司现在的资金非常紧张，我们恐怕承担不起过高的宣传费用。”

“政府方面咱们共同想办法。至于费用嘛，你不必担心，魔力会免费为你们做！”他转头看向子珑，“你要走，我不拦着，但能不能把科瑞这个项目做完再走？”

“没问题！”子珑从未感到眼前的男人如此令人尊敬。

温克俭将烟掐灭，意味深长地对子珑说：“小叶，没记错的话你来魔力六年了。如果算上实习，我们的缘分已经十年了。今天当着小萧的面，我想说几句真心话。我不否认自己喜欢你的事实，对所爱之人，我从不会刻意隐瞒什么。从认识你到现在，我和你说过的每句话都是真心的。从马尔代夫回来，我对你的感情愈发强烈。但也正是你，让我改变了对女人的态度，甚至是对人生的态度。今天也不知为什么，我好像一下想明白了。放弃这份不现实的感情，才是对你真正的好，当然也是我最好的选择。如果之前的言行冒犯了你，我在此表示歉意，希望你能原谅我。”

温克俭没有顾忌在场的青云，他原本就是个直来直去的男人。说完这长长的一段话，他如释重负地靠倒在蒲团上。

子珑的眼圈有点发红，她看看青云，再看看温克俭，声音颤抖地说："温总，我不会怪你。谢谢你能告诉我这些，也谢谢你愿意帮我们。"

"哈哈哈，我这不是在帮谁，是在拯救自己。"温克俭又恢复了原来的风采。他起身走进展室，凝望着墙上子珍和青山的肖像，"我知道自己为什么突然想通了，我原以为所谓的情爱无非就是男欢女爱，但从你们身上，我看到了同样宝贵的兄弟情、姐妹爱。所有的爱都必须珍视、都必须呵护！"

子珑和青云对望一眼，然后又立刻回避了彼此的目光，凝望着墙上自己的"亲人"。

"对了，小萧，你刚才说科瑞的系统已经在一个社区投入使用了？"

"对，包括周边的道路。"

"能不能带我去看看，我想亲身体验一下。"

"没问题。"青云坐进了温克俭的奔驰车，子珑则留下来收拾屋子。

科瑞的系统确实很先进，温克俭对其中的预警、报警功能赞不绝口。从小区出来，天已经黑了。车子开到街角，路边围了一群人。一男一女在撕扯争夺一个女士背包，女子拼命大喊："抢劫啦！抢劫啦！"温克俭把车停下，摇下车窗想看个究竟。围观的人越聚越多，但没有人出手帮忙。温克俭掏出手机说：“咱还是尽点公民应尽的义务吧，万一你那个系统不灵呢。”他笑着冲路边的探头努努嘴。报警电话刚拨了个“1”，就见抢包的男人恼羞成怒，一脚将女子踢翻在地，但女子仍死死抓着皮包的背带不肯松手。抢包人跨在女子身上挥拳殴打，女子不得不松开了手。目睹这一幕，青云像是受到了电击，他“嗖”地冲下车，用自己踢边锋的速度追上了抢包人，一脚将其踹翻在地。随着人们的惊呼，围观的人群里蹿出几个黑影疯狂地扑向青云。青云当然寡不敌众，很快便被打翻在地。所有这些发生在电光石火之间，温克俭扔了手机，跳下车，打开后备厢抄起一根棒球棍冲了上去，三下五除二打倒两个人，他立刻成了被攻击的目标。此时，街道远处隐隐传来了警车的呼啸。抢包的男人见势不妙，拔出刀子向温克俭刺去，温克俭侧身一闪，躲开了要害，肋下却被划开了一道深可见骨的伤口。剧痛让他向前倒去，青云赶到身前将他扶住。警车已经到了近前，四名干警飞身下车，将没来得及逃跑的两名抢包同伙掀翻在地。

温克俭血流不止，青云脱下外衣为他死死按住伤口。一名警察跑过来看了一眼伤口说：“赶紧去医院！”青云和警察架起温克俭朝奔驰车跑去，警车在前面开道，他们一路奔向最近的医院。

很幸运，刀子未伤及脏腑，但伤口又深又长，温克俭被缝了十多针。在急诊室里，随行的警官做完笔录转身要走，温克俭叫住了他：“同志，麻烦问一句，您怎么来得这么快呀，我这还没来得及打电话报警呢。”

警官说：“这片社区刚装了个新系统，指挥中心接到预警就通知我们过来了。怎么了？”

“哦，没事没事。”温克俭笑着说。

等警察走后，温克俭冲青云哈哈大笑，随即因牵动伤口露出了痛苦的表情，“听见了？”他问青云。

“嗯。”青云心领神会，但他更关心对方的伤势，“温总，您先别笑，伤口一开线可就白缝了。”

“看来我这一刀没白挨，”温克俭还是按捺不住喜悦，“有了这一刀，我的宣传片就算有素材了，你们也可以好好跟政府吹吹牛了。”

温夫人得到通知，火急火燎地赶到医院。看到被绷带缠裹得严严实实的丈夫，她急得眼泪都快掉下来了。“你说说你，什么岁数了还逞这个能。你要是有什么三长两短，我可怎么办呀！”

青云满含歉意地说：“温总是为了救我。”

“哪呀，你才是见义勇为呢。你说你也不打声招呼，开车门就冲上去了，我这是被迫出手哇。”温克俭一脸的玩世不恭。

青云当然不能把自己刚才本能反应的原因告诉对方，他只能连声说对不起。

“哦，忘了介绍了。这是我夫人，这是萧青云，叶子珑的男朋友。”

青云和温夫人礼貌地打了招呼，他本想纠正一下是前男友，但想想还是算了。

第二天，子珑和青云一起来医院探望。温克俭的情况很稳定，但温夫人坚持让他老老实实在医院养到伤口拆线。

“温总，我听青云说了，昨天多亏了您。”子珑的眼里充满了感激和心疼。

“没有没有，就是小萧跑得太快，其实我那车里还有家伙呢，让他拿上就好了。”温克俭一如既往地开着玩笑。

“您出门真是全副武装啊。”青云也调侃起来。

“你们不知道，我和夫人没孩子，可我俩又都特喜欢孩子。上个月，我们给一所远郊的小学校捐赠，他们学校的特色是棒球。我俩买了一大堆装备，结果就留了两根球棒作纪念，没承想还真派上用场了。”三个人大笑，温克俭又牵动了伤口，一个劲儿地龇牙咧嘴。

青云赶紧转移话题：“温总，您的帮助已经让我们感激不尽了，现在还为我受了伤，我心里特过意不去。我和子珑商量了，宣传广告不能让您白做。费用算我们欠您的，等将来科瑞的情况好了，我们一定还给您。”

温克俭拉下脸来说：“这叫什么话！你们兄弟姐妹间的故事感动了我，对我来说这根本不是钱能换来的。钱是什么玩意儿，钱是万恶之源！这个问题咱就不讨论了！”

话说到这份上，两人确实不好再坚持。青云只好说：“那好，钱的事咱们以后再说。来这儿之前，我俩特意去了一趟分局，指挥中心的人对科瑞的产品非常认可，我想咱们确实可以通过这件事做些工作，就是让您受委屈了。”

“我就说嘛，这一刀没白挨。”

“温总，我已经开始起草方案了，等您出院再帮我把把关。”

“不用等我，你的水平我放心。就让他们按你的思路做，越快面世越好。网络、平面、媒体，能上的都上，不用考虑成本。”

“成本还是要考虑的，别忘了，我现在可还是魔力的副总，但我保证一定拿出个精品。”

“嗯，这也是你在魔力的收官之作嘛，肯定错不了。”温克俭不免又有一丝怅然，他突然盯着两人端详，然后像是喃喃自语，“别说，你俩还真是挺般配。”

子珑和青云同时不好意思起来。虽然是说者无意，但在他们听来，内心不免泛起了波澜。

子珑全身心地投入到科瑞项目的制作中，青云则一边四处进行游说，一边绞尽脑汁筹措资金。科瑞几乎到了山穷水尽的地步，新系统的开发耗尽了公司最后的资金，员工已经三个月没有足额拿到工资了。青云左思右想，最终决定开诚布公地和员工进行沟通。他在公司内部的办公系统发了一封《致科瑞公司全体员工的一封信》：

尊敬的各位同仁：

大家好！

你们可能想象不到，当下定决心按下发送键时，我的心情是多么沉重和不甘。

公司目前处在生死存亡的紧要关头，如果仅凭我的微薄之力也许毫无胜算，我甚至有过放弃的念头。但一想到大哥对我们的殷切希望、一想到离我们而去的叶子珍，我顿感这种逃避的想法是多么可耻。因为这绝不是我萧青云一个人的成败荣辱，所以我必须坚持！

困难摆在面前，任何人也无法回避。但我可以告诉大家，公司倾力开发的新系统正在得到社会越来越多的认可，我也在四处寻求帮助和开拓市场。相信在不久的将来，情况会有所改观。

然而现实毕竟是现实，我不敢保证转机将在何时到来。大家已经有三个月没有足额拿到薪水了，作为企业负责人，我心里非常惭愧。这种情况也许还会持续一段时间，甚至更糟。

每个人都要养家和生活，我没有权力要求大家与科瑞同进同退、同甘共苦。所以我万分不愿却又不得不对大家说：如果您心生离意，萧青云绝不勉强。您可以从收到这封信开始，随时向人力部门提出离职申请。我会想尽一切办法将拖欠的工资足额补齐，并按照相关规定给予补偿。但我真心希望您可以再坚持一下，留下来帮我一把，留下来和我一起见证科瑞的重生！

萧青云虽然痛失家人，但我已将您视为家人。你们当中很多人都是公司的元老，是我的兄长前辈，我不会忘记大家为科瑞所做的一切。感谢您多年的付出，感谢您的一路陪伴！

萧青云

2014年6月8日

邮件发出，青云一夜未眠。第二天，当他打开电脑，信件下面的留言已有数十条，并且还在不断增加：

萧总，请您放心，我们誓与科瑞共进退！

萧总，感谢您的坦诚，但您显然低估了科瑞人的忠诚！

工资晚拿些日子算什么，科瑞从没亏待过我们！

萧总说得没错，我们是一家人！

您将我们视为家人，我们也把科瑞当成家！

暂时的困难不算什么，我对科瑞有信心！

萧总加油！科瑞加油！

萧总生日快乐！我们绝不当逃兵！

无兄弟，不科瑞！

……

青云才发现昨天竟然是自己的生日，而忙碌的他早已忘得一干二净。面对如此感人的留言，他的眼睛湿润了，多么可敬的员工，多么可爱的兄弟姐妹！接下来的日子，科瑞上下像一台上满发条的机器，咆哮着拼命运转。

一个周末的下午，子珑在单位加班赶制科瑞的广告项目，青云独自来到青云阁。他觉得茶室的蒲团不太方便，便买了一套沙发运了过来。刚刚让工人摆放到位，花枝招展、风情万种的董姐就走了进来，一屁股坐到新沙发上。

“董姐，您怎么来啦?”

“呦，这是不欢迎我呗?”董月竹跷起了二郎腿。

“哪里哪里，只是没想到。”青云刚要沏茶，突然想起对方不喝茶，赶紧送上了瓶矿泉水。

“亏你有心还记得，”董姐接过水，眯着眼睛笑了，“咋当了老板也不告诉姐一声啊?”

“您怎么知道的?”

“前几天我寻思上艺术馆再淘换两张画，结果没看见你，连画都撤了。一问赵馆长，敢情你当老板啦。”

“也算不上什么老板，就是接我哥的班。您想买画吗？可是我现在不画画了，手上也没有画好的作品了。”

“不画就不画呗，找你唠唠嗑儿还不行啊?”董姐看来是渴了，咕咚咕咚一口气喝了半瓶水，然后起身开始巡视。

“还真是不画了呀，画室都改书房了。”董姐边走边说，她停在了展室的画像前，端详了半天，扭头问青云，“这俩人是谁啊?真是郎才女貌，两口子呀?”

“是我哥和我爱人。”

“呦，你结婚啦？恭喜恭喜。哎，不对呀，那你把他俩挂一起算咋回事呀？这下边咋还点上香了呢？”

“他们刚去世。”

“啊？”董姐怔怔地盯着青云，一脸的惊诧和难过，“咋的了这是？”语调再也没有咋咋呼呼，而是充满了同情。

青云没有隐瞒。

董姐静静地听对方讲完，竟“吧嗒吧嗒”掉下泪来。她拉起青云的手说：“你说这叫啥事呀？可是苦了你了。”

青云的手机响了，是财务经理打来的。青云面色凝重，他转身走开几步，小声说：“好的，我知道了，贷款的事我来想办法，你先尽量安排工资的事。”

“咋的啦？开不了支啦？当老板可不比画画……”董姐随口开着玩笑，但她立刻想到对方的遭遇，连忙诚恳地追问，“小萧，你要是真为钱的事犯难，尽管告诉姐，需要多少？”

“谢谢董姐，我自己能想办法。”

“想个屁办法，你以为现在借钱容易呀？上哪儿找我这上赶着的呀？”

董姐说得没错，青云只能苦笑。

“姐是个直性子，原来对你……哎呀，不说那个了。现在姐拿你当弟弟。弟弟有难处，我一定尽力而为！”

“董姐，谢谢您的好意。公司现在确实有难处，但咱俩非亲非故，我不能用您的钱。”

“屁话！非亲非故咋的啦？你年纪轻轻，遇上这么大的事还能在这儿撑着，姐服你，愿意帮你！”

在对方的一再坚持下，科瑞公司的账户上多了五百万现金，总算解了燃眉之急。青云也执意打下欠条，他说这些钱可以让自己一段时间内不必再为员工工资发愁，等公司情况好转，他一定连本带息还给对方。董姐说不要利息，钱也不急着还，等一切好了再说。

青云打心底里感谢对方的仗义，他甚至为自己能遇到温克俭和董姐这样的朋友而感到庆幸。

人生在世，父母、伴侣、兄弟姐妹实乃至亲至爱。同在一个屋檐下，大家相互关爱扶助、真心相待、抱团取暖。很多时候，我们会忽视了亲情，习以为常地将许多事情看作理所应当。只有当失去时，才会幡然醒悟、痛心疾首。与其寄望来世再相守，何不今生爱相随！

人在旅途，还会遇到很多朋友。他们与你非亲非故，却待你如同家人。如果你有幸遇到这样的“兄弟姐妹”，请务必加倍珍惜，因为这是一种可遇不可求的缘分和上天赐予的幸运！

第十五章　重生

山西晋祠圣母殿前有一株三千多年的“龙柏”，它与毗邻的“凤柏”同植于周代。清朝道光年间，凤柏因病被伐，老龙柏也倾斜将倒。令人惊奇的是，在它身旁的一棵小龙柏已经长成参天大树，用自己的肩膀坚定地撑起了摇摇欲坠的老龙柏。如果将逝去的青山和子珍比作凤柏，把大厦将倾的科瑞比作龙柏，那么青云和子珑无疑扮演了小龙柏的角色。

魔力的宣传推广开始见效，科瑞陆陆续续接到了一些中小用户的项目订单，公司再也不用为生计发愁，但政府项目一直进展缓慢。任何城市重大项目，审批起来都非常谨慎。尤其是像科瑞公司推出的城市智能管理系统这种新生事物，涉及政府众多部门，推进起来就更显艰难。青云和子珑，乃至温克俭为此殚精竭虑，他们多么盼望能在某一点取得突破呀。

2015年春节，青云和子珑把老叶夫妇接到北京过年。老叶夫妇原本不想过来添麻烦，但郝光明说虽然咱们没做成亲家，但感情要比亲家还亲，常来常往是应该的。青云也劝说老两口，他说自己就是叶家的姑爷，理当尽心尽孝。子珑则撒着娇说，自打和姐姐离开家，就没接爸妈来过北京，这次一定要陪老两口好好逛逛京城。盛情难却，老叶夫妇踏进了郝光明一家的别墅。

家宴由秦梦云和子珑负责料理。虽然接触不多，但梦云一直很喜欢这个单纯洒脱的小妹妹，而子珑也对这个温柔体贴的大姐姐心存好感。两姐妹一边干活，一边聊天。

“听青云说你已经去科瑞上班啦?”

“嗯。”

“让你放弃了自己那么好的发展前景，青云心里挺过意不去的。”

“是我自己主动的。”子珑腼腆地笑了。

“你跟以前不一样了，”梦云笑眯眯地看着对方，“原来的你风风火火、心直口快，像个假小子。”

“嗯，我从小就是那个样子。”

“现在的你温柔恬静、善解人意，姐其实更喜欢现在的你。”

“谢谢梦云姐，是我姐改变了我。”子珑将切好的菜递给对方。

“子珍是个好女孩，”梦云不想勾起伤感，她转移了话题，“不知你发现没有，青云也有好大变化。”她一边说，一边开始点火炒菜，动作相当利落，她是个贤惠的女人。

“嗯，他确实变了，变得更成熟、阳光、有责任心。”子珑把收拾干净、调好味道的鱼放入蒸锅，抬头看看墙上的挂钟，“来科瑞四个多月，天天和他见面，他给我的感觉好像换了个人。”

她顿了一下，幽幽地说，“男人都会长大，只是或早或晚吧。”

梦云将炒好的菜装盘上桌，她停下了手里的活，从身后抱住子珑，下巴支在对方肩头小声说：“其实我觉得你俩还真是天生一对呢。”她有自己的想法，也想听听对方怎么想。

子珑磕鸡蛋的手一抖，鸡蛋没有落入碗中。梦云赶紧拿抹布擦拭灶台，同时与对方四目相对。

子珑的眼神很慌张，语无伦次地说：“梦云姐，我们……何况……”

梦云不想逼迫对方表态，她知道一切都需要时间，“珑珑，你心里怎么想的姐知道，这事不急。姐只是想告诉你，无论发生过什么，咱都得往前看。你姐和青山肯定都希望咱们能快乐幸福地生活，对吗？”

子珑默默地点点头。

“看看你的鱼时间到没到。”梦云拍拍对方的肩膀，鸣金收兵了。

同一时间，客厅里的五个人分成了两拨。青云陪老叶下棋，郝光明在一旁观战。周芳和叶妈妈则手拉手地聊天，两位母亲一会儿哭一会儿笑，像一对久别重逢的老姐妹。

青云还是被让四子，局势还是一塌糊涂。

老叶慈爱地看着焦头烂额的青云，笑着说：“八年啦，你这棋可是没见长啊。”

青云不好意思地挠挠头，“再练也不是您的对手。”

郝光明自己不下棋，但很喜欢这种动脑子的游戏，经常收看围棋频道的棋局讲解。他指着棋盘的空旷处对青云说：“角上没出路了，看看这边。”

一语惊醒梦中人，青云果断弃子另辟战场，局势出现好转。

老叶佩服地看了郝光明一眼，开始见招拆招，“旁观者清，这话一点没错。还记得我跟你说过的珍珑棋局吗？”

“记得。您说段誉就是因为爱心太重，不忍弃子才解不开珍珑的。”

“嗯，看来你不是段誉，我也不希望你是段誉。人不要给自己设置太多条条框框，只有迈步朝前、抬头看天，才会越走越亮堂。”老叶意味深长地望向郝光明，对方心领神会地点了点头。

青云不是傻子，他听出了老人话中的意思。可是棋中珍珑能通过弃子而解，世间“珍珑”又怎是简单的舍弃二字呀。他一时无语。

老叶觉得自己不好再深说什么，郝光明接过了话头：“你叶叔叔说得对，世间的事说到底就是舍得二字。舍得舍得，有舍才有得嘛。你死抱着一块棋不肯舍，怎么能给自己赢来一片新大地？青云哪，你也快三十岁的人了，爸劝你凡事往前看。”

“爸，叶叔叔，我明白。”青云的内心早已翻江倒海。

“爸妈、叔叔阿姨，开饭喽。”梦云一边摘掉围裙，一边招呼大家到饭厅就座。连同阿姨和小星河，一大家子围桌而坐。梦云和子珑的手艺不错，叶妈妈直夸闺女长本事了，子珑不好意思地说自己只是打打下手。老叶说这丫头咋还学会脸红了呢，逗得大家哈哈大笑。小星河对子珍子珑有点傻傻分不清，他一会儿喊珍珍阿姨，一会儿喊珑珑阿姨，任凭妈妈纠正了多次依然记不住。老叶豁达地说："孩子小，叫啥都行。"全家人便微笑着度过了尴尬。

郝光明端起酒杯，环顾在座的每个人，动情地说道："过去这一年，我们两家都发生了重大变故。但我们今天之所以仍然能像一家人一样坐在一起，都是因为一个'爱'字。共产党员讲究唯物主义，作为一名老党员，我不想谈论上天的公平与否。但我要感谢命运，它让我们在茫茫人海中遇见彼此。我也要感谢在座的每一位和已经离开的青山和子珍，是你们让我见识了真爱。我敬大家！"

在座的女士们都流下了眼泪，但每个人的脸上都带着笑意。爱的力量无可替代！

老叶也举起了酒杯，一向冷静寡言的他也有些激动，"感谢郝兄一家的盛情相邀。原本以为这个春节我和珑珑妈会很孤单，但今天我觉得家里人更多了、爱更浓了。小秦，青云，珑珑，我们这一辈已经老了，但因为有你们，我们并不寂寞！你们要好好工作，好好生活。人生短短几十年，落子无悔，希望你们走好自己的路！"

梦云一边招呼大家吃菜，一边说："爸妈、叔叔阿姨，你们一定要多保重身体。我现在没有什么追求了，好好把星河带大、让老人安享晚年是我唯一的愿望。"她转头看看青云和子珑，"你俩不一样，两家人的希望寄托在你们身上，你们可得加油哇！"

青云与子珑对望一眼，他俩同时举起酒杯，几乎是异口同声地说：“请爸妈放心，我们俩一定努力！”

这话原本是对各自父母说的，但聪慧的梦云立刻抓住机会，“哎哟，你俩还真够默契的，都叫爸妈啦。”

全桌人立刻心领神会地哈哈大笑，青云和子珑却不由得红了脸。还好小星河及时解围，他端起饮料噘着小嘴喊：“还有我，还有我。”梦云赶紧抚摸着他的小脑袋说：“对啦对啦，还有我们小星河，祝你健康快乐成长！”

两家人如同一家边吃边聊、其乐融融。郝光明和老叶已是红光满面、称兄道弟。他搂着对方的肩膀说：“老弟，我现在想明白了，年轻人有年轻人的打算，咱们这些老家伙也得把自己的日子安排好，不让儿女们操心就是对他们最大的支持，对不？”

老叶不顾老伴儿的劝阻，端起酒杯一饮而尽，“老哥哥说得太对了，你有什么打算？”

“我们老两口本来打算趁身子骨还硬朗到处走走，结果没走几个地方就停了下来。今天我宣布，我和老伴儿开始重启远征。老弟，我邀请你们两口子也参加。”

老叶来了兴致，他望向夫人问：“老伴儿，你说呢？”

叶妈妈瞪了他一眼，“你舍得那帮臭棋篓子？”

“哈哈哈，舍得舍得。”老叶连连点头。

“欢迎欢迎，就一个糟老头子陪着多孤单呀。有老妹陪着，我就不用忍受他的呼噜了！”周芳幸福地瞟了一眼老伴儿，乐得眼睛眯成了一条缝。

晚饭后，青云和子珑送老叶夫妇去附近的酒店住宿。梦云跟子珑说让她回来住，两人一起好再说说话，子珑同意了。

接下来的日子，青云和子珑陪老叶夫妇转遍了京城的各大著名景点。如果他俩时间安排不开，梦云就担任向导和司机。老两口直到过完正月十五才和大家依依不舍地告别，他们和郝光明夫妇相约，天气一转暖就出发。

4月4日是清明节，青云和子珑相约去给子珍扫墓。老天适时地降下了绵绵细雨，子珑献上鲜花，青云点燃檀香。几缕青烟冉冉上升，雨丝让烟气停留在一米高处，徘徊不散。青云撑开伞，罩住两人瑟瑟发抖的身子。

“姐，我和青云来看你了。你放心，我们都好。我们把爸妈接来和郝叔叔一家过春节，爸妈身体很好，他们和郝叔叔约好了，等天一暖就和他们去旅游。我现在已经到科瑞了，我要帮你把心愿完成。”子珑流下了两行清泪，青云递给她一张纸巾。

“珍，你好吗？画还差一点没画完，我没有接着画，已经把它挂在墙上了，和我哥在一起。现在珑珑住在青云阁，我也经常过去看她。科瑞现在有了转机，你放心吧，我和珑珑一定让它重现辉煌。如果你有什么事，记得托梦告诉我。我也很好，就是想你……”

两人的手不约而同牵在了一起，但很快便又放开。这天晚上，他们竟做了同样的梦：梦中，青云和子珍牵手走上红毯，互戴戒指的那一刻，子珍变成了子珑……他们同时惊醒了。

5月，京城的气温高速攀升。人们都说北京没有春天，皆因夏日到来的脚步太过匆匆。青云从区政府回来，走进子珑的办公室，垂头丧气地坐到沙发上。

“不顺?”子珑为他递上一瓶矿泉水。

“他们办事太教条了，”青云咕咚咕咚将水一饮而尽，“区城市管委对咱们的系统很满意，但他们认为城市智能管理是一项系统工程，绝不是他们一个部门能够决定的。整个北京目前都是铁路警察各管一段的状态，如此综合的大数据共享、研判、处置还没有先例，他们坚持要看到咱们在城市的实际应用案例。”

“小范围试点也不行吗?”

青云无奈地摇摇头。

“总得有第一个吃螃蟹的呀！试点都不让搞，让咱去哪儿找应用案例?”子珑的火有点上头，但她很快冷静下来，“你先别着急，我再问问温总那边是否有进展。”

“刚才路上我已经打过电话了，他那边反馈的情况也是如此。温总已经帮咱们不少了，还是自己想办法吧。”

整个下午，子珑都在网上浏览各地城市智能管理的开展情况。一条新闻让她眼前一亮：新闻说南方某市正在探索城市智能管理方法，市委书记孙国良对此极为重视，已经为此专门召开了多次各委办局联席会议。孙书记思想超前、方法创新、雷厉风行，相信在他的带领下，该市的城市管理将迈上新台阶。

孙国良，孙主任！子珑的心狂跳不止，五年前茶馆中的一幕再次浮上心头。她拨通了温克俭的电话：“温总，有件事请您务必帮忙。”

“说。”

“您还记得新城开发区的孙主任吗？”

“当然记得，”温克俭嘿嘿笑了两声，“听说他升官了，跑南方当市长去了。”

“是市委书记。”

“哦，怎么了？”

“他正在主持城市智能管理工作，我觉得这应该是科瑞的一个机会，您能不能让夫人帮忙联系一下？”

“你还想去见他？”

“嗯！您不是也说过嘛，哪怕是外地的一个小案例都能对咱们的推广大有作用。”

“可是……”

“您不用担心，我自有分寸。”

“好吧，等我电话。”

第二天上午，温克俭的电话打了过来。他说人是联系上了，不过现在见孙书记恐怕时机不好。

“为什么？”

“听说他女儿刚刚去世。”

子珑沉默片刻后说：“您先把联系方式告诉我吧，我必须试试，留给科瑞的时间不多了！”

当天下午，子珑踏上了开往南方某市的高铁。她没有告诉青云自己曾和孙书记单独会面的事，只是说去碰碰运气。不管是龙潭还是虎穴，她决定独自闯一闯。到达目的地时天色已晚，子珑在市政府附近的一家酒店住下，她决定第二天一早再给对方打电话。这一晚她辗转反侧，脑海里全是五年前的那个夜晚和明天可能出现的场景。

第二天上午九点，子珑拨通了孙书记的手机，她的手指微微有些颤抖，“孙书记，您好。我是魔力广告公司的小叶，叶子珑，不知您还记得吗？”

电话那头的声音很疲惫，但并不惊讶：“小叶，当然记得。昨天我同学给我打电话了，他说你可能找我有事，没想到这么快。”

“孙书记，我原打算过些日子再找您，可事情真的很紧急，希望您不要见怪。”

电话那头沉默了几秒钟，“既然是急事，那就说吧。”

“孙书记，我怕电话里一句两句说不清，您看能抽时间见我一面吗？什么时间都行。”

“我今天上午和下午都有会。这样吧，你下午一点来我办公室，我只能给你半个小时。”

“够了够了，太谢谢您了。”挂上电话，子珑发现自己手心里全是汗水。她将推广视频和PPT又反复看了几遍，以确保在有限时间内可以将事情表述清楚。

简单在楼下吃了口饭，子珑返回房间精心梳妆。淡杏色七分袖过膝连衣裙，鸡心领口，掐腰设计，修身包臀，大方得体，再配上肉色超薄丝袜和裸色红底高跟鞋，她将自己打扮得优雅迷人，端庄而不失妩媚。化上淡妆，打理好发型，在穿衣镜前反复端详，子珑满意地点了点头。

在秘书的引领下，子珑走进孙书记明亮简洁的办公室。书记正在埋头看文件，看到子珑进来，他放下了手中的工作。子珑微笑致意，然后端坐在办公桌前的椅子上，“书记您真忙，中午都不休息。”

“为人民服务嘛。”孙书记摘下眼镜，两手用力揉了揉太阳穴。他两鬓生出了许多白发，额头的皱纹又深又密，显得很憔悴。“什么事这么急？”

“先跟您汇报一下，我换了公司，”子珑一边递上名片，一边从包里掏出笔记本电脑，“科瑞是一家主营智能监控设备的高科技公司，我们开发了一款基于城市智能管理的系统。”子珑开始播放视频。

孙书记戴上眼镜认真观看，他很专注，双眉始终紧锁。

视频播放完毕，孙书记将身子靠在椅背上，笑着问：“这片子是魔力的手笔吧？”

“您的眼光好厉害，这是我在魔力的最后一个片子。”

“片子有新意、善于抓痛点、制作大手笔，典型的魔力风格。”

“您过奖了。”子珑又打开了PPT，她将椅子往前挪了挪，趴在桌上歪着头给对方逐页讲解，孙书记不时打断她提出问题。

“您给提提意见吧。”子珑合上了电脑。

“思路非常好，方法也切实可行。”孙书记起身给子珑拿了一瓶矿泉水，然后坐回座位，“城市好比一个人的身体，各项城市功能如同器官，器官要想协调工作离不开大脑的统一指挥，你们的系统就像为城市装上了大脑。”

子珑暗自佩服对方精辟到位的见解。

“但是要想将这个设想付诸实施，可不是哪个部门能够办到的。它需要政府牵头，协调各方资源和力量统筹推进落实。”孙书记说得一针见血。

“这就是我冒昧来找您的原因。”子珑的眼中露出期盼的目光。

“还有更详细的资料吗？”

“有。”子珑掏出厚厚的产品介绍放到桌上。

“有实施案例吗？”

这个问题让子珑的目光立刻暗淡下来，“我们目前只做了一些社区和街道，但整个城市的应用案例还没有。”

“确实是个系统大工程，但总要有人敢于尝试呀。”

“孙书记，您能不能帮帮我们？”子珑的声音近乎恳求。

“我们最近确实在进行这方面的探索，你来得正是时候。”

孙书记的微笑让子珑如沐春风，她一下挺直身子，仿佛看到了科瑞的曙光。

“我会尽快安排相关人员去你们公司考察，如果可行，也请你们派最好的技术人员过来。每个城市有每个城市的特点，你们的系统必须要结合这里的实际情况才能发挥最大效能。”

“没问题，我们一定为这座城市量身定制，太感谢您了孙书记。”子珑起身鞠了一躬。

孙书记抬手看看表：“先不忙谢，最终能不能行，还要看你们的产品和实力。”

“请您放心，我们一定竭尽全力！”

孙书记满意地笑了，他打电话让秘书准备一套资料，包括该市的城市概况、智能城市规划草案以及几次联席会的纪要汇编，吩咐走时给客人带上，然后对子珑说：“风风火火地赶过来，还没来得及好好逛逛吧？要不要我安排人陪你转转？”

“不用了孙书记，我想把这个好消息赶快告诉公司的同事。我对科瑞的实力有信心，不久后我一定亲自带队来这里，到时候再逛也不迟。”子珑调皮地笑了。

孙书记也笑了，“你没变，还是那个信心十足、敢闯敢干的小叶。”

子珑也看了一眼手表，二十五分钟，她觉得该告辞了，“孙书记，感谢您抽出宝贵时间见我，我会在北京恭候您的考察团。”

“我还有几句话。”孙书记摘下眼镜看着子珑。

子珑心里怦怦乱跳。还好，这次对方并没有闭眼。她又坐了下来，“您说。”

“我说过，你很像我的女儿，尤其是眼睛。”孙书记的神情由慈爱转为落寞。

子珑没想到对方竟主动提起了这个伤心的话题，她静静地在听。

“可惜她已经不在了，就在上周，才二十四岁。”孙书记闭上了眼睛，但子珑并没有紧张，她知道对方是因为悲伤。她突然想起上次见面时，孙书记凝视自己的眼睛，那目光中分明充满了父亲的慈爱。

孙书记缓缓睁开眼凝望着子珑，“这就是为什么五年前我执意要单独见你的原因。”他顿了一下接着说，“我年轻时忙于工作，根本没时间照顾家。女儿六岁时遭遇车祸，被截去了双脚。虽然后来装上了假肢，但爱美的她随着年龄增长越来越羡慕一双健全的脚，也幻想着自己长大后能穿上漂亮的高跟鞋。她喜欢芭比娃娃，为每个娃娃都准备了好几双鞋子。虽然那时候并不富裕，但我总是想方设法满足她的要求。长大后，知道自己永远没有机会像芭比娃娃一样穿上各式各样漂亮的高跟鞋，她的精神变得偏执和扭曲。她买了整整一柜子的高跟鞋，沉湎其中不能自拔。我和她妈妈觉得对不住孩子，便只能随她由她，到最后我俩都被迫成了这方面的专家。”孙书记显得很懊悔，他用拳头使劲捶了捶自己的额头，“可是我没想到精神的创伤还是毁灭了她，上周趁家里没人，她结束了自己的生命。”两行泪水从对方的眼中悄然落下。

子珑被这个悲惨的故事惊呆了，眼前这个男人突然变得那么弱小、无助和让人怜惜。“孙书记，您的心情我能理解，请节哀。”

“我也不知道为什么那天会情不自禁地和你聊了那么多关于鞋子和脚的话题，也许我把你当成了自己的女儿，一个有着健全双脚的女儿。”孙书记的声音有些绝望，“小叶，也许我的做法给你带来了困扰，对不起。”

“孙书记，您别这么说。如果说之前多少还有些心存芥蒂，但今天我释然了。其实每个人内心都会有隐秘，这种情况我也遇到过，所以我非常理解您。再说，又有哪一个父母不希望自己的孩子健健康康、快快乐乐呢？”

孙书记长出一口气，他解开了心中的一个疙瘩。

子珑不知道该怎么劝慰，对失去亲人的伤痛，她感同身受，“孙书记，请您想开些。”

“谢谢你，我会的。咱们都得往前看。”孙书记又闭上了眼睛。

都得往前看，子珑想着这句话走出了办公室。说说容易，但真正事到临头又谈何容易呀。

子珑第一时间返回北京，此行的收获如同科瑞的一针强心剂，研发团队立即根据她带回来的资料进行针对性开发。一周后，孙书记派来的考察团抵达北京，他们对新系统非常满意，与科瑞现场签订了合作意向书。几天之后，子珑亲率精英团队进驻某市。她知道，成功与否在此一举！

在孙书记的亲自指挥下，某市专门成立了工作小组，成员包括各委办局和相关单位的负责人，各项工作统筹安排、大胆推进。科瑞的团队为该市开发出了一款针对性、操作性和科学性相当强的城市智能管理系统。2015年年底，该系统一举通过专家论证和政府办公会，开始上线试运行。青云亲赴某市和孙书记一起按下了启动按钮，科瑞的产品终于敲开了政府渠道的大门！

青云与子珑已是半年未见，虽然在两地各自忙于工作，但两人一直保持着密切联系，随着时间的推移，他们都格外想念对方。参加完孙书记主持的庆功宴，两人来到了环境清幽的酒吧。

“这半年把你累坏了。”青云心疼地说。

子珑淡淡一笑，“还好，总算没白忙活。你在北京也不轻松啊，看你，又瘦了。”

“你这边打开了局面，北京的工作就好做多了，我已经向区里递交了报告，这次领导非常重视。”

“系统方面咱们还得优化，通过这边的实战检验，我觉得在联动性上还得加强。”

“放心吧，我早就安排研发团队针对这方面下功夫了。不仅如此，我还和科学院合作，优化了咱们的数据库。今后是大数据的天下，科瑞必须未雨绸缪。”

青云出色的领导能力让子珑心生欢喜，“看看，现在你也成工作狂了。”

青云不好意思地笑了，“赖我赖我，一见面就是工作工作，咱聊点别的吧。你在这边饮食习惯吗？南方人可整不出来那么多面食的花样。”

“吃住都没问题，你以为我是娇小姐呀。”子珑俏皮地撇撇嘴，“哎，对了，听我爸妈说，他们四位老人玩得可嗨了，没准儿这个春节都不回来呢。”

“是，我爸还说明年他们打算出国游呢。他已经拜叶叔叔为师，开始学下棋了。”

“梦云姐娘儿俩好吗？我都有点想小星河了。”

“都好，我侄子终于搞清楚你是谁了。”两人不约而同会心地笑了。

“去年春节我住在你家，梦云姐劝了我好多，她人真好，像我姐一样贴心。”

“嗯，女人可能天生就是这样。”青云盯着对方的眼睛说，“你现在也好温柔。”

子珑不好意思地低下了头，“怎么，不说我是赵子龙啦？”她幽幽叹了口气，“其实你也变化好大。”

“还有变化大的呢，前两天林可清给我打电话，她正在犹豫自己要不要继续读博士呢。”

“她也给我打电话了，人家现在已经是心理诊所的合伙人了。”

“还好，我现在不用找她咨询了。”青云露出了一丝苦笑，意味深长地说，“经历了这么多，我想咱们都会越来越好的。”

他们的目光再次相遇，只是这次彼此已经不再躲闪，但似乎总有什么隔在中间。

凭借子珑从南方某市带回的项目收益，加上青云在北京拓展的众多业务，科瑞公司一举扭转了经营局面。青云连本带利还清了董姐的借款，对方依然豪爽地表示如有困难随时再借。当他和子珑要向魔力支付前期广告费用时，却遭到了温克俭的坚决拒绝。温克俭说，他出手相助完全是敬慕青山和子珍的为人，同时也非常看好科瑞的未来。他说，如果你们非觉得过意不去，完全可以把广告费当作是魔力对科瑞的先期投入。如果今后有机会，两个公司可以继续深度合作。子珑说魔力遍布城市的电子广告牌完全可以纳入科瑞的城市播报系统，三个人都对未来寄予了无限期待。

又到了为子珍扫墓的日子，这次有林可清一同前来。墓台上摆放着一束雏菊，花朵很新鲜，一定是有人刚刚来过。林可清献上手中的花束，子珑用湿布精心擦拭着墓碑，青云照例点燃檀香。

子珑一边擦一边念叨，她告诉姐姐爸妈四处旅游，玩得很开心；科瑞已经接下政府大单，重现辉煌指日可待；自己一切都好……她说得很平静，没有哭。

林可清抚摸着子珍的名字喃喃地说："大家现在都很好，一定是你在天国保佑我们，千万照顾好自己。"

青云凝望着冉冉升起的烟雾喃喃地说："两年了，珍，你好吗？该汇报的珑珑都说了，我们都好。上次从这里回去，你托梦给我，你究竟想要我怎么做？再告诉我好吗？"

子珑惊讶地瞪大眼睛，"那天我也梦到我姐了，她和你走上了红毯，然后，然后……"子珑不知该不该把梦说完。

"然后我给你戴上了戒指。"青云的表情同样惊讶。

他们同时转头盯着墓碑，一旁的林可清笑了。

告别子珍，青云想去看看哥哥。去年他陪嫂子一起给哥哥扫墓，今年时间还没到，但他想把科瑞的好消息早些告诉青山。青山的墓地属于家族墓地，位于半山腰。三人拾级而上，老远便看见秦梦云蹲在地上，手拉着小星河在说话。

梦云也看见了三人，冲他们招手微笑。

"嫂子，你怎么提前来了？"

梦云捋了捋额前的发丝说："星河一早告诉我他梦到爸爸

了，孩子这么小怎么会呢？可他说得很确定，我就想可能是你哥想儿子了，所以就带他过来看看。”

星河快五岁了，全家人的呵护让他很幸福。尤其是身边有叔叔青云陪伴，单亲家庭长大的他并不缺少男孩本色。他很聪明，也很懂事，不知不觉就到了记事和淘气的年纪。

“妈妈在给我讲爸爸的故事呢。”他冲青云和子珑眨眨眼，又冲陌生的林可清做了个鬼脸。

“爸爸棒不棒？”青云俯下身子问。

“棒！我长大了也要当海军！”

“你不想当老板？”子珑捏捏他胖嘟嘟的小脸。

“我才不要当老板，我要当兵打坏人。”

大人们都笑了。青云把科瑞的好消息告诉了哥哥，特意说这多亏了子珑的加盟。子珑有点不好意思，梦云拉起她的手，笑眯眯地看着两人。

扫完墓，林可清说想看看子珑的小窝儿，子珑便带她去了青云阁。

“恭喜你呀，合伙人。”子珑沏好茶递给林可清。

“这有什么好恭喜的？该干什么还得干什么，操心的事还多了。”

“你也该为自己操操心了。快三十岁了，还一个人飘着？”

林可清喝了口茶，随口答道：“有伴儿了，比我还小三岁。”

“那好哇，女大三抱金砖哪。”

“拉倒吧你，”林可清捶了子珑一拳，“我才不在乎什么金砖不金砖呢，我现在连是不是结婚都不再纠结了。能找个情投意合、知冷知热的人过一辈子，挺好。”她顿了一下，终于进入正题，这是她来此的目的。

“子珑，咱俩是好姐妹吗？”

“当然是啦！”

“那有句话我必须说！”

子珑已经猜到对方要说什么，她现在比过去细腻敏感了许多，但还是眯着眼睛往下倾听。

“你和青云应该再回到一起。”林可清说得直白而坚决。

子珑没有表态，这个问题她不是没有想过，可是……

林可清拿出了看家本领，“你的犹豫无非是因为三个人，”她半转身拉起对方的手，“首先是青云，他是你的第一个男人？”

子珑点点头。

“不管你俩曾经发生了什么，但子珍姐去吉隆坡前曾经告诉我，青云应该已经没有问题了。何况你的‘第一次’给了他，你肯定对他还有感情，他也依然爱你。”

子珑沉默。

“第二个人是温克俭。”

“我们早就分手了。”

“分手并不意味着那段经历会凭空消失，也许你觉得自己因此对不住青云呢？”

子珑佩服林可清的敏锐。的确，当初与温克俭在一起只是想找到“解药”。温克俭人再好，毕竟是有家室的人，陷入这种不伦之恋而无法自拔，她对自己很懊恼。

看到子珑痛苦的表情，林可清放软了语调：“不过你不必为此自责和纠结，毕竟那时你和青云已经分手。我想青云就算知道，也不会因此怪你。他和我也……”林可清低下头，但很快抬起头来接着说，“既然一切已经过去，我们都应该把它忘掉，彻底忘掉。对吗？”

子珑点点头。

“第三个人最关键，是子珍姐。”

子珑咬住了下嘴唇。

“子珍姐之所以和青云走到一起，是她不忍心看着青云毁掉自己，你们姐儿俩根本不存在谁争谁抢的问题。你姐在决定和青云好之前，肯定是希望你们俩重归于好。现在她不在了，我想她依然会这么希望。”

子珑的眼泪落了下来。既为林可清的肺腑之言而感动，也为命运的捉弄而感慨，更为姐姐的离去而伤心。

林可清为子珑擦去泪水，她自己的眼圈也红了。“既然这三个人都不再是问题，那问题就在于你怎么决定了，好好想想。”林可清不打算让子珑马上做决定，她知道对方需要时间，也需要青云的主动表白。她知道自己接下来要做什么了。

“好啦，我要撤了。”林可清出门时停在两幅画像前默默端详了好一会儿，淡淡地留下一句：“造化弄人哪。”

第二天晚上，林可清约青云来到了工体边上的那家麦当劳。

“十四年啦，还记得吗？”

“当然记得，国安和辽宁的揭幕战，那是我第一次看国安的比赛。”

“青云，咱俩的关系我认为非同一般，而且我和子珍子珑是好姐妹，所以有些话我不得不说。”林可清将目光投向对方。

这双美丽、深邃、敏锐的眼睛青云再熟悉不过，“我知道你想说什么。”

“那好，你怎么想？”林可清马上摊牌。

“我爱子珍，也爱子珑。”青云直言相告，他低下了头。

“这不矛盾。”林可清习惯性地用吸管搅动杯子里的冰块，“如果子珍姐还在，那确实是件麻烦事。但你想过吗，现在根本不是二选一的问题。你纠结于此，只会苦了自己、害了子珑、负了子珍！”

话语不多，但字字撞击着青云的心灵。

“对于你来说，子珍姐也许是最难迈过去的那道坎，但我相信，她的在天之灵一定会笑着祝福你们！”

青云抬起头，感激地看着对方，两眼放光地说道：“可清，你真好。我知道自己该怎么做了，谢谢你！”

林可清将杯中的可乐一饮而尽，“赶明儿别忘了请我吃喜糖啊。”话音刚落，风姿绰约的背影已消失在夜晚川流不息的人群中。

北京市有关领导开始重新审视科瑞的系统，决定在海淀区率先开始试点。区领导对此极为重视，他们专门召开会议，强调必须解放思想、打破壁垒，一定要让北京的城市智能化管理后来居上。这次青云直接挂帅，科瑞与区政府签订了承诺书，保证半年内让系统上线试运行。京城的情况要复杂很多，但经过没日没夜的奋战，2016年10月，城市智能管理系统2.0版正式在海淀区上线。其他区也纷纷启动相关工作，科瑞终于彻底走出困境，获得重生！

10月13日，杭州，万众瞩目的“云栖大会”隆重开幕。众多商界、科技界大咖纷纷发表主题演讲，共同探讨与分享前沿科技。科瑞公司凭借在“城市智能化管理”领域的突出贡献受邀出席大会，青云代表公司在大会论坛做了专题报告，子珑作为公司副总，与众多厂商和客户展开了洽谈。几天下来，科瑞收获了巨大的影响力和数量可观的订单。

参会者被安排在乌镇住宿。乌镇历史上曾是两省三府七县交汇之地，具有几千年的悠久历史，被誉为“鱼米之乡，丝绸之府”“中国最后的枕水人之家”。2014年11月19日，这里成为世界互联网大会永久会址，更使古老的小镇焕发了青春。晚宴后，大会组织者安排大家前往六十公里外的西塘乘船夜游水镇。

西塘老镇有保存完好的二十五万平方米明清建筑群，河道两侧青石铺路，民居临河而建。区区一平方公里的老镇内竟密密麻麻分布着二十七座石桥、一百二十二条古弄和千余米的廊棚，尤其以送子来凤桥到北栅街这段廊棚最为经典，使西塘拥有了“烟雨长廊”的美名。

夜幕降临，天空湛蓝，圆月高悬。烟雨长廊上人流如织，古老的水镇似乎久久不愿睡去。绚烂的霓虹倒映在水中，被晃动的水波摇曳出几分迷离，好一幅缤纷的夜色画卷。

子珑和青云共乘一条乌篷船。这个夜晚，子珑穿了一件白底青花旗袍，姣美的容颜、别致的短发、曼妙的身姿处处透出成熟女人的优雅迷人。

“这两年多真不容易。”青云凝望着水中月影感慨道。

子珑却仰望夜空明月，“还好，我们熬过来了。”

“珑珑，以前是我对不起你，我不知道还有没有机会补救。”

子珑并未正面回答，她还有些犹豫，“都过去了，其实我做得也不好。”

“珑珑，我爱你，我们重新开始吧。”

“你……”子珑刚一张口，便被青云打断，“知道吗，再次说出‘我爱你’三个字，我下了多大决心，又是多么怕被你拒绝！我知道你在顾虑什么，我又何尝不是呢？可是我无法违背自己的内心，子珍已经离我而去，我不想再错过你！珑珑，我爱你，答应我好吗？”青云单膝跪下，痴情地等待对方点头。

子珑百感交集，她想答应，可就是张不开嘴。

迎面驶来一艘船，两船眼看就要相撞，船夫猛地扳转手中摇橹，乌篷船突然一个倾斜，子珑不由自主地跌倒在青云怀中。望着怀里美丽不可方物的女人，青云情不自禁地低头吻去。子珑没有闪躲，她紧紧抱住心爱的男人，轻轻说了一句：“我也爱你。”

青云的泪水夺眶而出，滴落在心爱女人美丽的脸颊上，与子珑的两行清泪合二为一……

青云的房间和子珑的房间分处酒店走廊两端。返回各自房间后，两人都是辗转反侧、心潮难平。他们不约而同地打开房门，看到彼此后，两人都定在了各自房门前。仿佛过了一个世纪，他们拼命地跑向对方，在走廊中央深情拥吻。青云一把将心爱的女人拦腰抱起，返回自己的房间。这一夜，翻云覆雨，龙啸凤鸣。多年来的委屈、阴霾、纠结、不甘和痛心一时间像火山熔岩般肆意喷涌。筋疲力尽的二人相拥而眠，枕着水声进入了甜美的梦乡。天幕中，两颗耀眼的星星透过窗棂朝他们眨眼，像是子珍和青山的祝福……

这一年年底，子珑惊喜地发现自己怀孕了。两人决定结婚，但他们先要把这个消息告诉哥哥和姐姐。

冬日的陵园清冷寂静，青云和子珑手挽手站在子珍墓前。子珑喃喃地将喜讯告诉了姐姐，炉中的檀香青烟直升，仿佛要飘向天际。青山墓前，青云也把好消息告诉了哥哥，树上一只喜鹊欢喜地扇动翅膀，冲向云端。暖暖的阳光洒在两人身上，镀出了一层金色的光晕。

婚礼隆重而温馨。老叶和郝光明夫妇开心地中断了旅行，萧秋生也坐到了长辈一桌。同事朋友送上祝福，孩子们欢快地跑来跑去。温克俭搂着夫人的腰，林可清挽着男朋友的臂，董姐摆弄着鱼尾裙的裙摆，他们远远地看着一对新人甜美拥吻，露出了会心的笑容。

也许是惊人的巧合，2017年8月8日，在星河生日当天，子珑产下了一对龙凤胎，哥哥取名萧星海，妹妹取名萧星雨。一双宝贝长相惹人喜爱，既有青云的清秀，又有子珑的甜美，隐隐还能看到青山的英武和子珍的温婉。

科瑞公司的生意异常火爆，他们的系统已经在全市铺开，就连外省市也纷纷主动前来取经和洽谈合作。魔力公司在温克俭的运筹帷幄下风生水起，他已经在谋划上市。

青云问子珑要不要保留青云阁，子珑说留下吧，那是一份记忆，青云便将屋子重新装修了一下。望着墙上的两幅画像，他百感交集、心潮澎湃地赋诗一首：

青山不知处，
流云空自渡。
世间一局棋，
珍珑两相顾。

诗中的四人阴阳两隔，唯有那份情长存世间。

青云请著名书法家题了字，将诗端端正正地挂在两幅肖像正中。

2018年元旦，青云一家四口来到青云阁。夫妻二人各抱一个心肝宝贝，喜鹊一家不知何时也添丁进口，两只小喜鹊围着父母“叽叽喳喳”叫个不停。

尽管年幼的双胞胎还听不懂大人的言语，但子珑还是指着墙上的画像柔声细语地对他们说：“星海星雨，你们看妈妈和珍珍姨长得像不像呀，我们也是双胞胎。萧大大是海军，厉害不厉害？你俩快快长大吧，星海要像萧大大一样勇敢，星雨要像珍珍姨一样善良。”

青云温柔地望着母子三人，他紧紧握住爱妻的手，两人心意相通，爱意绵绵……

后记

这是一个关于亲情、友情和爱情的故事。

“青山不知处，流云空自渡。世间一局棋，珍珑两相顾。”

一首诗中包含了本书四位主人公的名字。虽然他们的性格不同、命运迥异，但都心地善良、彼此关爱。其中的两人已不在世间，但他们的故事依然感人。

这个故事源于两个偶然的灵感：其一乃是收藏家白十源先生馆藏书画精品中一幅未完成、也未命名的肖像画。当我第一眼看到“她”时，便被莫名地震撼到了。画中女子身穿红底印花古典旗袍，侧身而立，转头凝望。她身材婀娜，端庄秀美，头发后绾，几缕青丝飘然垂下，柳眉斜插，鼻梁高挺，唇线饱满。特别是那一双摄人心魄的眼睛，顾盼间颇有几分幽怨、不甘、渴望和怜惜。无论我从哪个方向望去，她的目光都随形而至，似乎能将灵魂刺穿。我没有探究作者究竟姓甚名谁，只知道他（她）擅画美女，某日不知何故将所有画作损毁，只留下了这幅局部尚未完成的美女像被白先生收藏，而日后他（她）便一心绘制佛像了。这当中一定发生了什么，但对我来说已不重要。只这一幅画，我便有了自己的故事。

灵感之二源自金庸大师的《天龙八部》。小说中有这样一个经典桥段：逍遥派掌门无崖子想收一个天资聪颖、英俊潇洒的弟子作为传人，于是绞尽脑汁设计出一个“珍珑”棋局（珍珑是围棋术语，由人为构造，特点在于构思奇巧，内含盘征、死活、手筋、杀气、共活等技巧，往往牵一发而动全身，步步惊心、引人入胜）。然而悬赏三十年，黑白两道的高手均无人能解。最后，棋局竟然被又丑又呆的虚竹和尚闭着眼睛以“自杀”的手段胡乱撞开。金庸先生也许是想凭此告诉世人：段誉之败，在于爱心太重，不肯弃子；慕容复之败，在于权欲太盛，不肯失势；只有无欲无求、一心只想救人的虚竹才印证了进退自如、得失有度的人生妙味。

在上述灵感的激发下，我从构思到完成初稿仅仅用了四十多天。其间因伏案时间过长，导致颈椎不适、手指发麻，但这仍未影响自己一气呵成地完成了这部作品。在此之后，我几易其稿，对人物和情节进行修正，甚至数次伤心落泪、难以自持。当停笔的那一刻，我回过头来问自己，描述这样一个凭空虚构的故事究竟想要说明什么呢？对于我来说，回答这个问题也许比写作本身还要难些。

故事从20世纪70年代一直延续到2018年，时间跨度近五十年。其中涉及两个家庭三代人、十几位人物的爱恨情仇、生离死别。既有社会乃至国际风云的激荡，也有商界、科技界的成败兴衰，但更多的还是爱情、亲情与友情的盘根错节、肆意宣泄。如此费力，我想自己一定想要表达什么，但究竟是什么呢？歌颂真善美，呼唤关爱友善、坚忍不拔、战胜自我……这些当然都是作品的主旋律。但我总觉得除此之外一定还有什么更深刻的东西隐藏在故事中。最终，我从一些蛛丝马迹中发现了它。

老教授对青云说："无论你的画意味着什么，它都不是你，更不能左右你。你要记住，画就是画，而不是你的人生。"他告诉世人：无论是本色外露还是刻意隐藏，你都无法回避真实的自己。

孙主任对子珑说："某种程度上，鞋子就是女人的第二张脸，再美也是给别人看的，更确切地说是给男人看的，但舒服不舒服只有自己知道。"他告诉世人：他人的眼光和世俗的偏见不过是外界的牵绊，自己的生活还是应该自己来做主。

老叶对青云说："看来你不是段誉，我也不希望你是段誉。人不要给自己设置太多的条条框框，只有迈步朝前、抬头看天，才会越走越亮堂。"他告诉世人：只有突破自己内心的藩篱，才能活出人生的精彩。

三位长者都不是故事的主角，但他们的话语却给了我莫大启迪。故事中的人物在做出各自的人生抉择之前，他们首先要认清真实的自己、看淡外界的牵绊、拆除内心的藩篱。凡事有因才会有果，你我如是，万物亦然。

有人说我的故事中没有恶人。的确，就像我的第一部作品

《光阴的故事》一样，《青云之上》中也没有恶人。也许是我的人生阅历和内心情感不足以支撑这种人物的出现，但我宁愿给出另外的解释：难道只有大奸大恶、大喜大悲才算是真正的人生吗？我想不必。在我们身边，绝大多数是模棱两可、似是而非的人和事。人们往往纠结于“不做遗憾，做了后悔”的茫然与矛盾中。殊不知，正义之所以闪耀光芒，并不是因为邪恶的反衬，而是因为正义本身的力量；真情之所以感人至深，也不是因为虚伪的对照，而是因为真情本身的可贵。即便是寻常的人、平凡的事，一样可以绽放人性的光辉。

最后，我要向给予我帮助的人们表示感谢。感谢已经仙逝的金庸先生，感谢白十源先生，感谢那位不知姓名的画家和画中人，感谢我的家人和朋友，是你们的倾听、指正和鼓励让我得以完成此书。感谢五十载岁月的洗礼，感谢曾经遇到的每个人和每件事，是你们的滋养和陪伴让我步履坚定地走在自己的道路上！

吴刚

2021年6月12日于“莲心堂”（一稿）

2021年7月16日于“莲心堂”（二稿）

2021年12月25日于“莲心堂”（三稿）

图书在版编目（CIP）数据

青云之上 / 吴刚著. -- 北京：作家出版社，2025. 6. --
ISBN 978-7-5212-3440-4

Ⅰ. I247.5

中国国家版本馆CIP数据核字第2025BL8870号

青云之上

作　　者：吴　刚
责任编辑：朱莲莲　丁文梅
封面设计：李　超
出版发行：作家出版社有限公司
社　　址：北京农展馆南里10号　　　邮　　编：100125
电话传真：86-10-65067186（发行中心）
86-10-65004079（总编室）
E-mail:zuojia@zuojia.net.cn
http://www.zuojiachubanshe.com
印　　刷：河北星强印刷有限公司
成品尺寸：155×220
字　　数：211千
印　　张：20.5
版　　次：2025年6月第1版
印　　次：2025年6月第1次印刷
ISBN　978-7-5212-3440-4
定　　价：79. 80元